34
9/06 10/09

LA TORRE OSCURA V
Lobos del Calla 2

LA TORRE OSCURA V

LOBOS DEL CALLA 2

LA TORRE OSCURA V

STEPHEN KING

LOBOS DEL CALLA 2

ILUSTRADO POR
BERNIE WRIGHTSON

TRADUCCIÓN DE
LAURA MARTÍN DE DIOS
Y VERÓNICA CANALES

PLAZA [PJ] JANÉS

JUN 0 2 2006

King, Stephen
 Lobos del Calla II : la torre oscura V.- 1ª. ed. - Buenos Aires :
 Plaza & Janés, 2004.
 296 p. ; 24x16 cm.

 Traducción de: Laura Martín de Dios y Verónica Canales

 ISBN 950-644-053-0

 1. Narrativa Estadounidense I. Título
 CDD 813

Título original: *The Dark Tower V: Wolves of the Calla*

Primera edición: junio, 2004
Primera edición en la Argentina: diciembre de 2004

© 2003, Stephen King
 Publicado por acuerdo con el autor, representado por Ralph M. Vicinanza, Ltd.
© 2004, Random House Mondadori, S. A.
 Travessera de Gràcia, 47-49. 08021 Barcelona
© Laura Martín de Dios y Verónica Canales, por la traducción
© Bernie Wrightson, por las ilustraciones

Queda rigurosamente prohibida, sin la autorización escrita de los titulares del «Copyright», bajo las sanciones establecidas en las leyes, la reproducción parcial o total de esta obra por cualquier medio o procedimiento, comprendidos la reprografía y el tratamiento informático, y la distribución de ejemplares de ella mediante alquiler o préstamo públicos.

Queda hecho el depósito que previene la ley 11.723

www.edsudamericana.com.ar

Impreso en la Argentina

ISBN: 950-644-053-0
ISBN O.C.: 950-644-054-9

*Este libro es para Frank Muller,
que oye las voces de mi cabeza*

ÍNDICE

EL ARGUMENTO FINAL   XIII

TERCERA PARTE
LOS LOBOS

1. SECRETOS   525
2. EL DOGAN, PRIMERA PARTE   560
3. EL DOGAN, SEGUNDA PARTE   612
4. EL FLAUTISTA DE HAMELÍN   644
5. LA REUNIÓN DE LAS YENTES   666
6. ANTES DE LA TORMENTA   686
7. LOS LOBOS   726

EPÍLOGO
LA CUEVA DE LA PUERTA
775

NOTA DEL AUTOR   789
EPÍLOGO DEL AUTOR   791

Relación de ilustraciones

RIZA
9
EL ESQUELETO DURMIENTE LE SONRIÓ
10
CABRÓN DE ACERO INOXIDABLE
11
¡POR GILEAD Y EL CALLA!
12

El argumento final

Lobos del Calla es el quinto volumen de un extenso relato inspirado en el poema narrativo de Robert Browning «Childe Roland a la Torre Oscura llegó». El sexto, *La canción de Susannah*, se publicará en 2005. El séptimo y último, *La Torre Oscura*, se publicará más adelante.

El primer volumen, titulado *La hierba del diablo*, narra cómo Roland Deschain de Gilead persigue y finalmente logra dar alcance a Walter, el hombre de negro, quien fingía haber sido amigo del padre de Roland cuando en realidad actuaba al servicio del Rey Carmesí en el lejano Mundo Final. Para Roland, atrapar al semihumano Walter constituye un paso más en el camino hacia la Torre Oscura, donde espera atajar —y tal vez incluso impedir— la inminente destrucción del Mundo Medio y la lenta muerte de los Haces. El subtítulo de este novela es «REANUDACIÓN».

Cuando conocemos a Roland, la Torre Oscura es una especie de obsesión para él, su grial, su única razón de vivir. Sabemos que Marten trató que Roland, siendo este poco más que un crío, fuera enviado al oeste cubierto de oprobio, barrido del tablero del gran juego. Sin embargo, Roland frustra los planes de Marten, gracias sobre todo a su intuición a la hora de escoger el arma que debe utilizar en la prueba de la hombría.

Steven Deschain, padre de Roland, envía a su hijo y dos amigos (Cuthbert Allgood y Alain Johns) a la baronía de Mejis, en la costa, en gran parte para poner a su hijo fuera del alcance de Walter. Allí, Roland conoce a Susan Delgado, de la que se enamora y a quien ha engañado una bruja, Rea de Cos, pues envidia la belleza de la chica. Rea de Cos entraña un grave peligro ya que se ha hecho con una de las grandes bolas de cristal conocidas como las Bandas del Arco iris... o las Bolas de Cristal del Mago. En total suman trece, y la más poderosa y temible de ellas es la Trece Negra. Roland y sus amigos corren muchas aventuras en Mejis, y aunque consiguen escapar salvando la vida (y la Banda rosa del Arco iris), Susan Delgado, la encantadora chica de la ventana, muere quemada en la hoguera. Esta historia se relata en el cuarto volumen, *La bola de cristal*. El subtítulo de esta novela es «Reconocimiento».

Durante el transcurso de los relatos sobre la Torre, descubrimos que el mundo del pistolero está relacionado con el nuestro en varios aspectos fundamentales. La primera de esas conexiones se hace patente cuando Jake, un chico del Nueva York de 1977, conoce a Roland en una estación desierta muchos años después de la muerte de Susan Delgado. Existen puertas entre el mundo de Roland y el nuestro; y una de ellas es la Muerte. Jake se encuentra en aquella estación desierta tras haber sido empujado en plena calle Cuarenta y tres y atropellado por un coche. El conductor del vehículo era un hombre llamado Enrico Balazar. El autor del empujón, un criminal sociópata llamado Jack Mort, el representante de Walter en el Nueva York de la Torre Oscura.

Antes de que Jake y Roland logren dar con Walter, el chico muere de nuevo. Esta vez porque el pistolero, enfrentado a la dolorosa disyuntiva de elegir entre este hijo simbólico y la Torre Oscura, elige la Torre. Las últimas palabras de Jake antes de despeñarse por el abismo son: «Ve, pues... Hay otros mundos aparte de este».

El enfrentamiento final entre Roland y Walter tiene lugar en las cercanías del mar del Oeste. Durante una larga noche de garla, el hombre de negro le lee a Roland su futuro, ayudándose de una extraña baraja de Tarot y le hace hincapié en tres cartas: el Prisionero, la Dama de las Sombras y la Muerte («aunque no para ti, pistolero»).

La invocación, subtitulado «Renovación», comienza a orillas del mar del Oeste, no mucho después de que Roland se despierte tras el enfrentamiento con Walter. El exhausto pistolero es atacado por una horda de carnívoras «langostruosidades» y antes de conseguir escapar de ellas pierde dos dedos de la mano derecha y queda gravemente infectado. Roland reanuda su viaje por la costa del mar del Oeste, aunque se halla enfermo... tal vez moribundo.

En el trayecto encuentra tres puertas que se alzan aisladas en la playa. Todas ellas conducen al Nueva York de nuestro mundo, a tres «cuándos» distintos. De 1987 Roland invoca a Eddie Dean, un prisionero de la heroína. De 1964 invoca a Odetta Susannah Holmes, una mujer que perdió las piernas cuando un sociópata llamado Jack Mort la empujó a los raíles del metro. Ella es la Dama de las Sombras y posee una segunda personalidad hostil, oculta en el interior de su cerebro. Esta mujer oculta, la violenta y taimada Detta Walker, se propone matar tanto a Roland como a Eddie cuando el pistolero la transporta al Mundo Medio.

Roland piensa que tal vez ha invocado a tres personas en las figuras de Eddie y Susannah, dado que Odetta tiene doble personalidad. Sin embargo, cuando Odetta y Detta se funden en Susannah (gracias, en buena medida, al amor y a la valentía de Eddie Dean), el pistolero comprende que su suposición no es cierta. Y también algo más: lo atormenta el recuerdo de Jake, el chico que al morir le habló de otros mundos.

Las tierras baldías, subtitulado «REDENCIÓN», se inicia con una paradoja para Roland, pues está convencido de que Jake parece tanto vivo como muerto. En el Nueva York de finales de los años setenta, a Jake Chambers lo atormenta la misma pregunta: ¿vivo o muerto? ¿Cómo está? Después de matar a un oso gigantesco llamado Mir (según las viejas gentes que le profesaban temor) o Shardik (según los Grandes Antiguos que lo crearon), Roland, Eddie y Susannah vuelven sobre los pasos de la bestia y descubren el Camino del Haz conocido como «Shardik a Maturin», Oso a Tortuga. En un tiempo hubo seis haces similares que discurrían entre los doce portales que jalonan los límites del Mundo Medio. En el punto en el que los haces se entrecruzan, en el centro del mundo de Roland (y de todos los mundos), se halla la Torre Oscura, el nexo de todos los «dóndes» y todos los «cuándos».

Para entonces, Eddie y Susannah ya no son prisioneros en el mundo de Roland. Enamorados y en vías de convertirse

EL ARGUMENTO FINAL

en pistoleros, participan en la búsqueda y siguen a Roland, el último seppe-sai (vendedor de muerte) por el Camino de Shardik, la Senda de Maturin.

En un círculo parlante, no lejos del Pórtico del Oso, el tiempo se recompone, la paradoja se resuelve y la auténtica tercera figura es invocada por fin. Jake entra de nuevo en el Mundo Medio al concluir un peligroso rito en el que los cuatro —Jake, Eddie, Susannah y Roland— recuerdan los rostros de sus padres y se absuelven a sí mismos con honor. No mucho después, el cuarteto se convierte en quinteto cuando Jake hace amistad con un bilibrambo. Los brambos, cuyo aspecto corresponde al de un híbrido de tejón, mapache y perro, poseen una capacidad de habla limitada. Jake bautiza a su nuevo amigo con el nombre de Acho.

La senda de los peregrinos les conduce a la ciudad de Lud, donde los degenerados supervivientes de dos antiguas facciones mantienen vivos los rescoldos de un viejo conflicto. Antes de llegar a la ciudad, se detienen en Paso del Río, donde conocen a algunos viejos residentes supervivientes de los tiempos pasados. Estos ven en Roland un vestigio de aquellos días anteriores a la transformación del mundo, y lo honran a él y a sus compañeros. Los ancianos también les hablan de un tren monorraíl que tal vez aún circule desde Lud a las tierras baldías, por el Camino del Haz hasta la Torre Oscura.

Jake se siente aterrorizado por estas noticias, pero no sorprendido. Antes de ser invocado desde Nueva York, obtuvo dos libros en una librería propiedad de un individuo con el inquietante nombre de Calvin Torre. Uno es un libro de adivinanzas con la página donde se encuentra la lista de soluciones arrancada. El otro, *Charlie el Chu-Chú*, es un libro infantil con oscuras reminiscencias del Mundo Medio. Para empezar, la palabra «char» significa «muerte» en la Alta Lengua, que Roland aprendió en Gilead como parte de su educación.

Tía Talitha, matriarca de Paso del Río, le entrega a Roland una cruz de plata, y los viajeros prosiguen su camino. Al atravesar el desvencijado puente que se extiende sobre el río Send, un moribundo (y muy peligroso) forajido llamado el Chirlas secuestra a Jake. El Chirlas conduce a su joven prisionero bajo tierra ante la presencia del señor Tic-Tac, último líder de la facción de los grises.

Mientras Roland y Acho emprenden la búsqueda de Jake, Eddie y Susannah encuentran la Cuna de Lud, donde Blaine el Mono despierta. Blaine es la última herramienta de la superficie perteneciente a un inmenso sistema de ordenadores alojados bajo Lud. Blaine conserva un único interés: las adivinanzas; razón por la que promete llevar a los viajeros a la última parada del monorraíl... si consiguen plantearle un acertijo que no sepa resolver. De lo contrario, dice Blaine, su viaje acabará en la muerte: árbol *charyou*.

Roland rescata a Jake y deja atrás al señor Tic-Tac pues lo cree muerto. No obstante, Andrew Quick sigue vivo. Medio ciego y medio desfigurado, es rescatado por un hombre que se hace llamar Richard Fannin. Sin embargo, Fannin también responde al apelativo de Extraño Sin Edad, un demonio contra el que Roland había sido prevenido.

Los peregrinos continúan su viaje desde la agonizante ciudad de Lud, esta vez en monorraíl. El hecho de que la verdadera mente que controla el mono se encuentre en ordenadores que cada vez quedan más y más atrás no entrañará diferencia alguna cuando la bala rosada descarrile de las deterioradas vías en algún punto a lo largo del Camino del Haz a una velocidad superior a los mil trescientos kilómetros por hora. La única esperanza de sobrevivir es plantear a Blaine una adivinanza que el ordenador no sepa resolver.

Al comienzo de *La bola de cristal*, Eddie le plantea una adivinanza que destruye a Blaine con un arma inequívocamente humana: la ilógica. El mono se detiene en una versión de Topeka, Kansas, que ha sido asolada por una enfermedad llamada «supergripe». Cuando retoman el viaje por el Camino del Haz (en estos momentos por una versión apocalíptica de la I-70), distinguen señales preocupantes. ¡QUE TODOS ACLAMEN AL REY CARMESÍ!, reza una. OJO CON EL CAMINANTE, advierte otra. Y, tal como los lectores atentos sabrán, el Caminante posee un nombre muy similar al de Richard Fannin.

EL ARGUMENTO FINAL

Tras relatar a sus amigos la historia de Susan Delgado, Roland y sus compañeros llegan a un palacio de cristal verde que se alza en medio de la I-70, un palacio que guarda un gran parecido al que Dorothy Gale buscaba en *El mago de Oz*. En la sala del trono de aquel gran castillo no se topan con Oz el Grande y Terrible, sino con el señor Tic-Tac, el último gran refugiado de la ciudad de Lud. Una vez que Tic-Tac muere, el Mago real da un paso al frente. Se trata del gran antagonista de Roland, Marten Broadclock, conocido en algunos mundos como Randall Flagg, en otros como Richard Fannin y en aún otros como John Farson (el Hombre Bueno). Aunque Roland y sus amigos no consiguen acabar con aquella aparición que les advierte por última vez que abandonen su búsqueda de la Torre («Contra mí fallará, Roland, viejo amigo», le dice al pistolero), sí acaban desterrándolo.

Tras un viaje final en la bola del mago y una revelación atroz —Roland de Gilead asesinó a su madre al confundirla con la bruja llamada Rea—, los viajeros vuelven a encontrarse una vez más en el Mundo Medio y en el Camino del Haz. Retoman su búsqueda y es aquí donde los encontramos en las primeras páginas de *Lobos del Calla*.

Este argumento no resume en modo alguno los primeros cuatro libros de la serie de la Torre. Si no los has leído antes de comenzar este que tienes entre manos, te recomiendo fervientemente que lo hagas; si no, será mejor que dejes este volumen a un lado. Estos libros no son más que partes de un único y largo relato, y harías mejor leyéndolo de principio a fin antes que comenzar a la mitad.

Señor, lo nuestro es el plomo.

Steve McQueen,
en *Los siete magníficos*

Primero vienen las sonrisas, luego las mentiras.
Lo último son las balas.

Roland Deschain,
de Gilead

La sangre que corre por tus venas
corre por las mías,
cuando me miro en un espejo
es tu rostro el que veo.
Toma mi mano,
apóyate en mí,
somos casi libres,
pequeños trotamundos.

Rodney Crowell

Tercera Parte
Los Lobos

I
SECRETOS

UNO

Detrás de la casita de Rosalita Muñoz había un retrete alto pintado de color azul celeste. Cuando el pistolero entró a las tantas de la madrugada después de que el padre Callahan terminase su historia, vio que de la pared de la izquierda sobresalía un sencillo aro metálico con un pequeño disco de acero puesto debajo a unos veinte centímetros más o menos. Dentro de esta estructura había una ramita doble de rudbeckia amarilla. Su olor a limón y ligeramente acre era el único perfume del retrete. En la pared que había encima de la tabla donde uno se aliviaba, en un marco y cubierta con un cristal, había una foto de Jesús Hombre con las manos en posición de oración colocadas justo debajo de la barbilla, con sus mechones rojizos cayéndole sobre los hombros y los ojos dirigidos hacia Su Padre. Roland había oído que había tribus de mutantes lentos que llamaban al Padre de Jesús «Gran Papá Celestial».

La imagen de Jesús Hombre estaba de perfil, y Roland se alegró. Si Él lo hubiera estado mirando de frente, el pistolero no estaba seguro de haber podido hacer sus necesidades matutinas sin cerrar los ojos a pesar de lo llena que tenía la vejiga. «Qué lugar tan raro para poner una foto del hijo de Dios», pensó, y entonces se dio cuenta de que no era nada raro. Por lo general, solo Rosalita utilizaba ese retrete, y lo único que Jesús Hombre podría ver sería su trasero turgente.

Roland Deschain rompió a reír, y cuando lo hizo, su líquido empezó a fluir.

DOS

Rosalita ya se había ido cuando él se despertó, y no hacía poco: su lado de la cama se había enfriado. En ese instante, de pie en el exterior del retrete alargado y azul, mientras se abotonaba la bragueta, Roland alzó la vista hacia el sol y calculó que no podía quedar mucho para el mediodía. Calcular ese tipo de cosas sin un reloj, ni un espejo, ni un péndulo se había vuelto peliagudo en esos días, aunque todavía era posible si uno hacía los cálculos con cuidado y se daba cierto margen de error en sus resultados. Imaginó que Cort se horrorizaría si viera que uno de sus pupilos, uno de sus pupilos graduados, un pistolero, emprendía una empresa como aquella durmiendo casi hasta el mediodía, pues aquello era el principio. Todo lo demás habían sido los preparativos de rigor, necesarios, aunque no muy prácticos. Como lo de bailar la canción del arroz. Ahora esa parte había terminado. Y en cuanto a lo de levantarse tarde...

—Nadie se ha merecido tanto remolonear un poco —dijo, y se bajó la pendiente dando un paseo.

Una valla delimitaba la parte trasera de la parcela de Callahan (aunque puede que el padre pensase que era una viña del Señor). Pasada la parcela había un pequeño arroyo, cuyo rumor era tan alegre como el de una niñita contándole sus secretos a su mejor amiga. Las orillas estaban repletas de rudbeckia amarilla, así que ya había otro misterio (menor) resuelto. Roland inspiró profundamente el perfume.

Se dio cuenta de que estaba pensando en el ka, algo que no solía hacer. (Eddie, quien creía que Roland no pensaba en otra cosa, se habría quedado sorprendido.) Su única norma real era: «Hazte a un lado y déjame trabajar». ¿Por qué, en el nombre de Dios, era tan difícil aprender algo tan simple? ¿Por qué siempre estaba ahí esa estúpida necesidad de inmiscuirse? Todos y cada uno de ellos lo habían hecho; todos y cada uno de ellos sabían que Susannah Dean estaba embarazada. El mismo Roland lo sabía desde el momento de su concepción, cuando Jake llegó desde la casa de Dutch Hill. La misma Susannah lo sabía, pese a los harapos sangrientos que había enterrado a la vera del camino. Así que ¿por qué les había costado tanto iniciar la garla que habían tenido por la noche? ¿Por qué habían armado tanto alboroto por eso? ¿Y cuánto podrían haber sufrido a causa de ello?

Nada, esperaba Roland. No obstante, era difícil de saber, ¿verdad?

Tal vez era mejor dejarlo correr. Esa mañana, aquel parecía un buen consejo, porque Roland se sentía muy bien. Al menos físicamente. Apenas tenía dolores ni…

—Creía que no te ibas a acostar mucho después de irme yo, pistolero, pero Rosalita me ha dicho que te acostaste casi al amanecer.

Roland dejó atrás la valla y sus pensamientos. Callahan se había vestido con unos pantalones oscuros, zapatos oscuros y una camisa oscura de cuello camisero. La cruz le colgaba sobre el pecho y su desaliñada melena cana había sido en parte domada con una especie de gomina. Aguantó la mirada del pistolero durante un instante y luego dijo:

—Ayer le di la sagrada comunión a los minifundistas que la toman y escuché sus confesiones. Hoy es mi día de ir a los ranchos y hacer lo mismo. Un buen número de vaqueros siguen lo que la mayoría llama el camino de la cruz. Rosalita me lleva en la calesa, así que a la hora de la comida y de la cena tendréis que arreglároslas solos.

—No te preocupes —dijo Roland—, pero ¿tiene unos minutos para hablar conmigo?

—Por supuesto —respondió Callahan—. Un hombre que no puede quedarse a hablar un rato, para empezar, no se debería acercarse. Creo que es un buen consejo y no solo para los sacerdotes.

—¿Escucharías mis confesiones?

Callahan puso cara de sorpresa.

—Entonces, ¿eres seguidor de Jesús Hombre?

Roland sacudió la cabeza.

—Ni por asomo. ¿Escucharás de todos modos? Te lo ruego. ¿Y no se lo contarás a nadie?

Callahan se encogió de hombros.

—En cuanto a lo de no decirle a nadie lo que me cuentes, es fácil. Es nuestro trabajo. Pero no confundas la discreción con la absolución. —Le dedicó a Roland una sonrisa glacial—. Los católicos nos reservamos eso para nosotros, si a bien tienes.

A Roland no se le había pasado por la cabeza la absolución y consideró la idea de que pudiera necesitarla (o de que ese hombre pudiera dársela) casi cómica. Se lió un cigarrillo, lo hizo poco a poco, pensando en cómo empezar y hasta dónde contar. Callahan esperó, guardando un respetuoso silencio.

Al final, Roland dijo:

—Había una profecía que decía que yo debía invocar a tres personas y que nos convertiríamos en ka-tet. No importa quién lo formase, da igual lo que ocurriese antes. No voy a preocuparme por ese viejo embrollo, nunca más si puedo evitarlo. Había tres puertas. Detrás de la segunda estaba la mujer que se convertiría en esposa de Eddie, aunque en aquella época no se llamaba Susannah...

TRES

De esta forma, Roland le contó a Callahan la parte de su historia que trataba directamente sobre Susannah y las mujeres que había habido antes que ella. Se centró en la forma en que habían salvado a Jake del guardián de la puerta y se habían traído al niño hasta el Mundo Medio; le contó cómo Susannah (o tal vez en ese momento fuera Detta) había retenido al demonio del círculo mientras ellos hacían el trabajo. Él sabía de antemano cuál era el riesgo, le dijo Roland a Callahan, y al final se había convencido, incluso cuando iban a bordo de Blaine el Mono, de que ella había superado el peligro de quedarse embarazada. Se lo había contado a Eddie, y a Eddie no le había sorprendido en absoluto. A continuación, Jake se lo había contado a él. En realidad, se lo había echado en cara. Y él había aceptado el reproche, dijo, porque creía merecerlo. De lo que ninguno de ellos se había dado cuenta hasta la noche pasada en el porche era de que Susannah lo sabía y de que tal vez lo sabía desde hacía tanto tiempo como Roland. Simplemente se había negado a admitirlo con mayor ahínco.

—Bueno, padre, ¿qué opina?

—Dices que su marido aceptó guardar el secreto —respondió Callahan—. Y que incluso Jake... que ve con toda claridad...

—Sí —respondió Roland—. Lo hace, lo hizo. Cuando me preguntó qué debíamos hacer, le di un mal consejo. Le dije que sería mejor que el ka lo solucionase por sí solo, por lo que lo he tenido atrapado entre mis manos todo el tiempo, como un pájaro cautivo.

—Las cosas siempre parecen más claras cuando las vemos en perspectiva, ¿no crees?

—Sí.

—¿Anoche le contaste a ella que en su seno crece una semilla del demonio?

—Ella sabe que no es de Eddie.

—Así que no se lo contaste. ¿Y Mia? Le hablaste sobre Mia y el salón del banquete del castillo.

—Sí —afirmó Roland—. Creo que enterarse de eso la deprimió, pero no le sorprendió. La otra, Detta, había estado allí desde el accidente en el que perdió las piernas. —No había habido ningún accidente, pero Roland no le había contado lo de Jack Mort a Callahan, pues no vio motivo para hacerlo—. Detta Walker se escondió bien de Odetta Holmes. Eddie y Jake dicen que es una esquizofrénica. —Roland pronunció aquella palabra tan exótica con gran cautela.

—Pero la curaste —dijo Callahan—. La enfrentaste cara a cara con sus dos personalidades en una de esas puertas, ¿no fue así?

Roland se encogió de hombros.

—Se pueden quemar las verrugas con nitrato de plata, padre, pero cuando una persona tiene tendencia a tenerlas, siempre le vuelven a salir.

Callahan lo sorprendió mirando hacia el cielo y lanzando una carcajada estrepitosa. Se rió durante tanto tiempo y con tanta intensidad que al final tuvo que coger el pañuelo del bolsillo trasero del pantalón y enjugarse los ojos con él.

—Roland, puede que seas rápido con la pistola y tan valiente como Satanás un sábado por la noche, pero no eres psiquiatra. Comparar la esquizofrenia con las verrugas... ¡Ay, madre!

—Aun así, Mia es real, padre. Yo la he visto. No en un sueño como Jake, sino con mis propios ojos.

—Eso es exactamente lo que quiero decir —repuso Callahan—. No es una faceta de la mujer que nació con el nombre de Odetta Susannah Holmes. Ella es ella.

—¿Es que hay alguna diferencia?

—Creo que sí. Aunque hay algo que te puedo decir con total seguridad: no importa cómo estén las cosas en tu hermandad, en tu ka-tet, esto debe mantenerse en secreto para el pueblo de Calla Bryn Sturgis. Hoy día, las cosas van por donde tú quieres. Pero si se sabe que la pistolera de piel oscura puede llevar un hijo del demonio, las gentes saldrían corriendo en dirección contraria y a toda prisa. Y Eben Took iría en la cabeza de grupo. Sé que al final decidirás qué hacer basándote en tu propia valoración de lo que el Calla necesita, pero vosotros cuatro no podéis vencer a los lobos sin ayuda, no importa lo buenos que seáis con esos calibres que lleváis. Hay muchas cosas que controlar.

La respuesta era innecesaria. Callahan tenía razón.

—¿Qué es lo que más temes? —preguntó Callahan.

—La ruptura del tet —respondió Roland sin dudarlo.

—¿Con eso quieres decir que Mia va ha hacerse con el control del cuerpo que comparten y que se largará para tener el bebé?

—Si eso ocurre en el momento equivocado, sería nefasto, aunque todavía podría arreglarse. Siempre que Susannah vuelva. Sin embargo, lo que lleva dentro es puro veneno con corazón. —Roland miró con gesto sombrío al religioso vestido de negro—. Tengo muchos motivos para creer que empezaría su misión matando salvajemente a la madre.

—La ruptura del tet... —musitó Callahan—. No la muerte de tu amiga, sino la ruptura del tet... Me pregunto si tus amigos saben qué clase de hombre eres, Roland.

—Lo saben —afirmó Roland, y no volvió a pronunciarse en ese aspecto.

—¿Qué quieres de mí?

—En primer lugar, una respuesta a una pregunta. Tengo claro que Rosalita sabe bastante de rudimentos de medicina. ¿Sabría lo suficiente como para sacar al niño antes de tiempo?

¿Y tendría el estómago que hace falta para hacer frente a lo que pueda encontrarse?

Todos tendrían que estar presentes, por supuesto, Eddie y él, Jake también, pese a lo poco que a Roland le gustaba la idea. Porque lo que había dentro de ella seguramente había acelerado su crecimiento, y aunque su hora no hubiera llegado, sería peligroso. «Y su hora está sin duda cerca —pensó—. No lo sé con certeza, pero lo presiento. Yo...»

El pensamiento se cortó cuando se dio cuenta de la expresión de Callahan: horror, asco y rabia creciente.

—Rosalita jamás haría algo así. Recuerda bien estas palabras: moriría antes de hacerlo.

Roland se quedó perplejo.

—¿Por qué?

—¡Porque es católica!

—No lo entiendo.

Cuando Callahan vio que el pistolero no lo entendía de verdad, el cortante filo de su rabia se desafiló. Aunque Roland tenía la sensación de que gran parte de la ira persistía, como la saeta detrás de la cabeza de una flecha.

—¡Estás hablando de aborto!

—¿Y?

—Roland... Roland. —Callahan agachó la cabeza y cuando la levantó, la rabia parecía haberse esfumado. La sustituía un empecinamiento glacial que el pistolero jamás había visto. Roland era tan capaz de romperlo como de levantar una montaña solo con las manos—. Mi Iglesia clasifica los pecados en dos tipos: los pecados veniales, que son tolerables a ojos de Dios, y los mortales, que no lo son. El aborto es un pecado mortal, es un asesinato.

—Padre, estamos hablando de un demonio, no de un ser humano.

—Eso es lo que tú dices, pero eso es asunto de Dios, no mío.

—¿Y si eso la mata? ¿Dirías lo mismo en ese caso y te lavarías las manos ante el problema?

Roland jamás había oído la historia de Poncio Pilatos, y Callahan lo sabía. Aun así, puso una mueca de asco al imaginárselo. Pero su respuesta fue lo bastante firme:

—¡Y lo dices tú que te has preocupado antes de la ruptura de tu tet antes que de la muerte de tu amiga! ¡Vergüenza debería darte! ¡Vergüenza!

—Mi meta, la meta de mi ka-tet, es la Torre Oscura, padre. No es salvar este mundo en el que estamos, ni siquiera este universo, sino todos los universos. Toda la existencia.

—No me importa —respondió Callahan—. No puede importarme. Ahora, atiéndeme, Roland, hijo de Steven, porque quiero que me atiendas con mucha atención. ¿Me estás atendiendo?

Roland suspiró.

—Digo gracias.

—Rosa no le practicará un aborto a esa mujer. Hay otras personas en el pueblo que pueden hacerlo, no me cabe duda (incluso en un lugar donde unos monstruos de la tierra oscura se llevan a los niños cada veintitantos años, esas asquerosas artes se siguen practicando sin duda), pero si acude a una de ellas, no tendrás que preocuparte por los lobos. Haré que se levante hasta el último puño contra ti en Calla Bryn Sturgis mucho antes de que lleguen.

Roland lo miró con incredulidad.

—¿Incluso pese a saber, como estoy seguro que sabe, que podríamos salvar a cien niños? ¿Niños humanos, cuya primera misión en el mundo no sería comerse a sus madres?

Tal vez Callahan no lo escuchase. Tenía la cara muy pálida.

—Es más, tanto si tienes a bien como si no... Quiero que me des tu palabra, jurada sobre el rostro de su padre, de que jamás le sugerirás el aborto a la mujer.

Una extraña idea le vino a Roland a la cabeza: ahora que había salido ese tema, que se había abalanzado sobre ellos, como el muñeco propulsado por un resorte de una caja de sorpresas, Susannah ya no era Susannah para ese hombre. Se había convertido en «la mujer». Lo asaltó otra idea: ¿cuántos monstruos había exterminado el padre con sus propias manos?

Como solía pasar en momentos de tensión extrema, el padre de Roland le habló. «Esta situación va a ser difícil de enmendar, pero si siguieras adelante, si expresases en palabras tus pensamientos, sí se arreglaría.»

—Quiero que me lo prometas, Roland.

—O hará que el pueblo se levante contra mí.
—Ea.
—¿Y si Susannah decide abortar? Las mujeres lo hacen, y ella no es estúpida. Sabe lo que está en juego.
—Mia, la verdadera madre de la criatura, lo evitará.
—No esté tan seguro. El instinto de supervivencia de Susannah Dean es muy fuerte. Y creo que su dedicación a nuestra misión es incluso más fuerte.

Callahan vaciló. Miró hacia otro lado con los labios muy apretados, formando una tensa línea blanca. Entonces lo volvió a mirar.

—Tú lo evitarás —sentenció—. Como su dinh.

«Me acaban de encastillar un enroque», pensó Roland.

—Está bien —contestó—. Le hablaré de nuestra charla y me aseguraré de que entiende la postura que usted acaba de exponer. Y le diré que no debe contárselo a Eddie.

—¿Por qué no?

—Porque él le mataría, padre. Le mataría por haber interferido.

Roland se sintió en cierta forma gratificado por la expresión de asombro de Callahan. Se volvió a recordar a sí mismo que no debía tener sentimientos contra aquel hombre, que simplemente era lo que era. ¿Acaso no les había hablado de la carga que arrastraba tras él dondequiera que fuera?

—Ahora escúcheme como yo le he escuchado, Callahan, porque ahora tiene una responsabilidad con todos nosotros. Sobre todo, con «la mujer».

Callahan se estremeció ligeramente, como admirado. Pero asintió con la cabeza.

—Cuéntame qué has pensado.

—En primer lugar, me gustaría que la vigilase cuando pudiese. Como un halcón. En particular quiero que la vigile para ver si se pone los dedos aquí. —Roland se frotó encima de la ceja izquierda—. O aquí. —A continuación se frotó la sien del mismo lado—. Escuche la forma en que habla. Fíjese si se acelera. Vigílela para ver si empieza a moverse con pequeños espasmos. —Roland se llevó de golpe una mano a la cabeza y se la rascó. Volvió a bajarla de golpe. Inclinó la cabeza hacia el lado derecho y miró a Callahan de nuevo—. ¿Entiende?

—Sí. ¿Son los signos de que Mia está llegando?

Roland hizo un gesto de asentimiento.

—No quiero que vuelva a estar sola cuando sea Mia. No si puedo evitarlo.

—Entiendo —dijo Callahan—. Pero, Roland, me resulta difícil creer que un recién nacido, sin importar quién o qué pueda haber sido el padre...

—Silencio —ordenó Roland—. Silencio, ea. —Y cuando Callahan se calló como le ordenaban, añadió—: Lo que piense o crea no me importa. Usted tiene que cuidar de sí mismo, y yo le deseo bien. Pero si Mia o lo que sale de Mia daña a Rosalita, padre, le haré responsable de lo que le ocurra. Se lo haré pagar con mi mano buena. ¿Lo entiende?

—Sí, Roland. —Callahan parecía a un tiempo avergonzado y tranquilo. Era una extraña combinación.

—Está bien. Bien, hay otra cosa que puede hacer por mí. Cuando llegue el día de los lobos, voy a necesitar seis personas de entre las gentes en las que pueda confiar a ciegas. Me gustaría que fueran tres de cada sexo.

—¿Te importa que algunas sean padres con hijos en peligro?

—No, pero no todas. Y ninguna de las mujeres que pueden estar lanzando el plato; ni Sarey, ni Zalia, ni Margaret Eisenhart, ni Rosalita. Ellas estarán en otro lugar.

—¿Para qué quieres a esas seis personas?

Roland permaneció en silencio. Callahan lo miró un rato más y a continuación suspiró.

—Reuben Caverra —dijo—. Reuben jamás ha olvidado a su hermana ni cuánto la quería. Diane Caverra, su esposa... o ¿acaso no quieres parejas?

No, una pareja le iría bien. Roland hizo girar los dedos, indicando al padre con ese gesto que continuase.

—Yo diría que Cantab de los mannis; los niños lo siguen como si fuera el flautista de Hamelín.

—No lo entiendo.

—No tienes por qué. Lo siguen, eso es lo que importa. Bucky

Javier y su esposa... ¿Y qué te parece su chico, Jake? Los niños del pueblo ya lo siguen con los ojos, y sospecho que bastantes chicas están enamoradas de él.

—No, lo necesito.

«¿O es que no puedes soportar no tenerlo a la vista?», se preguntó Callahan... pero no lo dijo. Había presionado a Roland hasta donde era prudente, al menos por un día. En realidad, más.

—¿Y Andy? Los niños también lo adoran. Y él los protegería hasta la muerte.

—¿Ea? ¿De los lobos?

Callahan puso cara de preocupación. En realidad él estaba pensando en los gatos monteses. En ellos y en la clase de lobos que caminan a cuatro patas. En cuanto a los que procedían de Tronido...

—No —dijo Roland—. Andy no.

—¿Por qué no? Porque no quieres a los seis para combatir a los lobos, ¿verdad?

—Andy no —repitió Roland. No era más que un presentimiento, pero sus presentimientos eran su versión del toque—. Hay tiempo para pensarlo, padre... y lo pensaremos.

—Van a reunirse con el pueblo.

—Ea. Hoy y todos los días durante un tiempo.

Callahan sonrió de oreja a oreja.

—Sus amigos y yo lo llamamos *schmoozing*. Es una palabra yiddish.

—¿Ea? ¿Qué tribu habla esa lengua?

—Una desafortunada, en todos los sentidos. Aquí, *schmoozing* se dice commala. Es la palabra que usan para referirse a casi todo. —Callahan estaba un poco sorprendido por las enormes ganas que tenía de recuperar la atención del pistolero. Un poco asqueado de sí mismo, también—. En cualquier caso, te deseo bien.

Roland hizo un gesto de asentimiento. Callahan alzó la vista hacia la rectoría, donde Rosalita ya había puesto los arreos a los caballos para atarlos a la calesa y esperaba con impaciencia a que Callahan llegase para que pudieran ir a realizar su misión divina. A medio camino de la ladera, Callahan dio media vuelta.

—No me disculpo por mis creencias —dijo—, pero si he complicado tu misión aquí en el Calla, lo siento.

—Tu Jesús Hombre me parece un hijo de puta en lo referente a las mujeres —afirmó Roland—. ¿Estuvo casado alguna vez?

A Callahan se le levantaron de repente las comisuras de los labios.

—No —respondió—, pero Su novia era una ramera.

—Bueno —dijo Roland—, por algo se empieza.

CUATRO

Roland volvió a apoyarse en la valla. El día pedía que se pusiera en marcha, aunque quería darle ventaja Callahan. Tenía tantas razones para hacerlo así como las había tenido para rechazar a Andy de plano; no era más que un presentimiento.

Seguía allí y se estaba liando otro cigarrillo cuando Eddie bajó por la colina con la camisa ondeando tras él y las botas en una mano.

—Salve, Eddie —lo saludó Roland.

—Salve, jefe. Te he visto hablando con Callahan. La manduca nuestra de cada día, dánosla hoy.

Roland puso cara de sorpresa.

—Da igual —dijo Eddie—. Roland, con toda las emociones no he tenido tiempo de contarte la historia del abuelo. Y es importante.

—¿Susannah está despierta?

—Sí. Se está aseando. Jake está comiendo algo con pinta de tortilla de doce huevos.

Roland hizo un gesto de asentimiento.

—He dado de comer a los caballos. Podemos ensillarlos mientras me cuentas la historia del viejo.

—No creo que tarde tanto —dijo Eddie, y así fue.

Llegó al momento decisivo (la parte que el viejo le había susurrado al oído) justo cuando llegaron al establo. Roland se volvió hacia él, olvidando los caballos. Le brillaban los ojos. Sujetó a Eddie por los hombros con gran fuerza, incluso con la mermada mano derecha.

—¡Repite eso!

Eddie no se molestó.

—Me dijo que me acercase y lo hice. Me dijo que jamás se lo había contado a nadie, excepto a su hijo, y yo le creí. Tian y Zalia saben que estuvo allí, o que dice que estuvo, pero no saben lo que vio cuando le quitó la máscara a aquello. No creo que la Roja fuera quien se la quitase. Y entonces susurró...

Una vez más, Eddie le contó a Roland lo que el abuelo de Tian afirmaba haber visto.

La mirada victoriosa de Roland era tan brillante que resultaba aterradora.

—¡Caballos grises! —exclamó—. ¡Todos los caballos exactamente del mismo tono! ¡¿Lo entiendes ahora, Eddie?! ¡¿Lo entiendes?!

—Sí —respondió Eddie. Se le vieron los dientes al sonreír. No era una sonrisa especialmente agradable—. Como le dijo la corista al empresario: «Este numerito ya me lo conozco».

CINCO

En inglés normativo, la palabra con más acepciones es seguramente *run*. El *Random House Unabridged Dictionary* presenta ciento ocho acepciones, la primera es «avanzar con rapidez, moviendo las piernas con mayor velocidad que al caminar» y la última «fluir un líquido». En los Callas de la Media Luna de las tierras fronterizas, entre el Mundo Medio y Tronido, la palma de múltiples acepciones se la lleva «commala». Si la palabra estuviera en el diccionario de Random House, la primera acepción (suponiendo que estuvieran ordenadas, como suele suceder, por la frecuencia de uso), tendría que ser: «variedad de arroz cultivada en la linde más oriental del Mundo Total». Sin embargo, la segunda sería: «relación sexual». La tercera tendría que ser «orgasmo sexual», como en la frase «¿Sientes el commala?». (La respuesta esperada sería: «Sea, digo gracias, siento el commala muy pero, que muy mucho».) Mojar el commala es regar el arroz en una época de sequía; también significa masturbarse. Commala es el inicio de alguna comida opípara y jubilosa, como un banquete familiar (no la comida en sí, ea, sino el momento de empezar a comer). A un hombre que está perdiendo el pelo (como le ocurría a Garrett Strong en ese momento), se le está secando el commala. El apareamiento de los animales es un commala húmedo. Los animales castrados son commala seco, aunque nadie sabría decir por qué. Una virgen es commala verde, una mujer que menstrua es commala roja; un viejo que ya no logra templar su hierro ante la fragua, con perdón, es commala flácido. Estar de commala es estar de cuchicheo, un término vulgar para referirse a «compartir secretos». Las connotaciones sexuales de la palabra están claras, pero ¿por qué se conoce a los arroyos rocosos del norte del pueblo con el nombre de acequias commala? En ese sentido, ¿por qué un tenedor a veces es commala, pero nunca una cuchara o un cuchillo? No hay ciento setenta y ocho acepciones de la palabra, pero tiene que haber setenta. El doble, si se añaden las diversas variantes. Uno de los significados, que estaría seguramente entre los diez primeros, es el que el padre Callahan definió como *schmoozing*. La frase real sería algo así como «Ven a Sturgis a commala», o «Ven a Bryn a commala». El significado literal sería que la comunidad cuchichease como un todo.

Durante los cinco días siguientes, Roland y su ka-tet intentaron continuar con el proceso, que los forasteros habían iniciado en el almacén de Took. El arranque fue difícil («Como intentar encender un fuego con astillas húmedas», dijo Susannah hecha una furia tras su primera noche), pero, poco a poco, las gentes se fueron convenciendo. O al menos se ganaron su simpatía. Todas las noches, Roland y los Dean regresaban a la rectoría del padre. Todas las tardes a última hora o por las noches, Jake regresaba al rancho Rocking B. Andy salía para reunirse con él en el lugar donde el camino hacia el rancho B se bifurcaba desde el Camino del Este y lo acompañaba durante el resto del camino, siempre haciendo una reverencia y diciendo «Buenas noches, ¡soh! ¿Quiere que le diga su horóscopo? ¡A esta época del año a veces se le suele llamar Cosecha del Charyou! ¡Se encontrará con un viejo amigo! ¡Una joven piensa en usted con cariño!», etcétera.

Jake le había vuelto a preguntar a Roland por qué estaba pasando tanto tiempo con Benny Slightman.

—¿Te estás quejando? —preguntó Roland—. ¿Ya no te gusta?

—Me gusta mucho, Roland, pero si hay algo que se supone que debo estar haciendo además de saltar sobre el heno, enseñarle a Acho a dar vueltas de campana o ver quién puede hacer rebotar una piedra lisa en el río más veces, creo que tendrías que decirme qué es.

—No hay nada más —aseguró Roland. A continuación, como si se le acabara de ocurrir, soltó—: Y duérmete ya. Los niños que están creciendo necesitan dormir mucho.

—¿Por qué estoy fuera?

—Porque me parece que tienes que estar ahí —contestó Roland—. Lo único que quiero es que mantengas los ojos abiertos y me digas si ves algo que no te gusta o que no entiendes.

—De todos modos, nene, ¿es que no nos ves bastante durante estos días? —le preguntó Eddie.

Estuvieron juntos durante esos cinco días y los días fueron largos. La novedad que suponía montar los caballos de sai Overholser se esfumó de un plumazo. También las quejas por los músculos doloridos y los traseros magullados. En una de esas montas, cuando se acercaban al lugar donde Andy estaba esperando, Roland le preguntó a Susannah sin rodeos si había pensado en el aborto como forma de resolver su problema.

—Bueno —respondió ella, mirándole con curiosidad desde su caballo—, no voy a decirte que la idea no se me haya pasado por la cabeza.

—Prohíbetela —dijo él—. Nada de abortos.

—¿Por alguna razón en particular?

—El ka —contestó Roland.

—Kaka —replicó Eddie con rapidez.

Era un chiste muy viejo, pero se rieron los tres, y Roland se sintió encantado de reír con ellos. De aquella forma dejaron el tema. Roland apenas podía creerlo, pero estaba contento. El hecho de que Susannah se mostrase tan poco predispuesta a hablar de Mia y de la llegada del bebé lo hizo sentirse verdaderamente agradecido. Supuso que había cosas, bastantes, con las que se sentía mejor no sabiéndolas.

Aun así, jamás le había faltado valor. Roland estaba seguro de que las preguntas llegarían tarde o temprano, pero después de cinco días de hacer campaña por el pueblo como un cuarteto (un quinteto, contando a Acho, que siempre montaba con Jake), Roland empezó a enviarla hacia el minifundio de los Jaffords a mediodía para que ejercitase la mano con el lanzamiento del plato.

Unos ocho días después de su larga garla en el porche de la rectoría, la que había durado hasta la cuatro de la madrugada, Susannah los invitó a que fueran al minifundio de los Jaffords para que vieran sus progresos.

—Ha sido idea de Zalia —dijo—. Supongo que quiere saber si estoy aprobada.

Roland sabía que solo tenía que preguntarle a Susannah en persona si quería una respuesta a esa pregunta, pero sentía curiosidad. Cuando llegaron, vieron a toda la familia reunida en el porche de la parte trasera, también estaban varios de los vecinos de Tian: Jorge Estrada y su esposa, Diego Adams (en zahones) y los Javier. Parecían espectadores de un entrenamiento de puntos. Zalman y Tia, los gemelos arrunados, se pusieron a un lado mientras miraban a todo el grupo con los ojos abiertos como platos. Andy también estaba presente, con el pequeño Aaron (que estaba dormido) en los brazos.

—Roland, si querías que todo esto se mantuviera en secreto, ¿adivinas lo que va a ocurrir? —dijo Eddie.

Roland no perdió la compostura, aunque se dio cuenta de que ahora la advertencia a los vaqueros que habían visto a sai Eisenhart lanzar el plato había sido totalmente inútil. Las gentes hablaron, así de simple. Ya fuera en las tierras fronterizas o en las baronías, el cuchicheo era el rey de los deportes. «Al menos —barruntó—, esos besugos propagarán el rumor de que Roland es un tipo duro, commala duro de roer, con el que no se puede tontear.»

—Es lo que hay —dijo—. Las gentes del Calla saben desde hace siglos que las Hermanas de Oriza lanzan el plato. Si saben que Susannah también lo lanza, y que no se le da mal, puede que sea para bien.

—Aunque, ya sabes, espero que no la cague —comentó Jake.

Recibieron a Roland, Eddie y a Jake con una salutación respetuosa mientras subían al porche. Andy le dijo a Jake que había una joven que bebía los vientos por él. Jake se ruborizó y dijo que en ese momento no quería saber nada sobre esas cosas, si a Andy no le importaba.

—Como quiera, soh.

Jake se dio cuenta de que estaba estudiando las palabras y números impresos que se encontraban en la mitad del cuerpo de Andy como un tatuaje de acero y de que se estaba planteando una vez más si de verdad se encontraba en aquel mundo de robots y vaqueros o si todo era una especie de sueño extraordinariamente vívido.

—Espero que este bebé se despierte pronto, de verdad. Y que llore, porque conozco bastantes nanas tranquilizadoras.

—Cierra el pico, ¡granuja de hojalata chirriante! —dijo el abuelo, enfadado, y después de rogar el perdón del viejo (con su típico tono de voz complaciente y no muy suplicante), Andy se calló.

«Mensajero y Muchas Otras funciones —pensó Jake—. ¿Una de tus funciones es meterse con los chicos, o son solo imaginaciones mías?»

Susannah se había metido en la casa con Zalia. Cuando salieron, Susannah llevaba no una bolsa roja, sino dos. Colgaban en una de sus caderas prendidas de un par de correas entretejidas. Había otra correa, Eddie la vio, que le rodeaba la cintura y sujetaban las bolsas por los nudos. Como los anclajes de las pistoleras.

—Buena sujeción, digo gracias —señaló Diego Adams.

—Ha sido idea de Susannah —explicó Zalia cuando Susannah se sentó en su silla de ruedas—. Lo llama agarradero.

Eddie pensó que no lo era exactamente, pero que se parecía mucho. Sintió que una sonrisa de admiración se le dibujaba en los labios y vio un gesto similar en los de Roland y en los de Jake. ¡Por Dios!, incluso parecía que Acho sonreía.

—Me pregunto si sacará agua —dijo Bucky Javier.

El hecho de que esa pregunta ni siquiera se formulara, pensó Eddie, solo ponía de relieve la diferencia entre los pistoleros y las gentes del Calla. Eddie y sus compañeros supieron desde el primer vistazo qué era la sujeción y que funcionaría. Sin embargo, Javier era un minifundista y, como tal, veía el mundo de una forma muy distinta.

«Nos necesitáis —pensó Eddie mirando al pequeño grupo de hombres que se encontraba de pie en el porche: los granjeros con sus pantalones blancos sucios y Adams en zahones y botines salpicados de estiércol—. Sí, señor, más que nunca.»

Susannah avanzó con la silla hacia la parte delantera del porche y se sentó sobre los muñones, así que parecía que estaba de pie en su silla. Eddie sabía cuánto le dolía estar en esa postura, pero su rostro no reflejaba incomodidad alguna. Mientras tanto, Roland estaba mirando hacia abajo, hacia los agarraderos que llevaba. Había cuatro platos en cada uno, eran lisos, sin ningún dibujo. Platos de prácticas.

Zalia se dirigió hacia el establo. Aunque Roland y Eddie habían visto la manta hilvanada en cuanto llegaron, los demás se dieron cuenta de su presencia por primera vez cuando Zalia tiró de ella. Dibujada con tiza sobre los tablones del establo estaba la silueta de un hombre, o de un ser con aspecto de hombre, con una sonrisa congelada en la cara y una supuesta capa que revoloteaba tras él. No era una obra de la calidad que tenían las realizadas por los gemelos Tavery, ni de cerca, pero los que estaban en el porche reconocieron un lobo en aquello en cuanto lo vieron. Los niños mayores lanzaron un ligero gemido. Los Estrada y los Javier aplaudieron, aunque miraban con aprensión incluso mientras lo hacían, como la gente que teme estar invocando al diablo por silbar. Andy lanzó un cumplido al dibujante («Quienquiera que sea ella», añadió maliciosamente), y el abuelo le volvió a decir que cerrase el pico. A continuación exclamó que los lobos que él había visto eran un poco más grandes. Su voz sonó como un chillido emocionado.

—Bueno, lo he dibujado del tamaño de un hombre —se excusó Zalia (en realidad, lo había dibujado del tamaño de su marido)—. Si el de verdad resulta ser un blanco mayor, pues mejor que mejor. Atendedme, os lo ruego. —Esto último sonó inseguro, casi como una pregunta.

Roland hizo un gesto de asentimiento.

—Decimos gracias.

Zalia le dedicó una mirada de agradecimiento y se alejó de la silueta de la pared. A continuación miró a Susannah.

—Cuando usted desee, señora.

Por un momento, Susannah se quedó donde estaba, a unos cincuenta y cinco metros del establo. Tenía las manos colocadas entre los pechos, con la derecha sobre la izquierda, y la cabeza agachada. Sus compañeros de ka sabían exactamente lo que le estaba pasando por la cabeza: «Apunto con el ojo, lanzo con la mano, mato con el corazón». Sus propios corazones se dirigieron hacia ella, tal vez conducidos por el toque de Jake o el amor de Eddie, para animarla, para desearle bien, para compartir su inquietud. Roland miraba con ferocidad. ¿Acaso otra buena mano con el plato pondría las cosas a su favor? Tal vez no. Pero él era lo que era, y ella también, y él deseaba que diera en el blanco con toda su alma.

Susannah levantó la cabeza. Miró la silueta pintada con tiza en la pared del establo. Todavía tenía las manos entre los pechos. Entonces lanzó un chillido, como el que había lanzado Margaret Eisenhart en el patio del Rocking B, y Roland sintió que se le aceleraba el pulso. En ese momento tuvo un claro y hermoso recuerdo de David, su halcón, recogiendo las alas sobre un cielo azul de estío y lanzándose sobre su presa como una piedra con ojos.

—¡Riza!

Bajó las manos y estas se convirtieron en un borrón. Solo Roland, Eddie y Jake fueron capaces de ver cómo se cruzaron sobre la cintura; con la mano derecha sacó un plato del agarradero izquierdo y con la mano izquierda sacó uno del derecho. Sai Eisenhart lo había lanzado desde el hombro, sacrificando tiempo para ganar en fuerza y precisión. Susannah cruzó los brazos por debajo de la caja torácica y justo por encima de los brazos de la silla de ruedas, los platos terminaron de dibujar su arco ladeado a, más o menos, la altura de sus omóplatos. A continuación salieron disparados y describieron un zigzag en el aire un instante antes de clavarse con un ruido sordo en el lateral del establo.

Susannah acabó con los brazos estirados justo delante de ella; durante un momento pareció una directora de teatro que acabase de presentar la obra que iba a representarse. Luego, los dejó caer y los cruzó para coger dos platos más. Los lanzó con violencia, volvió a bajar los brazos y tiró el tercer par. Los dos primeros todavía temblaban cuando los dos últimos se clavaron en el lateral del establo, uno arriba y otro abajo.

Durante un instante se produjo un profundo silencio en el patio de los Jaffords. Ni siquiera cantaban los pájaros. Los ocho platos formaban una perfecta línea recta desde la garganta de la silueta pintada con tiza hasta lo que habría sido la cintura. Todos estaban a una distancia de entre seis y siete centímetros y bajaban como los botones de una camisa. Y había lanzado los ocho en no más de tres segundos.

—¿Vais a usar los platos contra los lobos? —preguntó Bucky Javier con una extraña voz ahogada—. ¿Es eso?

—No hemos decidido nada —respondió Roland, impasible.

Con una voz apenas audible que sonó a un tiempo asombrada y maravillada, Deelie Estrada dijo:

—Pero si eso hubiera sido un hombre, atendedme, estaría hecho picadillo.

Fue el abuelo quien tuvo la última palabra, como deberían tenerla casi todos los abuelos:

—¡Cagüenla...!

SEIS

Al volver al camino principal (Andy caminaba a cierta distancia de ellos, llevaba la silla de ruedas plegada y tocaba algo que sonaba a gaita con su sistema sonoro), Susannah dijo, pensativa:

—Tal vez deje la pistola, Roland, y me centre solo en el plato. Dar ese grito y lanzar después es como un placer animal.

—Me has recordado a mi halcón —admitió Roland.

Los dientes blancos de Susannah brillaron en una sonrisa.

—Me sentía como un halcón. «¡Riza! ¡O-Riza!» El simple hecho de decir esas palabras me produce ganas de lanzar.

A Jake lo asaltó un oscuro recuerdo del Chirlas («Tu viejo compañero, el Chirlas», como al caballero en persona le gustaba decir), y se estremeció.

—¿De verdad dejarías la pistola? —preguntó Roland. No sabía si se sentía maravillado o aterrado.

—¿Te liarías tus propios cigarrillos si te los hicieran a medida? —preguntó ella, y entonces, antes de que él pudiera responder, añadió—: No, no lo harías. Aun así, el plato es un arma adorable. Cuando lleguen, espero poder lanzar dos docenas. Y batir mi récord.

—¿Faltarán platos? —preguntó Eddie.

—No —respondió ella—. No hay muchos de los buenos, como el que la señora sai Eisenhart lanzó para ti, Roland, pero hay cientos de platos de prácticas. Rosalita y Sarey Adams los están seleccionando, descartan cualquiera que pudiera volar torcido. —Dudó y bajó la voz—. Han lanzado todas, Roland, y aunque Sarey es fiera como un león y resistiría con la fuerza de un tornado...

—No tiene el don, ¿verdad? —preguntó Eddie con comprensión.

—No mucho —corroboró Susannah—. Es buena, pero no como las demás. Ni tampoco tiene la misma fiereza.

—Podría tener otra cosa para ella —dijo Roland.

—¿Qué sería, cielo?

—Un trabajo de acompañante, a lo mejor. Pasado mañana veremos cómo lanzan. Una pequeña competición siempre anima las cosas. A las cinco en punto, Susannah, ¿lo saben?

—Sí. Vendrá la mayoría del Calla, si tú lo permites.

Aquello fue descorazonador, pero tendría que haberlo imaginado. «Llevo demasiado tiempo fuera del mundo de las personas —pensó—. Sin duda alguna.»

—Solo las señoras y nosotros, nadie más —dijo Roland con firmeza.

—Si las gentes del Calla vieran que las mujeres lanzan bien, muchos de los que miran desde la barrera cambiarían de opinión.

Roland sacudió la cabeza. No quería que supieran lo bien que lanzaban las mujeres, prácticamente todo dependía de eso. Pero que el pueblo supiera que estaban lanzando... tal vez eso no fuera tan malo.

—¿Son buenas, Susannah? Dime.

Ella se lo pensó, luego sonrió.

—Tienen una puntería asesina. Todas.

—¿Puedes enseñarles ese tiro cruzado?

Susannah pensó la pregunta. Se le puede enseñar a cualquiera prácticamente cualquier cosa si hay «mundo» y tiempo suficientes, pero no tenían ni una cosa ni otra. Les quedaban solo trece días a partir de ese momento y cuando las Hermanas de Oriza (incluyendo a su miembro más reciente, Susannah de Nueva York) se reunieran para la exhibición en el patio del padre Callahan, solo les quedaría una semana y media. El lanzamiento cruzado se había convertido en algo natural para ella, como todo lo relacionado con el tiro. Pero para las demás...

—Rosalita lo aprenderá —dijo por fin—. Margaret Eisenhart podría aprenderlo, aunque podría ponerse nerviosa en el momento inapropiado. ¿Zalia? No. Mejor que lance un plato cada vez, siempre con la mano derecha. Es un poco lenta, pero te garantizo que cada plato que lance se empapará de la sangre de alguien.

—Sí —dijo Eddie—. Hasta que una sneetch impacte contra ella y la haga estallar dentro del corsé, por así decirlo.

Susannah lo ignoró.

—Podemos hacerles daño, Roland. Tú sabes que podemos.

Roland hizo un gesto de asentimiento. Lo que había visto lo había animado un poco, sobre todo teniendo en cuenta lo que Eddie le había dicho. Susannah y Jake también conocían ya el viejo secreto del abuelo. Y, hablando de Jake...

—Estás muy callado hoy —le dijo Roland al chico—. ¿Va todo bien?

—Bien, gracias —respondió Jake.

Había estado mirando a Andy, pensando en cómo el robot había acunado al bebé, pensando en que si Tian y Zalia y los otros niños morían y Andy quedaba vivo para criar a Aaron, el pequeño seguramente moriría en seis meses. Moriría o se convertiría en el niño más raro del universo. Andy le cambiaría los pañales; Andy le daría de comer todo lo que tocaba; Andy lo mudaría cuando necesitase una muda y lo haría eructar si necesitaba eructar, y se oirían todo tipo de nanas, todas serían cantadas a la perfección y ninguna de ellas estaría inspirada en el amor de una madre. Ni de un padre. Andy era solo Andy, Robot Mensajero, Muchas otras Funciones. Sería mejor que Aaron creciera entre... lobos.

Esa idea lo llevó de regreso a la noche en que Benny y él habían acampado a cielo abierto (no lo habían hecho hasta entonces; el tiempo se había puesto frío). La noche en que había visto a Andy y al padre de Benny garlando. Luego, el padre de Benny se había ido vadeando el río. En dirección al este.

En dirección a Tronido.

—Jake, ¿seguro que estás bien? —preguntó Susannah.

—Sisito —respondió Jake, con la certeza de que eso la haría reír.

Así fue, y Jake se rió con ella, aunque todavía estaba pensando en el padre de Benny y en las gafas que llevaba. Jake estaba bastante seguro de que era el único en el pueblo que las tenía. Le había preguntado sobre aquello un día en que los tres habían estado montando en uno de los dos campos del norte del rancho Rocking B mientras buscaban al ganado descarriado. El padre de Benny le contó una historia sobre el trueque de un potro encauzado de verdad por sus gafas, lo había hecho en una de las tiendas de las barcas del río, cuando la mana de Benny estaba viva, Oriza la tenga en su seno. Lo había hecho pese a que todos los vaqueros (incluso Vaughn Eisenhart, no vayas a creer) le habían dicho que esas gafas jamás funcionaban; que eran tan útiles como las predicciones de Andy. No obstante, Ben Slightman se las había probado, y las gafas lo habían cambiado todo. De inmediato, y por primera vez desde que tenía unos siete años, había podido ver el mundo.

Se había limpiado las gafas con la camisa mientras montaban, las había levantado hacia el cielo de forma que dos manchas de sol idénticas se proyectaron sobre sus mejillas y luego había vuelto a ponérselas.

—Si alguna vez las pierdo o se me rompen, no sé qué haría —había dicho—. He pasado bien sin ellas durante unos veinte años o más, pero uno se acostumbra a lo que es mejor en un santiamén.

Jake pensó que era una buena historia. Estaba seguro de que Susannah se la habría creído (siempre y cuando ella hubiera sido la primera en reparar en la singularidad de las gafas). Imaginó que Roland también se la habría creído. Slightman la contó justo como tocaba: un hombre que todavía valoraba su buena suerte y a quien no le importaba que las gentes supieran que había hecho bien algo mientras que un número bastante considerable de personas, su jefe entre ellas, no había dado en el blanco. Incluso Eddie se la podría haber tragado. La única cosa que fallaba era que la historia de Slightman no era cierta. Jake no sabía cuál había sido el verdadero trato, su toque no llegaba a tanto, pero sí sabía que no era cierto. Y eso le preocupaba.

«A lo mejor no es nada. Seguramente las consiguió de una forma no tan legal. Por lo que tú sabes, uno de los mannis las trajo consigo de algún otro mundo, y el padre de Benny las robó.»

Esa era una posibilidad; si se esforzaba, Jake podría haber ideado media docena más. Era un chico imaginativo.

Aun así, cuando lo relacionó con lo que había visto en el río, se preocupó. ¿Qué clase de negocios podía tener el capataz de Eisenhart en el apartado lugar donde se encontraba el Whye? Jake lo ignoraba. Con todo, cada vez que pensaba en sacar el tema cuando estaba con Roland, algo le hacía permanecer en silencio.

«Y después de habérselo hecho pasar tan mal con lo de guardar secretos...»

Sí, sí, sí. Pero...

Pero ¿qué, vaquero?

Pero Benny... esa era la cuestión. Benny era el problema. O a lo mejor, el problema era Jake. Jamás había sido demasiado bueno haciendo amigos y ahora tenía uno íntimo. Uno de verdad. La idea de meter al padre de Benny en un lío le revolvía el estómago.

SIETE

Dos días después, a las cinco de la tarde, Rosalita, Zalia, Margaret Eisenhart, Sarey Adams y Susannah Dean se reunieron en el campo que estaba justo al oeste del pulcro retrete de Rosa. Se oyeron muchas risitas tontas y un par de estallidos de risas nerviosas y chillonas. Roland se mantuvo a cierta distancia y ordenó a Eddie y a Jake que hicieran lo mismo. Sería mejor dejar que se desahogaran.

Apoyados en el pasamanos de la valla, separados unos tres metros entre sí, había espantapájaros con rechonchas cabezas de aguaturma. Todas las cabezas estaban envueltas con sacos de arpillera que se habían atado para simular la capucha de una túnica. A los pies de cada uno de los muñecos había tres cestas. Una estaba llena de más aguaturmas; otra de patatas. El contenido de la tercera había provocado quejidos y gritos de protesta, pues estaba llena de rabanitos. Roland les dijo que dejasen de lloriquear, que se había planteado incluso poner guisantes. Ninguna de ellas (ni siquiera Susannah) estaba completamente segura de que estuviera bromeando.

Callahan, que ese día vestía vaqueros y un chaleco de ganadero con muchos bolsillos, se dirigió con tranquilidad hacia el porche, donde Roland estaba sentado fumando y esperando a que las señoras estuvieran listas. Jake y Eddie estaban jugando a damas por ahí cerca.

—Vaughn Eisenhart está en la entrada —anunció el padre a Roland—. Dice que irá a casa de Tooky a tomarse una cerveza, pero no hasta que tenga una charla contigo.

Roland suspiró, se levantó, y pasó por la casa para dirigirse a la entrada. Eisenhart estaba sentado en un balancín de mala muerte, con los botines apoyados en el salvabarros de un carromato de mala muerte, mirando con aire taciturno hacia la iglesia de Callahan.

—Buen día tengas, Roland —lo saludó.

Wayne Overholser le había dado a Roland un sombrero de vaquero de ala ancha unos días antes. Lo inclinó hacia el ranchero y esperó.

—Supongo que pronto enviarás la pluma —dijo Eisenhart—. Que convocarás una reunión, si a bien tienes.

Roland admitió que así era. No era asunto del pueblo decirle a los caballeros de Eld cómo tenían que cumplir sus deberes, pero Roland les diría cuál era el deber que tenían que cumplir. Eso sí se lo debía.

—Quiero que sepas que cuando llegue la hora, la tocaré y la enviaré. Y llegada la reunión, diré que sea.

—Digo gracias —respondió Roland.

De hecho, se sentía conmovido. Desde que estaba con Jake, Eddie y Susannah parecía que le había crecido el corazón. Algunas veces lo sentía. La mayoría de las veces no.

—Took no hará ni lo uno ni lo otro.

—No —convino Roland—. Mientras el negocio sea bueno, los Took del mundo jamás tocan la pluma. Ni dicen sea.

—Overholser está con él.

Aquello fue un golpe. No del todo inesperado, aunque tenía esperanzas de que Overholser acudiera. Sin embargo, Roland contaba con todo el apoyo que necesitaba y suponía que Overholser lo sabía. Si era listo, el granjero se quedaría sentado y esperaría a que todo acabase, de una forma u otra. Si se entrometía, puede que no volviera a ver ninguna cosecha anual en sus graneros.

—Quería que supieras una cosa —dijo Eisenhart—. Estoy con vosotros por mi mujer, y mi mujer está con vosotros porque ha decidido que quiere cazar. Al final, así acaban esas cosas como el lanzamiento de platos, la mujer le dice a su hombre lo que va a pasar y lo que no va a pasar. Eso no es lo natural. Un hombre tiene que mandar a su mujer. Salvo en las cuestiones relacionadas con los críos, claro.

—Ella renunció a todo aquello para lo que la habían educado cuando te escogió como marido —repuso Roland—. Ahora ha llegado tu turno de ceder un poco.

—¿Y crees que no lo sé? Pero si haces que la maten, Roland, mi maldición te acompañará cuando dejes el Calla. No importa a cuántos niños salves.

Roland, que ya había sido maldecido antes, hizo un gesto de asentimiento con la cabeza.

—Si el ka quiere, Vaughn, ella volverá contigo.
—Sea. Pero recuerda lo que he dicho.
—Lo haré.

Eisenhart sacudió las riendas sobre el lomo del caballo y el carromato empezó a rodar.

OCHO

Todas las mujeres cercenaron por la mitad una cabeza de aguaturma a 35, 45 y 55 metros de distancia.

—Alcanzadlos en la cabeza lo más arriba de la capucha que podáis —dijo Roland—. Darles más abajo no serviría de nada.

—¿Llevarán armadura, no? —preguntó Rosalita.

—Ea —respondió Roland, aunque no era toda la verdad. No les contaría lo que él consideraba toda la verdad hasta que necesitaran saberla.

A continuación vinieron las patatas. Sarey Adams le dio a la suya a 35 metros de distancia, la rozó a 45 metros, y erró completamente el tiro a 55 metros; su plato voló alto. Lanzó una maldición que no tenía nada de femenina y luego se fue directa al retrete. Allí se sentó para contemplar el resto de la competición. Roland se dirigió hacia allá y se sentó a su lado. Vio una lágrima que caía formando un hilillo desde el rabillo del ojo izquierdo por una mejilla curtida por el viento.

—Te he decepcionado, forastero. Ruego me disculpes.

Roland le cogió la mano y se la apretó.

—De eso nada, señora, de eso nada. Habrá una misión para ti. Solo que no será en el mismo lugar que las demás. Y puede que todavía lances el plato.

Ella le dedicó una sonrisa lánguida e hizo un gesto de asentimiento para expresar agradecimiento.

Eddie puso más «cabezas» de aguaturma en los muñecos y luego les colocó un rábano encima. Estos últimos quedaban ocultos por las sombras que proyectaban las capuchas hechas con sacos de arpillera.

—Buena suerte, preciosidades —dijo—. Aquí os quedáis, yo me largo. —Luego se alejó.

—¡Esta vez empezad a diez metros de distancia! —gritó Roland.

A diez metros de distancia, todas acertaron. Y a veinte. A treinta metros, Susannah lanzó su plato a lo alto, como Roland le había ordenado que lo hiciera. Quería que una de las mujeres del Calla ganase esa ronda. A cuarenta metros, Zalia Jaffords vaciló demasiado y el plato que había lanzado rebanó la cabeza del aguaturma en dos en lugar del rábano que tenía encima.

—¡Puto commala! —gritó, luego se tapó la boca con las manos de inmediato y miró a Callahan, que estaba sentado en la escalera de la parte trasera de la casa.

El hombre se limitó a sonreír y a saludarla alegremente, fingiendo sordera. Ella dio unas patadas en el suelo mirando a Eddie y a Jake, con las orejas enrojecidas por la rabia.

—Tienes que decirle que me dé otra oportunidad, dime que lo harás en mi provecho —le dijo a Eddie—. Puedo hacerlo, sé que puedo hacerlo...

Eddie le puso una mano en el brazo, para contener la tormenta.

—Él también lo sabe. Zee. Estás dentro.

Ella lo miró con los ojos encendidos, con los labios apretados con tanta fuerza que casi habían desaparecido.

—¿Estás seguro?

—Sí —respondió Eddie—. Podrías ser el lanzador de los Mets, cariño.

Quedaban Margaret y Rosalita. Ambas le habían dado a los rábanos a 45 metros de distancia. Eddie le murmuró a Jake: «Colega, te habría dicho que eso es imposible si no acabara de verlo».

A 55 metros, Margaret Eisenhart falló de plano. Rosalita levantó el plato por encima del hombro derecho, era zurda, vaciló y luego gritó «¡Riza!», y lanzó. Pese a la vista de lince que tenía, Roland no estaba del todo seguro de si el borde del plato se había clavado en el rábano o de si se había caído por efecto del viento. En cualquier caso, Rosalita levantó los puños por encima de la cabeza y los agitó, riendo.

—¡Oca del día de feria! ¡Oca del día de feria! —empezó a gritar Margaret.

Las demás se unieron. Pronto, incluso Callahan se puso a canturrear.

Roland fue hacia Rosa y le dio un abrazo, breve pero intenso. Mientras lo hacía le susurró al oído que aunque no tenía oca, tal vez pudiera conseguirle a cierto ganso de cuello alargado para la noche.

—Bien —dijo ella, sonriendo—, cuando nos hacemos mayores nos gusta disfrutar de los premios en cuanto nos los conceden. ¿No es así?

Zalia miró a Margaret.

—¿Qué le ha dicho él? ¿Te ha constado?

Margaret Eisenhart estaba sonriendo.

—Nada que tú no hayas oído, estoy segura —respondió.

NUEVE

A continuación, las mujeres se fueron, y también el padre, a realizar algún que otro mandado. Roland de Gilead se sentó en el primer escalón del porche, mirando colina abajo hacia el lugar donde había tenido lugar la competición finalizada tan tarde. Cuando Susannah le preguntó si estaba satisfecho, él hizo un gesto de asentimiento.

—Sí, creo que las cosas van bien en ese sentido. Más nos vale esperar que así sea, porque la hora se acerca. Los acontecimientos se sucederán deprisa.

La verdad era que jamás había experimentado tal acumulación de acontecimientos, aunque desde que Susannah había admitido su embarazo, se sentía tranquilo.

«Le has recordado la verdad del ka a tu mente pendenciera —pensó—. Y ha ocurrido porque esta mujer ha demostrado tener una valentía que los demás apenas podemos reunir.»

—Roland, ¿volveré a ir al Rocking B? —preguntó Jake.

Roland lo pensó, luego se encogió de hombros.

—¿Quieres?

—Sí, pero esta vez quiero llevarme la Ruger. —La cara de Jake se sonrosó ligeramente, aunque no le tembló la voz. Se había levantado con esa idea, como si el dios del sueño que Roland llamaba Nis se la hubiera inculcado mientras dormía—. La pondré en el fondo de mi saco y la envolveré con la camisa que llevo de muda. Nadie tiene por qué saber que está ahí. —Hizo una pausa—. No quiero presumir de ella delante de Benny, si es lo que estás pensando.

A Roland no se le habría ocurrido jamás esa idea. Pero ¿se le había ocurrido a Jake? Le formuló la pregunta y la respuesta del muchacho fue la típica que da alguien que ha calculado el rumbo de una conversación con bastante antelación.

—¿Me lo preguntas como mi dinh?

Roland abrió la boca para decir que sí, vio la gran atención con que lo estaban mirando Eddie y Susannah, y se lo pensó mejor. Había una diferencia entre guardar secretos (como cada uno de ellos había hecho a su manera para guardar el secreto del embarazo de Susannah) y dejarse llevar por lo que Eddie llamaba una «corazonada». La petición que subyacía en la pregunta de Jake era que le dieran un poco más de rienda suelta. Así de simple. Y sin duda Jake se había ganado el derecho a que le aflojaran las riendas. No era el mismo chico que había llegado al Mundo Medio temblando, aterrorizado y casi desnudo.

—Como tu dinh no —respondió—. En cuanto a lo de la Ruger, puedes llevarla donde te plazca y cuando te plazca. ¿Acaso no la trajiste tú al tet?

—La robé —dijo Jake en voz baja. Se miraba las rodillas.

—Cogiste lo que necesitabas para sobrevivir —dijo Susannah—. Hay una gran diferencia. Escucha, cielo. No estás planeando dispararle a nadie, ¿verdad?

—No, planeándolo, no.

—Ten cuidado —le advirtió ella—. No sé qué tienes pensado, pero ten cuidado.

—Y sea lo que sea, mejor será que lo arregles en cuestión de una semana —añadió Eddie.

Jake asintió, luego miró a Roland.

—¿Cuándo has pensado convocar la reunión del pueblo?

—Según el robot, nos quedan diez días antes de que lleguen los lobos. Así que... —Roland hizo un cálculo rápido—. Reunión del pueblo dentro de seis días. ¿Te irá bien?

Jake volvió a asentir.

—¿Estás seguro de que no quieres contarnos qué es lo que te preocupa?

—No, a menos que me lo preguntes como dinh —respondió Jake—. Seguramente no es nada, Roland. De verdad.

Roland hizo un gesto de asentimiento con cara dubitativa y empezó a liarse otro cigarrillo. Tener tabaco fresco era maravilloso.

—¿Hay algo más? Porque, si no...

—La verdad es que sí que hay algo —dijo Eddie.

—¿Qué?

—Necesito ir a Nueva York —respondió Eddie. Habló con desenfado, como si solo estuviera proponiendo un viaje al mercado para comprar algún encurtido o un palo de regaliz. Sin embargo, en su mirada danzaba la emoción—. Y esta vez tengo que meterme hasta el fondo. Lo que significa usar la bola de forma más directa, supongo. La Trece Negra. Por tu padre espero que sepas cómo hacerlo, Roland.

—¿Por qué necesitas ir a Nueva York? —preguntó Roland—. Y esto sí que te lo pregunto como dinh.

—Claro que sí —dijo Eddie—, y yo te respondo. Porque tienes razón sobre eso de que queda poco tiempo. Y porque los lobos del Calla no son los únicos que nos tienen que preocupar.

—Quieres comprobar cuánto queda para el quince de julio —dijo Jake—, ¿verdad?

—Sí —confirmó Eddie—. Sabemos por la vez que entramos todos en exotránsito que el tiempo transcurre más deprisa en esa versión de Nueva York de mil novecientos setenta y siete. ¿Recordáis la fecha del artículo del *New York Times* que encontré en la puerta?

—Dos de junio —dijo Susannah.

—Exacto. También estamos bastante seguros de que no podemos retroceder en el tiempo dos veces en ese mundo; cada vez que vamos allí es más tarde, ¿verdad?

Jake asintió con énfasis.

—Porque ese mundo no es como los demás... A menos que fuera justamente el hecho de haber entrado en exotránsito mediante la Trece Negra lo que nos hizo sentirnos así.

—No lo creo —dijo Eddie—. Esa pequeña zona de la Segunda avenida entre el solar vacío y puede que hasta la Sexta es un lugar muy importante. Creo que es una puerta. Una puerta grande.

Jake Chambers parecía cada vez más emocionado.

—No llega hasta el final de la Sexta, no hasta tan lejos. Está en la Segunda avenida, entre la Cuarenta y seis y la Cincuenta y cuatro, eso es lo que yo creo. Son esas ocho manzanas. El tramo donde está la tienda de discos y Chew Chew Mama's, y el Restaurante de la Mente de Manhattan. Y el solar vacío, claro. Ese es el otro extremo. Ese... No lo sé...

—Estar allí te lleva a un mundo distinto. A una especie de mundo llave. Y creo que es por eso por lo que el tiempo siempre avanza en una dirección —dijo Eddie.

Roland levantó la mano.

—¡Basta!

Eddie se calló, miró a Roland con expectación, sonriendo con timidez. Roland no estaba sonriendo. Parte de su sensación de bienestar se había extinguido. Demasiadas cosas por hacer, ¡maldita sea! Y muy poco tiempo para hacerlas.

—Quieres ver lo cerca que está el tiempo al día en que el acuerdo se vuelve nulo —dijo—. ¿Tengo razón?

—Sí.

—No necesitas ir a Nueva York físicamente para hacer eso, Eddie. El exotránsito te serviría de maravilla.

—El exotránsito estaría bien para consultar el día y el mes, claro, pero hay algo más. Nos han tomado el pelo con eso del solar vacío, chicos. Nos lo han tomado, pero bien tomado.

DIEZ

Eddie opinaba que podían adueñarse del solar vacío sin tener que tocar la fortuna heredada por Susannah; creía que la historia de Callahan demostraba con bastante claridad cómo podía hacerse. No la rosa; la rosa no podía ser poseída (ni por ellos ni por nadie), sino que debía ser protegida. Y ellos podían hacerlo. Tal vez.

Estuviera asustado o no, Calvin Torre había estado esperando en esa lavandería desierta para salvarle el pellejo al padre Callahan. Y estuviera asustado o no, Calvin Torre se había negado (había sido el 31 de mayo de 1977) a vender su última propiedad de terreno a Sombra Corporation. Eddie creía que Calvin Torre estaba como decía la letra de la canción: aguantando a la espera de un héroe.*

Eddie también había estado pensando en cómo Callahan había ocultado su rostro con las manos la primera vez que les había hablado de la Trece Negra. Quería sacarla de la iglesia con toda su alma... aunque hasta ese momento la había guardado. Al igual que el dueño de la librería, el padre había estado resistiendo. Qué idiotas habían sido al suponer que Calvin Torre pediría millones por el solar. Quería librarse de él, pero no hasta que llegase la persona adecuada. O el ka-tet adecuado.

—Suziella, tú no puedes ir porque estás embarazada —dijo Eddie—. Jake, tú no puedes ir porque eres un crío. Sin tener en cuenta las demás cuestiones, estoy bastante seguro de que no podrías firmar el tipo de contrato en el que he estado pensado desde que Callahan nos contó su historia. Podría llevarte conmigo, pero me parece que hay algo que quieres comprobar por aquí. ¿O me equivoco?

—No te equivocas —respondió Jake—. Aunque, de todas formas, casi preferiría acompañarte. Tiene muy buena pinta.

Eddie sonrió.

—El «casi» vale para los granados y el juego de las herraduras, chico. En cuanto a lo de enviar a Roland, no es por ofenderte, jefe, pero no te desenvuelves tan bien en nuestro mundo. Digamos que... pierdes algo en la versión traducida.

Susannah rompió a reír.

—¿Cuánto has pensado ofrecerle? —preguntó Jake—. Me refiero a que tendrá que ser algo, ¿no?

---

* Se refiere a la canción de Bonnie Tyler «Holding Out For A Hero». *(N. de las T.)*

—Un pavo —dijo Eddie—. Seguramente tendré que pedirle a Torre que me lo preste, pero...

—No, podemos hacerlo mejor que eso —dijo Jake con cara seria—. Tengo cinco o seis dólares en mi mochila, estoy bastante seguro. —Sonrió de oreja a oreja—. Y podemos ofrecerle más, más adelante. Cuando las cosas estén más o menos controladas a este lado.

—Si es que seguimos vivos —añadió Susannah, aunque también parecía emocionada—. ¿Sabes qué, Eddie? Podrías ser un genio.

—Balazar y sus amigos no se alegrarán si sai Torre nos vende su solar —observó Roland.

—Sí, pero a lo mejor podemos convencer a Balazar para que lo deje en paz —repuso Eddie. Una sonrisa ladeada jugueteaba con las comisuras de sus labios—. Cuando llegue la hora, Roland, Enrico Balazar es el tipo de tío al que no me importaría matar dos veces.

—¿Cuándo quieres ir? —le preguntó Susannah.

—Cuanto antes mejor —respondió Eddie—. En primer lugar, no saber lo tarde que es allí en Nueva York me está volviendo loco. ¿Roland? ¿Tú qué dices?

—Te lo diré mañana —contestó Roland—. Subiremos la bola a la cueva y luego veremos si puedes pasar por la puerta hasta el dónde y el cuándo de Calvin Torre. Tu idea es buena, Eddie, y digo gracias.

Jake añadió:

—¿Y si la bola te envía al lugar equivocado? ¿A la versión que no toca de mil novecientos setenta y siete, o a...? —Apenas sabía cómo acabar la frase. Estaba recordando lo endeble que había parecido todo cuando la Trece Negra los había hecho entrar por primera vez en exotránsito y cómo la oscuridad infinita parecía estar a la espera detrás de la superficie las realidades pintadas que los rodeaban—. ¿O a algún lugar incluso más alejado? —terminó.

—En ese caso, os enviaré una postal —dijo Eddie encogiéndose de hombros y sonriendo, aunque durante un instante Jake vio lo asustado que estaba. Susannah debió haberlo visto también, porque le cogió una mano a Eddie con las dos manos y se la apretó—. Escuchad, no me pasará nada —aseguró Eddie.

—Más te vale que así sea —le advirtió Susannah—. Más te vale.

II
EL DOGAN, PRIMERA PARTE

UNO

Cuando Roland y Eddie entraron en Nuestra Señora de la Serenidad a la mañana siguiente, la luz del día no era más que un rumor distante en el horizonte nororiental. Eddie lideró su paso por el pasillo central con un fogaril, llevaba los labios muy apretados. La cosa que habían ido a buscar estaba zumbando. Era un zumbido adormilado, aunque de todos modos, él odiaba ese sonido. La iglesia transmitía una extraña sensación. En cierta forma, vacía parecía demasiado grande. Eddie esperaba que en cualquier momento aparecieran siluetas fantasmales (o tal vez un grupo de muertos errantes) sentadas en los bancos mirándolos con la desaprobación propia de otro mundo.

Sin embargo, el zumbido era peor.

Cuando llegaron a la parte frontal, Roland abrió su bolsón y sacó la bolsa de los bolos que Jake llevaba en su mochila hasta el día anterior. El pistolero la mantuvo levantada durante un instante y leyeron lo que había escrito en el lateral: MUNDO MEDIO JUEGA EN ESTAS PISTAS.

—Ni una palabra a partir de ahora hasta que yo te diga que no hay problema —ordenó Roland—. ¿Lo has entendido?

—Sí.

Roland hizo presión con el dedo pulgar en la muesca que había entre los dos tablones del suelo y el escondrijo del despacho del sacerdote se abrió de par en par. Retiró la tapa. Eddie había visto una película en la televisión sobre unos chicos que tenían explosivos reales durante el bombardeo de Londres en la Segunda Guerra Mundial, se titulaba *Danger UXB*, y los movimientos de Roland en ese momento le recordaban muchísimo esa película. ¿Y por qué no? Si tenían razón sobre lo que había en ese escondite, y Eddie sabía que la tenían, aquello era una bomba sin explotar.

Roland retiró el sobrepelliz de lino blanco y dejó al descubierto la caja. El zumbido aumentó. A Eddie se le cortó la respiración. Sintió cómo la piel de todo el cuerpo se le enfriaba. En algún lugar cercano, un monstruo de una maldad casi inimaginable había entreabierto un ojo durmiente.

El zumbido retomó su tono somnoliento y Eddie volvió a respirar.

Roland le pasó la bolsa de los bolos y le indicó a Eddie que la mantuviera abierta. Con cierto recelo (una parte de él quería susurrarle a Roland al oído que debían olvidarlo todo), Eddie hizo lo que le habían ordenado. Roland sacó la caja y, una vez más, el zumbido se intensificó. Bajo el generoso, aunque limitado, brillo del fogaril, Eddie vio el sudor en la frente del pistolero. También sentía su propio sudor. Si la Trece Negra se despertaba y los lanzaba a algún limbo negro...

«No iré. Lucharé para quedarme con Susannah.»

Por supuesto que lo haría. Pero aun así se sintió aliviado cuando Roland metió la elaborada caja grabada de fustánima en la extraña bolsa de tela metálica que habían encontrado en el solar vacío. El zumbido no se silenció por completo, pero decreció hasta convertirse en un rumor apenas audible. Era como lo que se oía al pegar la oreja a una caracola.

Eddie se persignó. Roland hizo lo mismo sonriendo con timidez.

En el exterior de la iglesia, la luminosidad del horizonte nororiental había aumentado de forma notable, al parecer, al final habría luz de día real.

—Roland.

El pistolero se volvió hacia él con cara de asombro. Llevaba la bolsa agarrada con el puño izquierdo bien apretado por debajo de la abertura; al parecer no deseaba confiar todo el peso al asa de la bolsa, pese a lo resistente que parecía.

—Si estábamos en exotránsito cuando encontramos la bolsa, ¿cómo es que la pudimos coger?

Roland pensó en ello.

—A lo mejor la bolsa sigue en exotránsito —dijo a continuación.

—¿Todavía?

Roland hizo un gesto de asentimiento.

—Sí, todavía, creo que sí.

—¡Vaya! —Eddie pensó en ello—. Eso es para cagarse de miedo.

—¿Estás cambiando de idea sobre lo de volver a Nueva York, Eddie?

Eddie sacudió la cabeza. Aunque estaba asustado. Seguramente más asustado de lo que había estado nunca desde el momento en que se encontraba en el Coche de la Baronía para retar a las adivinanzas a Blaine.

DOS

Cuando habían recorrido la mitad del camino que conducía a la Cueva de la Puerta («Es empinado», había dicho Henchick, y lo había sido, y lo era), serían fácilmente las diez en punto y hacía un calor considerable. Eddie se detuvo, se secó la nuca con el pañuelo y miró hacia los serpenteantes arroyos en dirección al norte. Aquí y allí veía agujeros negros y enormes, y le preguntó a Roland si eran las minas de granate. Roland le dijo que sí.

—¿Y en cuál habías pensado para los pequeños? ¿Se ve desde aquí?

—De hecho, sí que se ve. —Roland cogió la única pistola que llevaba y señaló con ella—. Mira hacia allá.

Eddie lo hizo y vio una profunda hendidura que tenía la forma de una doble «s» irregular inundada de sombras aterciopeladas; supuso que debía de estar a solo media hora de camino cuando el sol llegara a lo alto, al mediodía. Más allá, en dirección norte, parecía detenerse al llegar a una grandiosa pared rocosa. Imaginó que la entrada de la mina se encontraba allí, aunque estaba demasiado oscuro para averiguarlo. Hacia el sureste, el desfiladero acababa en un camino polvoriento que regresaba hacia el Camino del Este. Más allá de este había campos que descendían hasta arrozales que se veían difuminados aunque podía distinguirse el verde de los cultivos. Más allá del arroz estaba el río.

—Me recuerda a la historia que nos contaste —dijo Eddie—. El Cañón de la Armella.

—Claro que sí.

—Aunque no hay raeduras que hagan el trabajo sucio.

—No —admitió Roland—. No hay raeduras.

—Dime la verdad: ¿vas a meter a los críos de este pueblo en una mina al fondo de un desfiladero sin salida?

—No.

—Las gentes creen que tú... que nosotros pretendemos hacer eso. Incluso las lanzadoras de platos lo creen.

—Sé que lo creen —dijo Roland—. Quiero que lo crean.

—¿Por qué?

—Porque no creo que haya nada sobrenatural en la forma en que los lobos encuentran a los niños. Después de oír la historia del abuelo Jaffords, no creo que haya nada sobrenatural en los lobos, en ese sentido. No, en este caso en particular hay algo que huele mal, alguien pasa información a los que gobiernen Tronido.

—Alguien distinto cada vez, quieres decir. Cada veintitrés o veinticuatro años.

—Sí.

—¿Quién haría eso? —preguntó Eddie—. ¿Quién podría hacer eso?

—No estoy seguro, pero tengo una ligera idea.

—¿Took? ¿Algo que se hace de tapadillo, algo que pasa de padre a hijo?

—Si ya has descansado, Eddie, creo que es mejor que apretemos el paso.

—¿Overholser? A lo mejor ese tal Telford, ¿ese que parece un vaquero de la televisión?

Roland pasó por delante de él sin decir nada, con sus botines nuevos levantando arenilla al pisar los guijarros y las esquirlas de piedras esparcidas. Colgando de su sana mano izquierda, la bolsa rosa se balanceaba de atrás hacia delante. La cosa que había dentro todavía susurraba desagradables secretos.

—Una cotorra, como siempre, eso está bien —dijo Eddie, y lo siguió.

TRES

La primera voz que se levantó desde las profundidades de la cueva pertenecía al gran sabio y yonqui eminente.

—Oh, ¡mira, pero si es la maricona meona! —masculló Henry. A Eddie le sonó como el socio muerto de Ebenezer Scrooge en *Cuento de Navidad*, divertido y aterrador al mismo tiempo—. ¿La maricona meona cree que va a volver a Nueaiork? Llegarás mucho más lejos que eso si lo intentas, tronco. Mejor que no muevas el culo de donde estás... que sigas con tus tallas.... Sé una buena maricona...

El hermano muerto rió. El vivo se estremeció.

—¿Eddie? —preguntó Roland.

—Escucha a tu hermano, Eddie —gritó su madre desde la oscuridad de la cueva y la garganta inclinada. Sobre el suelo de piedra, relucían los huesecillos esparcidos—. Él dio su vida por ti, toda su vida, ¡lo mínimo que podrías hacer es escucharlo!

—Eddie, ¿estás bien?

En ese momento se oyó la voz de Csaba Drabnik, conocido por la gente de Eddie como el Jodido Húngaro Loco. Csaba le estaba diciendo a Eddie que le diera un cigarrillo o que le bajaría los putos pantalones. Eddie hizo un esfuerzo por no prestar atención a ese galimatías aterrador aunque fascinante.

—Sí —contestó—. Supongo que sí.

—Las voces provienen de tu cabeza. La cueva las encuentra y las amplía de alguna forma, las proyecta. Es un poco molesto, lo sé, pero no tiene importancia.

—¿Por qué dejaste que me mataran, tronco? —sollozaba Henry—. No paraba de pensar que vendrías, ¡pero nunca lo hiciste!

—No tiene importancia —repitió Eddie—. Está bien, lo entiendo. ¿Qué hacemos ahora?

—Según las dos historias que he oído sobre este lugar, la de

Callahan y la de Henchick, la puerta se abrirá cuando yo abra la caja.

Eddie se rió con nerviosismo.

—Ni siquiera quiero que saques la caja de la bolsa, ¿te parece que soy un cagado?

—Si has cambiado de idea...

Eddie estaba sacudiendo la cabeza.

—No. Quiero hacerlo yo. —De pronto se le dibujó una reluciente sonrisa de oreja a oreja—. ¿No te preocupará que intente conseguir drogas, no? ¿Que encuentre al tipo y me meta un pico?

Desde el fondo de la cueva, Henry dijo con regocijo:

—¡Es la dama blanca, tronco! ¡Esos negratas venden lo mejor!

—En absoluto —respondió Roland—. Hay muchas cosas que sí me preocupan, pero que tú vuelvas a tus antiguas costumbres no es una de ellas.

—Bien. —Eddie se adentró un poco más en la cueva, mirando hacia la puerta aislada. Salvo por los jeroglíficos de la parte delantera y el pomo de cristal con la rosa grabada, esta puerta era exactamente igual a las de la playa—. ¿Si la rodeas...?

—Si la rodeas, la puerta desaparece —dijo Roland—. Aunque hay una caída de mil demonios... hasta Na'ar, por lo que a mí me consta. A mí me importaría, si estuviera en tu lugar.

—Buen consejo, y Eddie el Rápido te dice gracias.

Intentó girar el pomo de cristal y vio que no se movía en ninguna dirección. Se lo había imaginado. Retrocedió.

—Tienes que pensar en Nueva York. En la Segunda avenida en particular, creo. Y en esa época. En el año diecinueve y siete, siete —dijo Roland.

—¿Cómo se piensa en un año?

Cuando Roland habló, su voz desveló un ápice de impaciencia.

—Supongo que tienes que pensar en cómo era el día en que Jake y tú seguisteis al Jake anterior.

Eddie iba a decir que ese había sido el día incorrecto, que había sido demasiado pronto, pero cerró la boca. Si estaban en lo cierto con respecto a las normas, no podía volver a ese día, ni entrando en exotránsito ni en carne y hueso. Si estaban en lo cierto, el tiempo allí estaba enganchado de algún modo al tiempo de aquí, solo que corría algo más deprisa. Si estaban en lo cierto con respecto a las normas... Si hubiera normas...

«Bueno, ¿por qué no vas y lo compruebas?»

—¿Eddie? ¿Quieres que intente hipnotizarte? —Roland había sacado un cartucho de la cartuchera—. Eso puede hacer que veas el pasado con más claridad.

—No. Creo que es mejor que lo haga de golpe y bien despierto.

Eddie abrió y cerró las manos varias veces, inspirando y espirando hondamente cada vez. El corazón no le latía muy deprisa, en cualquier caso iba lento, aunque con cada latido se le estremecía el cuerpo. ¡Dios!, todo eso habría sido mucho más fácil si hubiera unos mandos que se pudieran ajustar, como la máquina para retroceder en el tiempo del profesor Peabody o la de esa película sobre los morlocks.

—Oye, ¿tengo buena pinta? —le preguntó a Roland—. Quiero decir que si aterrizo en la Segunda avenida a mediodía, ¿voy a llamar mucho la atención?

—Si apareces delante de gente —dijo Roland—, seguramente llamarás bastante la atención. Yo te aconsejaría que ignorases a cualquiera que quiera garlar contigo sobre el tema y abandonar el área de inmediato.

—Eso ya lo había imaginado. Yo me refería a la ropa.

Roland se encogió los hombros ligeramente.

—No sé, Eddie. Es tu ciudad, no la mía.

Eddie podría haber puesto reparos. Brooklyn sí era su ciudad. Lo había sido, al menos. Como norma no visitaba Manhattan de un mes para otro, pensaba en él casi como en otro país. Aun así, supuso que entendía lo que Roland había querido decir. Se pasó revista a sí mismo y vio una camisa de franela sin estampar con botones de cuerno y pantalones vaqueros de color azul oscuro con ribetes de níquel en lugar de ribetes de cobre y bragueta de botones. (Eddie había visto cremalleras en Lud, pero ninguna desde entonces.) Pensó que pasaría por alguien normal de la calle. Un neoyorquino normal, al menos. Cualquiera que le echara un segundo vistazo habría pensado que se trataba de un camarero de cafetería y aspirante a actor haciendo de hippy en su día libre. No pensó que muchas personas ni siquiera se molestarían en echarle un primer vistazo, y eso era muy positivo. Aunque había algo que sí podía añadir.

—¿Tienes un trozo de cuero sin curtir? —le preguntó a Roland.

Desde el fondo de la cueva, la voz del señor Tubther, su profesor de quinto curso, gritó con intensidad lúgubre:

—¡Tenías potencial! Eras un estudiante maravilloso, ¡y mira en lo que te has convertido! ¿Por qué dejaste que tu hermano te estropease?

A lo que Henry respondió con un tono de indignación llorosa:

—¡Él me dejó morir! ¡Me mató!

Roland se descolgó el bolsón del hombro, lo puso en el suelo de la entrada de la cueva junto a la bolsa rosa, la abrió y rebuscó dentro. Eddie no tenía ni idea de cuántas cosas había dentro; solo sabía que jamás había visto el fondo. Al final, el pistolero encontró lo que Eddie había pedido y lo sacó.

Mientras Eddie se ataba el pelo con el trozo de cuero sin curtir (se le ocurrió que daba el toque artístico hippioso bastante bien), Roland sacó lo que él llamaba la bolsa del tesoro, la abrió y empezó a vaciar su contenido. Había un saquito de tabaco casi vacío que Callahan le había dado, varios tipos de monedas y billetes, un kit de costura, la taza reparada que había convertido en una brújula rústica no muy lejos del claro de Shardik, un trozo de mapa viejo y el más nuevo que habían trazado los gemelos Tavery. Cuando la bolsa estuvo vacía, cogió la enorme pistola con el mango de madera de sándalo de la pistolera que llevaba en la cadera izquierda. Hizo girar el tambor, revisó las cargas, hizo un gesto de asentimiento y volvió a colocar el tambor en su lugar. Luego depositó la pistola en el botín, tiró con fuerza de las cuerdas y las ató con un ballestrinque que se desataría de un solo tirón. Le pasó la bolsa a Eddie por el asa desgastada.

Al principio, Eddie no quiso cogerla.

—No, tío, es tuya.

—Estas últimas semanas la has llevado tanto como yo. Seguramente más.

—Sí, pero estamos hablando de Nueva York, Roland. En Nueva York, todo el mundo roba.

—A ti no te la robarán. Coge la pistola.

Eddie miró a Roland a los ojos durante un instante, luego cogió la bolsa del tesoro y se colgó el asa del hombro.

—Tienes un presentimiento.

—Una corazonada, sí.

—¿El ka está activo?

Roland se encogió de hombros.

—Siempre está activo.

—Está bien —dijo Eddie—. Y Roland, si no consigo volver, cuida de Suze.

—Tu misión es asegurarte que no tenga que hacerlo.

«No —pensó Eddie—. Mi misión es proteger la rosa.»

Se volvió hacia la puerta. Tenía mil preguntas más, pero Roland tenía razón, la hora de hacerlas había acabado.

—Eddie, si de verdad no quieres...

—No —lo atajó—. Sí quiero. —Alzó la mano izquierda y levantó el dedo pulgar con gesto afirmativo—. Cuando me veas hacer esto, abre la caja.

—Está bien.

Roland hablaba colocado detrás de él. Porque en ese momento solo estaban Eddie y la puerta. La puerta con la palabra IGNOTA escrita en alguna fascinante lengua extraña. Una vez había leído una novela titulada *Puerta al verano*, de... ¿quién? Uno de esos tíos que escribían los libros de ciencia ficción que siempre se llevaba a casa de la biblioteca, uno de sus autores de confianza, perfecto para las largas tardes de las vacaciones de verano. Murria Leinster, Poul Anderson, Gordon Dickson, Isaac Asimov, Harlan Ellison... Robert Heinlein. Creía que Heinlein era el autor de *Puerta al verano*. Henry siempre se burlaba de él por los libros que llevaba a casa, lo llamaba maricona meona, la rata de biblioteca meona, y le preguntaba cómo podía leer y hacerse pajas a la vez, y quería saber cómo coño podía quedarse sentado y quieto durante tanto tiempo con la nariz metida en un trozo de mierda inventada sobre cohetes y máquinas del tiempo. Henry era mayor que él. Henry siempre estaba cubierto de granos que brillaban de forma constante por alguna crema antiacné tipo Noxema y Stri-Dex. Henry se estaba preparando para entrar en el ejército. Eddie era menor. Eddie llevaba libros a casa de la biblioteca. Eddie tiene trece años, casi la edad que tiene Jake en este momento. Es 1977 y tiene trece años y está en la Segunda avenida y los taxis son de color amarillo y relucen bajo el sol. Un hombre negro lleva unos auriculares y pasa caminando por delante del Chew Chew Mama's, Eddie puede verlo, Eddie sabe que el hombre negro está escuchando a Elton John, ¿qué más?, que la canción es «Someone Saved My Life Tonight». La acera está llena. Es última hora de la tarde y la gente vuelve a casa después de otro día en los desfiladeros de acero de Calla Nueva York, donde cultivan dinero en lugar de arroz, se podría decir que de primera calidad. Las mujeres con aspecto amigablemente raro con sus caros trajes de ejecutiva y sus zapatillas de deporte llevan los tacones en la artilla porque la jornada laboral ha terminado y se van a casa. Al parecer, todo el mundo sonríe porque la luz es muy brillante y el aire es muy cálido, es verano en la ciudad y en algún sitio se oye el ruido de un martillo neumático, como en esa antigua canción de Lovin Spoonful. Ante él hay una puerta al verano del año 1977, los taxis cobran un dólar y un cuarto de centavo por la bajada de bandera y treinta centavos cada trescientos metros a partir de ese momento, antes era menos y sería más después, pero esto es ahora, el movidito ahora. La lanzadera espacial con la profesora dentro todavía no ha saltado por los aires. John Lennon sigue vivo, aunque no vivirá durante mucho tiempo si no deja de tontear con esa malvada heroína, con la dama blanca. En cuanto a Eddie Dean, Edward Cantor Dean, no sabe nada sobre la heroína. Unos cuantos cigarrillos son su único vicio (aparte de intentar pajearse, en lo que no triunfaría hasta casi un año después). Tiene trece años. Es 1977 y tiene exactamente cuatro pelos en el pecho, se los cuenta religiosamente todas las mañanas esperando llegar al gran número cinco. Ha pasado un año desde el verano a bordo del *Cutty Sark*. Es una tarde a última hora del mes de junio y oye una alegre melodía. La melodía proviene de los altavoces que están sobre la puerta de la tienda de discos Torre de Poder, es Mungo Jerry cantando «In the Summertime», y...

De pronto todo le pareció real, o tan real como él pensaba que necesitaba que fuera. Eddie alzó la mano izquierda y levantó el dedo pulgar, quería decir: «Ahora». Detrás de él, Roland estaba sentado y había sacado la caja de la bolsa rosa. Y cuando Eddie le hizo la señal con el pulgar, el pistolero abrió la caja.

Los oídos de Eddie se vieron inmediatamente asaltados por un ruido dulcemente disonante de campanillas. Empezaron a humedecérsele los ojos. Delante de él, la puerta aislada se abrió con un ruido seco y la cueva se iluminó de repente con una intensa luz solar. Ahí estaba el sonido de las bocinas y los martilleos de un martillo neumático. No hacía tanto tiempo había deseado una puerta así con tantas ganas que había estado a punto de matar a Roland para conseguirla. Y ahora que la tenía, sentía un miedo de muerte.

Tenía la sensación de que las campanillas de exotránsito le estaban desgarrando la cabeza. Si escuchaba ese sonido durante mucho tiempo, se volvería loco. «Si vas a ir, hazlo», pensó.

Avanzó y a través de unos ojos demasiado desorbitados, vio tres manos alcanzar los pomos de cuatro puertas. Tiró de la puerta hacia él y la luz dorada del ocaso lo deslumbró. Olía a gasolina, a aire caliente de ciudad y loción para después del afeitado.

Eddie apenas podía ver nada y entró dando un paso por la puerta ignota y hacia el verano de un mundo del que ahora era *fan-gon*, el exiliado.

CUATRO

Era la Segunda avenida, sí; allí estaba el Blimpie's, donde servían bocatas, y al fondo oía la alegre melodía de esa canción de Mungo Jerry con ritmo caribeño. Las personas se movían en torno a él formando una corriente; hacia el norte de la ciudad, hacia el centro de la ciudad, por toda la ciudad. No reparaban en Eddie, en parte porque la mayoría se concentraba exclusivamente en salir de la ciudad al final de una nueva jornada, pero sobre todo porque en Nueva York, no reparar en los demás era una forma de vida.

Eddie levantó el hombro derecho para colocarse mejor el asa de la bolsa del tesoro de Roland y luego miró hacia atrás. La puerta de vuelta a Calla Bryn Sturgis seguía allí. Podía ver a Roland sentado en la entrada de la cueva con la caja abierta en el regazo.

«Esas putas campanillas me están volviendo loco», pensó Eddie. Y a continuación, cuando miró, vio al pistolero sacar un par de balas de la cartuchera y metérselas en las orejas. Eddie sonrió. «Buena idea, tío.» Al menos había conseguido bloquear el canturreo de la raedura de la I-70. Funcionara ahora o no, Roland estaba solo. Eddie tenía cosas que hacer.

Se volvió lentamente en el pequeño espacio que le quedaba en la acera y miró de nuevo hacia atrás para asegurarse de que la puerta se había dado la vuelta con él. Lo había hecho. Si era como las otras, lo seguiría dondequiera que fuese a partir de ese momento. Incluso aunque no lo hiciera, Eddie no creía que eso constituyera un problema; no pensaba ir muy lejos. Notó algo más: aquella sensación de oscuridad acechadora tras todas las cosas había desaparecido. Supuso que era porque estaba allí de verdad y no solo en exotránsito. Si había muertos errantes acechando por el barrio, no podría verlos.

Después de volver a subirse el asa de la bolsa del botín que llevaba en el hombro, Eddie partió hacia el Restaurante de la Mente de Manhattan.

CINCO

Las personas se apartaban de él cuando pasaba caminando junto a ellas, pero eso no era suficiente para probar que estaba realmente allí; las personas también hacían eso cuando estaba en exotránsito. Al final, Eddie provocó un verdadero choque con un joven que no llevaba solo un maletín, sino dos; a Eddie le pareció el Cazador del Gran Ataúd del mundo de los negocios por antonomasia.

—¡Oye, mira por dónde andas! —chilló don Hombre de Negocios cuando chocaron hombro con hombro.

—Lo siento, tío, lo siento —se disculpó Eddie. Estaba allí, sí—. Oiga, ¿puede decirme qué día...?

Pero don Hombre de Negocios ya se había esfumado, había salido a la caza de la trombosis coronaria que seguramente sufriría alrededor de los cuarenta y cinco o cincuenta años. Eddie recordó el final de un viejo chiste de Nueva York: «Disculpe, señor, ¿puede decirme cómo llegar al ayuntamiento o me voy a la mierda directamente?». Rompió a reír, no pudo evitarlo.

En cuanto hubo recuperado la compostura, siguió caminando. En la esquina de la Segunda con la Cuarenta y cuatro, vio un hombre que contemplaba el escaparate de una tienda lleno de zapatos y botas. Ese tipo también llevaba traje, aunque parecía considerablemente más relajado que el tipo con el que Eddie había topado. Además, llevaba un solo maletín, lo que Eddie interpretó como un buen augurio.

—Le ruego me perdone —dijo Eddie—, pero ¿podría decirme qué día es hoy?

—Martes —dijo el comprador del escaparate—. Veintitrés de junio.

—¿De mil novecientos setenta y siete?

El comprador del escaparate le dedicó a Eddie una sonrisa ladeada, a la par interrogante y cínica, además de una expresión de asombro.

—Mil novecientos setenta y siete, eso es. No será mil novecientos setenta y ocho hasta... ¡Cielos! Hasta dentro de seis meses. Fíjese.

Eddie hizo un gesto de asentimiento.

—Gracias, sai.

—¿Gracias qué?

—Nada —respondió Eddie, y apretó el paso.

«Solo tres semanas para el quince de julio, más o menos —pensó—. ¡Joder!, eso es demasiado pronto para sentirse a gusto.»

Sí, pero si podía convencer a Calvin Torre de que le vendiera el solar ese mismo día, la cuestión del tiempo sería discutible. Una vez, hacía muchos años, el hermano de Eddie había presumido con algunos de sus amigos de que su hermanito podía convencer al mismísimo diablo para que se prendiera fuego, si se concentraba mucho. Eddie esperaba conservar parte de ese poder de persuasión. Llegar a un pequeño acuerdo con Calvin Torre, invertir en cierta propiedad y luego tomarse tal vez media hora de tiempo libre y disfrutar de verdad del ritmo de Nueva York, aunque fuera un poquito. Celebrarlo. A lo mejor comprar un batido de chocolate, o...

Dejó de discurrir y se detuvo tan de repente que alguien chocó con él y soltó un taco. Eddie apenas notó el golpe ni escuchó el insulto. La limusina de color gris oscuro volvía a estar aparcada allí, esta vez no estaba delante de la boca de riego para incendios, sino una par de puertas más allá.

Era la limusina de Balazar.

Eddie reemprendió la marcha. De pronto se alegró de que Roland le hubiera dicho que se llevase una de sus pistolas. Y de que la pistola estuviera totalmente cargada.

SEIS

La pizarra volvía a estar en el escaparate (el especial de hoy era una cena a base de hervidos de Nueva Inglaterra consistente en Nathaniel Hawthorne, Henry David Thoreau y Robert Frost, de postre se podía escoger entre Mary McCarthy o Grace Metalious), pero el letrero que colgaba de la puerta decía: LO SENTIMOS, ESTÁ CERRADO. Según el reloj digital del banco del fondo de la calle de Discos Torre de Poder, eran las 15.14 de la tarde. ¿Quién cierra una tienda a las tres y cuarto en una tarde de día' laboral?

Eddie pensó que se trataría de alguien con un cliente especial. Tenía que ser alguien así.

Ahuecó las manos a ambos lados de la cara y escudriñó el escaparate del Restaurante de la Mente de Manhattan. Vio una pequeña mesa redonda de exposición con los libros infantiles encima. Al lado derecho había un mostrador que tenía aspecto de haber sido afanado de una heladería de principios de siglo, solo que en la actualidad no había nadie sentado allí, ni siquiera Aaron Deepneau. La caja registradora también estaba desatendida, aunque Eddie leyó lo que decía en la lengüeta anaranjada que sobresalía por el recuadro de la ventanilla de la caja: SIN RECAUDACIÓN.

El lugar estaba vacío. Puede que Calvin Torre hubiera recibido una llamada, a lo mejor se había producido una emergencia familiar.

«Le ha surgido una emergencia, sí —la fría voz del pistolero resonó en la cabeza de Eddie—. Y ha llegado en ese autocarruaje gris. Mira de nuevo el mostrador, Eddie, pero esta vez ¿por qué no utilizas de verdad los ojos en lugar de limitarte a dejar que les dé la luz?»

Algunas veces pensaba con voces de otras personas. Suponía que era algo que le ocurría a mucha gente, era una forma de cambiar algo la perspectiva, ver las cosas desde otro punto de vista. Aunque aquella voz no parecía estar relacionada con ese tipo de estrategia. Aquella voz parecía de alguien muy viejo, alto y feo que en realidad hablaba desde el interior de su cabeza.

Eddie volvió a mirar el mostrador. Esta vez vio el desparrame de piezas de ajedrez sobre el mármol y la taza de café volcada. Esta vez vio las gafas que estaban en el suelo entre dos de los taburetes, con una de las lentes rotas.

Sintió el primer impulso de rabia en lo más profundo de su cabeza. Fue un impulso apagado, pero si su experiencia pasada podía servirle de indicador, los impulsos podían volverse más rápidos e intensos, más agudos. Al final eclipsarían el pensamiento consciente y Dios salve a cualquiera se paseara dentro del alcance de la pistola de Roland cuando eso ocurría. Una vez, Eddie le había preguntado a Roland si también le ocurría, y Roland le había contestado: «Nos ocurre a todos nosotros». Cuando Eddie sacudió la cabeza y respondió que él no era como Roland (él no, ni Suze, ni Jake), el pistolero no había dicho nada.

Eddie pensó que Torre y sus clientes especiales estarían en la trastienda, en esa mezcla de almacén y despacho. Y esta vez tener una charla no era precisamente en lo que estaban pensando. A Eddie le parecía que aquello era un pequeño curso de reciclaje, los caballeros de Balazar le recordaban al señor Torre que el 15 de julio estaba a punto de llegar, le recordaban al señor Torre cuál sería la decisión más prudente cuando llegara la fecha en cuestión.

Cuando la palabra «caballeros» se le pasó a Eddie por la cabeza, trajo un nuevo impulso de rabia con ella. Era una palabra bastante importante para tipos que se habían cargado las gruesas e inofensivas gafas del dueño de una librería para luego sacarlo a la calle y aterrorizarlo. ¡Caballeros! ¡Puto commala!

Lo intentó con la puerta de la librería. Estaba cerrada, pero la cerradura no era demasiado complicada; la puerta vibraba en su jamba como un diente suelto. Al estar allí, ante la puerta empotrada, con la pinta (eso esperaba) de un tipo que tenía un especial interés en algún libro que había entrevisto dentro, Eddie empezó a aumentar la presión que ejercía sobre la cerradura, primero usando solo la mano puesta sobre el pomo, luego empujando con el hombro la puerta de una manera que esperaba que pareciese despreocupada.

«De todas formas, hay un noventa y cuatro por ciento de posibilidades de que nadie te esté mirando. Esto es Nueva York, ¿no? "¿Puede decirme cómo llegar al ayuntamiento o me voy directamente a la mierda?"»

Empujó con más fuerza. Le quedaba bastante hasta ejercer una presión máxima cuando se produjo un sonido seco y la puerta se abrió hacia adentro. Eddie entró sin dudarlo, como si tuviera todo el derecho del mundo de estar allí, luego volvió a cerrar la puerta. No se cerraba bien. Cogió un ejemplar de *Cómo el Grinch robó la Navidad* de la mesa de los niños, le arrancó la última página («De todas formas, nunca me había gustado cómo acababa este», pensó), la dobló en tres pliegues, y la metió en la abertura que quedaba entre la puerta y la jamba. Era suficiente para mantenerla cerrada. Luego echó un vistazo a su alrededor.

El lugar estaba vacío y en aquel momento, con el sol tras los rascacielos del West Side, sombrío. No se oía na...

Sí, sí que se oía algo. Un grito apagado procedente del fondo de la tienda. «Precaución, hombres trabajando», pensó Eddie y sintió un nuevo impulso de rabia. Esta vez fue más agudo.

Tiró del asa de la bolsa del tesoro de Roland, luego se dirigió hacia la puerta del fondo, la que tenía el cartel de SOLO EM-

PLEADOS. Antes de llegar allí, tuvo que bordear una pila desordenada de libros de bolsillo y un expositor giratorio tirado en el suelo, el típico de tienda de gasolinera al que se le puede dar vueltas y más vueltas. Calvin Torre se había agarrado de él cuando los caballeros de Balazar lo habían llevado a empujones hacia la zona de almacenamiento. Eddie no lo había visto ocurrir, aunque no le hacía falta.

La puerta del fondo no estaba cerrada con llave. Eddie sacó la pistola de Roland de la bolsa del tesoro y apartó esta última para poder abrirse paso en el momento crucial. Abrió la puerta de la sala de almacenamiento poco a poco, recordando dónde estaba la mesa de escritorio de Torre. Si lo veían, cargaría, gritando a pleno pulmón. Según Roland, siempre había que gritar a pleno pulmón si te descubrían. Así se sobresaltaba al enemigo durante uno o dos segundos, y algunas veces un segundo o dos marcaban una gran diferencia.

Esta vez no hubo necesidad ni de gritar ni de cargar. Los hombres que estaba buscando se encontraban en la zona del despacho, una vez más, sus sombras se proyectaban de forma grotesca y alargada sobre la pared que tenían a sus espaldas. Torre estaba sentado en la silla, aunque la silla ya no estaba detrás de la mesa de escritorio. La habían empujado hasta el hueco que quedaba entre dos de los tres archivadores. Sin las gafas, su agradable rostro parecía desnudo. Sus dos visitantes se encontraban delante de él, lo que suponía que le estaban dando la espalda a Eddie. Torre podría haberlo visto, pero Torre estaba mirando a Jack Andolini y a George Biondi, concentrado exclusivamente en ellos. Al ver el terror evidente del hombre, otro de esos impulsos de rabia le pasó por la cabeza a Eddie.

Había cierto tufo a gasolina en el aire, un olor que Eddie suponía que podría asustar incluso al más duro de los tenderos, sobre todo a uno que dirigía un imperio del papel. Junto al más alto de los dos hombres, Andolini, había una librería con vitrina de cristal de un metro y medio de alto. La puerta se abrió de golpe. En el interior de la habitación había cuatro o cinco estanterías de libros, todos eran volúmenes envueltos en lo que parecían pulcros forros de plástico. Andolini sostenía un ejemplar en alto de una forma que le daba el ridículo aspecto de televendedor. El hombre más bajo, Biondi, sostenía de una forma parecida una jarra de cristal con un líquido de color ámbar. No había muchas dudas de lo que era.

—Por favor, señor Andolini —dijo Torre. Hablaba con una voz humilde y temblorosa—. Por favor, es un libro muy valioso.

—Por supuesto que lo es —confirmó Andolini—. Todos los que están en este armario lo son. Tengo entendido que posee una copia firmada por el autor de *Ulises* que tiene un valor de veintiséis mil dólares.

—¿De qué va eso, Jack? —preguntó George Biondi. Parecía asombrado—. ¿Qué clase de libro vale veintiséis de los grandes?

—No lo sé —respondió Andolini—. ¿Por qué no nos lo cuenta, señor Torre? ¿O puedo llamarte Cal?

—Mi *Ulises* está en una caja fuerte —contestó Torre—. No está en venta.

—Pero estos sí —añadió Andolini—. ¿Verdad? Y veo el número siete mil quinientos escrito a lápiz en la solapa de este. No son veintiséis de los grandes, pero aun así es lo que cuesta un coche nuevo. Así que esto es lo que voy a hacer, Cal. ¿Me estás escuchando?

Eddie se estaba acercando y aunque luchó para permanecer en silencio, no hizo esfuerzo alguno por esconderse. Con todo, ninguno de ellos lo vio. ¿Él había sido tan estúpido cuando pertenecía a este mundo? ¿Así de vulnerable ante lo que ni siquiera era una emboscada propiamente dicha? Suponía que sí lo había sido y sabía que, con toda seguridad, Roland lo había aceptado a regañadientes.

—Estoy… estoy escuchando.

—Tienes algo que el señor Balazar desea tanto como tú quieres tu ejemplar de *Ulises*. Y aunque estos libros de la vitrina de cristal están técnicamente a la venta, apuesto a que vendes muy pocos, porque no puedes… no puedes soportar separarte de ellos. Al igual que no puedes soportar deshacerte de ese solar vacío. Así que esto es lo que va a ocurrir: George va a echar gasolina sobre este libro con los siete mil quinientos marcados, y yo voy a prenderle fuego. Luego voy a sacar otro libro de tu pequeño baúl del tesoro y voy a pedirte un compromiso oral de que venderás el solar a Sombra Corporation a mediodía del quince de julio. ¿Entendido?

—Yo...

—Si me haces ese compromiso oral, esta reunión llegará a su fin. Si no me haces ese compromiso oral, quemaré el segundo libro. Luego el tercero. Luego el cuarto. Después del cuarto, señor, creo que mi compañero aquí presente puede que pierda la paciencia.

—¡Eres la puta hostia! —exclamó George Biondi.

Eddie estaba en ese momento lo suficientemente cerca para llegar a tocar al Narigudo, y aun así no lo veían.

—En ese momento creo que echaremos gasolina dentro de tu pequeña vitrina de cristal y todos esos libros arde...

Al final, Jack Andolini percibió el movimiento con el rabillo del ojo. Echó un vistazo por detrás de su compañero y vio a un joven mirándolos con ojos color avellana y un rostro bastante moreno. El hombre llevaba algo que parecía la más antigua y enorme de las pistolas de juguete. Tenía que ser una pistola de juguete.

—¿Quién coño...? —empezó a decir Jack.

Antes de que pudiera decir más, el rostro de Eddie Dean se iluminó de felicidad y buen ánimo, una expresión que le hizo parecer mucho más que hermoso y lo situó en el plano de lo bello. «¡George!», exclamó. Era el tono de alguien que saluda a su viejo y mejor amigo después de una larga ausencia. «¡George Biondi! ¡Tío, sigues siendo el rey de los picos de oro a este lado del Hudson! ¡Me alegro de verte, tío!»

Existe cierto mecanismo en el animal humano que nos hace responder a los extraños que nos llaman por el nombre. Cuando la llamada pronunciada es afectuosa, nos sentimos casi obligados a responder con amabilidad. Pese a la situación en la que estaban allí detrás, George Biondi, el Narigudo, se volvió con una media sonrisa hacia la voz que lo había saludado con una familiaridad tan jovial. En realidad, esa sonrisa seguía brillando cuando Eddie lo golpeó salvajemente con la culata de la pistola de Roland. Andolini tenía buena vista, pero no vio más que un borrón cuando la culata golpeó tres veces, el primer golpe impactó entre los ojos de Biondi, el segundo en la ceja derecha y el tercero en el hueco de la sien del mismo lado. El primero de los dos golpes emitió sonidos huecos y sordos. El último produjo un golpetazo suave y escalofriante. Biondi cayó como una saca de correos, con los ojos en blanco, los labios fruncidos de una forma inquietante que le daba aspecto de bebé con necesidad de que lo cuidasen. La jarra cayó de su mano laxa, golpeó contra el suelo de cemento y se hizo añicos. El olor a gasolina de pronto fue mucho más intenso, vívido y empalagoso.

Eddie no le dio al socio de Biondi tiempo para reaccionar. Mientras el Narigudo seguía retorciéndose en el suelo sobre la gasolina derramada y la jarra rota, Eddie estaba sobre Andolini, empujándolo hacia atrás.

SIETE

Calvin Torre (que había empezado su vida con el nombre de Calvin Toren), no se sintió aliviado de inmediato, no tuvo esa sensación de: «Gracias a Dios, estoy a salvo». Su primer pensamiento fue: «Ellos son malos; este nuevo es peor».

Bajo la tenue luz del almacén, el recién llegado parecía emerger con su propia sombra ascendente y convertirse en una aparición de tres metros de alto. Una sombra con unos globos oculares que ardían y se salían de las órbitas y una boca abierta que dejaba a la vista unas mandíbulas cubiertas con dientes blancos que prácticamente parecían colmillos. En una mano llevaba una pistola del tamaño de un trabuco, el tipo de arma que en las historias de aventuras del siglo XVII se llamaba «máquina». Cogió a Andolini por el cuello de la camisa y la solapa de su chaqueta de chándal y lo tiró contra la pared. El matón se golpeó la cadera contra la vitrina de cristal y la derribó. Torre lanzó un grito de desesperación al que ninguno de los dos hombres prestaron la mínima atención.

El hombre de Balazar intentó escapar retorciéndose hacia la izquierda. El nuevo, el hombre chillón con el pelo negro cogido, dejó que se moviera, a continuación le puso la zancadilla y se abalanzó sobre él, y puso una rodilla sobre el pecho del matón. Le colocó el cañón del trabuco en el gollete. El matón volvió la cabeza intentando deshacerse de él. El nuevo se limitó a hundir el cañón aún más.

Con una voz ahogada que lo hizo sonar como un pato de dibujos animados, el pistolero de Balazar dijo:

—No me hagas reír, listillo... eso no es una pistola de verdad.

El nuevo, el que había aparecido con su propia sombra y se había vuelto tan alto como un gigante, sacó su máquina de debajo de la barbilla del matón, la amartilló con el pulgar y la apuntó hacia el fondo de la zona de almacenamiento. Torre abrió la boca para decir algo, Dios lo sabe, pero antes de que pudiera pronunciar una sola palabra se oyó un golpe ensordecedor, el ruido de un mortero disparado a un metro y medio de distancia desde alguna desafortunada trinchera de un soldado estadounidense. Una llamarada deslumbrante de color amarillo salió disparada del cañón de la máquina. Pasado un instante, el cañón volvió a situarse debajo de la barbilla del matón.

—¿Qué piensas ahora, Jack? —jadeó el nuevo—. ¿Todavía crees que es de mentira? Te diré lo que pienso: la próxima vez que apriete el gatillo, tus sesos saldrán volando hacia Hoboken.

OCHO

Eddie vio miedo en los ojos de Jack Andolini, pero no pánico. No le sorprendió. Había sido Jack Andolini quien le había echado el guante después de que hubiera salido mal lo de ser correo de cocaína procedente de Nassau. Esta versión de él era más joven, diez años más joven, pero no más guapo. Andolini, quien una vez había sido apodado Feo con Ganas por el gran sabio y eminente yonqui Henry Dean, tenía la frente hundida de un hombre prehistórico a juego con la mandíbula prominente como el troglodita Alley Oop de las tiras cómicas. Tenía las manos tan enormes que parecían de caricatura y pelos en los nudillos. Parecía el Tonto con Ganas además del Feo con Ganas, aunque no era en absoluto idiota. Los tontos no se las arreglaban para ascender hasta convertirse en el mano derecha de tipos como Enrico Balazar. Y aunque Jack no lo fuera todavía en ese cuándo, lo sería en 1986, cuando Eddie regresara en avión al aeropuerto John Fitzgerald Kennedy con unos doscientos mil dólares de polvo blanco boliviano bajo la camisa. En ese mundo, en ese dónde y en ese cuándo, Andolini se habría convertido en el mariscal de campo de *Il Roche*. En este mundo, Eddie pensó que era una oportunidad muy buena para retirarse temprano. De todo. A menos, claro está, que le saliera todo a la perfección.

Eddie hundió más el cañón de la pistola bajo la barbilla de Andolini. El olor a gasolina y pólvora se palpaba con intensidad en el aire y, por el momento, era más intenso que el olor a libro. En algún lugar entre las sombras, se oyó un silbido enrabiado que procedía de Sergio, el gato de la librería. Al parecer, Sergio no aprobaba los ruidos estruendosos en sus dominios.

Andolini hizo un gesto de dolor y volvió la cabeza hacia la izquierda.

—No, tío... ¡está caliente!

—No tan caliente como estarás tú dentro de cinco minutos a contar desde ahora —dijo Eddie—. Excepto si me escuchas, Jack. Las probabilidades que tienes de salir de esta son pequeñas, pero las tienes. ¿Vas a escucharme?

—No le conozco. ¿Cómo nos conoce usted?

Eddie sacó la pistola de debajo de la barbilla del Feo con Ganas y contempló el círculo rojo que se había dibujado donde había hecho presión el cañón del revólver de Roland. «Supón que te dijera que tu ka va a volver a reunirse conmigo dentro de diez años y que serás engullido por las langostruosidades. Que empezarán por esos pies metidos en esos mocasines de Gucci y que seguirán hacia arriba.» Andolini no le creería, claro, al igual que no había creído que la vieja y enorme pistola de Roland funcionaba hasta que Eddie se lo había demostrado. Y en esta senda de la posibilidad, en este nivel de la Torre, Andolini podía no ser engullido por las langostruosidades porque este mundo era diferente a todos los demás. Este era el Nivel Diecinueve de la Torre Oscura. Eddie lo presentía. Más tarde pensaría sobre ello, ahora no. En ese momento, el simple hecho de pensarlo resultaba difícil. Lo que quería en ese preciso instante era matar a esos dos hombres, luego dirigirse hacia Brooklyn y cantarles las cuarenta al resto del tet de Balazar. Eddie golpeó el cañón del revólver contra los pómulos prominentes de Andolini. Tuvo que reprimirse para no ensañarse con ese careto feo, y Andolini se dio cuenta. Pestañeó y se humedeció los labios. Eddie seguía con la rodilla sobre el pecho del matón. Sentía cómo el tórax se hinchaba y se deshinchaba como un fuelle.

—No has respondido a mi pregunta —dijo Eddie— y, para colmo, tú me has hecho una a mí. Si vuelves a hacerlo, Jack, voy a usar el cañón de esta pistola para romperte la cara. Luego te dispararé en una rótula y te convertiré en un patachula de por vida. Puedo llenarte de plomo muchas partes del cuerpo y hacer que sigas siendo capaz de hablar. Y no te hagas el tonto conmigo, porque no eres tonto, salvo a la hora de escoger a tu jefe, y lo sé. Así que deja que te lo pregunte otra vez: ¿vas a escucharme?

—¿Qué alternativa tengo?

Moviéndose con la misma velocidad espectral y desdibujada que antes, Eddie le cruzó la cara a Andolini con la pistola de Roland. Se oyó un agudo crujido cuando el arma golpeó el pómulo. La sangre empezó a brotar de la fosa nasal derecha, que a Eddie le parecía del tamaño del túnel de Queens Midtown. Andolini gritó de dolor, Torre de pánico.

Eddie volvió a hundir el cañón de la pistola en el gollete de Andolini. Sin apartar la mirada de él, Eddie dijo:

—No pierda de vista al otro, señor Torre. Si empieza a moverse, dígamelo.

—¿Quién es usted? —preguntó Torre casi gimoteando.

—Un amigo. El único que puede salvarle el pellejo. Ahora vigílelo y déjeme trabajar.

—Está... está bien.

Eddie Dean volvió a centrar toda su atención en Andolini.

—He dejado fuera de combate a George, porque es estúpido. Aunque pudiera transmitir el mensaje que necesito que se transmita, él no se lo habría creído. Y ¿cómo va un hombre a convencer a otros de lo que no cree él mismo?

—En eso tiene razón —admitió Andolini.

Tenía la vista levantada mirando a Eddie con una especie de fascinación aterrorizada, tal vez porque por fin veía a ese extraño de la pistola como lo que era realmente. Por lo que Roland sabía, lo había sido desde el mismísimo principio, incluso cuando Eddie Dean no era más que un yonqui con la tocha ensangrentada que temblaba mientras se desenganchaba de la heroína. Jack Andolini estaba mirando a un pistolero.

—Puedes jurarlo —respondió Eddie—. Y aquí está el mensaje que quiero que transmitas: Torre es zona prohibida.

Jack sacudió la cabeza.

—Usted no lo entiende. Torre tiene algo que alguien quiere. Mi jefe ha prometido conseguírselo. Y mi jefe siempre...

—Siempre cumple sus promesas, lo sé —dijo Eddie—. Solo que esta vez no lo conseguirá, y no será culpa suya. Porque el señor Torre ha decidido que no va a vender el solar vacío del final de la calle a Sombra Corporation. Va a venderlo a... mmm... a la Tet Corporation. ¿Entendido?

—Señor, no le conozco, pero conozco a mi jefe. No se detendrá.

—Sí lo hará. Porque Torre no tendrá nada que vender, el solar ya no será suyo. Y ahora escucha incluso con más atención, Jack. Escucha como alguien ka-paz, no como un ka-pullo. Con inteligencia, no como un tonto.

Eddie se agachó. Jack alzó la vista y lo miró, fascinado por los ojos saltones, con unos iris de color avellana, el blanco inyectado en sangre y la boca salvajemente sonriente que en ese momento estaba a la distancia de un beso de la suya.

—El señor Calvin Torre se ha puesto bajo la protección de personas más poderosas y más duras de lo que tú podrías imaginar jamás, Jack. Personas que hacen que *Il Roche* parezca un niñato hippy de Woodstock con flores en el pelo. Tendrás que convencerlo de que no tiene nada que ganar si sigue extorsionando a Calvin Torre y puede perderlo todo.

—No puedo...

—En cuanto a ti, has de saber que este hombre lleva la marca de Gilead. Si vuelves a tocarlo alguna vez, si vuelves a poner ni que sea un pie en esta tienda, vendré a Brooklyn y mataré a tu mujer y a tus hijos. Luego encontraré a tus padres y los mataré. Después mataré a las hermanas de tu madre y a los hermanos de tu padre. Y a continuación mataré a tus abuelos, si es que siguen vivos. A ti te reservaré para el final. ¿Me crees?

Jack Andolini siguió mirando la cara que tenía encima, los ojos inyectados en sangre, la boca sonriente y feroz, aunque en ese momento lo hacía con un horror que iba en aumento. El hecho era que sí lo creía. Y fuera quien fuese, sabía bastante sobre Balazar y sobre el asunto que se traía entre manos. Sobre lo que se traía entre manos, puede que supiera más que el mismísimo Andolini.

—Hay más como nosotros —dijo Eddie— y todos somos la misma cosa: protectores... —estuvo a punto de decir: «Protectores de la rosa»—... de Calvin Torre. Estaremos vigilando este lugar, estaremos vigilando a Torre, estaremos vigilando a los amigos de Torre, a tipos como Deepneau. —Eddie vio cómo Andolini parpadeaba sorprendido al oír aquello, y se sintió satisfecho—. Cualquiera que venga aquí y se atreva simplemente a levantarle la voz a Torre, morirá en nuestras manos después de que hayamos matado a toda su familia. Y esto va por George, por Cimi Dretto, Tricks Postino... y también por tu hermano Claudio.

Andolini abría los ojos de par en par con cada nombre, luego puso una mueca de dolor y los cerró durante un instante al oír el nombre de su hermano. Eddie sabía que tal vez había encontrado su punto flaco. Si Andolini lograba o no convencer a Balazar era otra cosa. «Pero, en cierta forma, eso ni siquiera importa —pensó con frialdad—. En cuanto Torre nos venda el solar, en realidad no importa lo que le hagan, ¿no?»

—¿Cómo sabe tanto? —le preguntó Andolini.

—Eso no importa. Tú transmite el mensaje. Dile a Balazar que le diga a sus amigos de Sombra que el solar ya no está en venta. Para ellos, ya no. Y dile que Torre está ahora bajo la protección de un tipo de Gilead que lleva unos calibres de envergadura.

—¿Unos...?

—Me refiero a un tipo más duro que cualquiera con el que haya tratado Balazar con anterioridad —dijo Eddie—, incluyendo la gente de Sombra Corporation. Dile que si insiste, habrá suficientes cadáveres en Brooklyn para llenar Grand Army Square. Y muchos de ellos serán de mujeres y niños. Convéncelo.

—Yo... tío, lo intentaré.

Eddie se levantó, luego retrocedió. Se acuclilló sobre los charcos de gasolina y los cristales rotos esparcidos, George Biondi estaba empezando a moverse y susurraba algo con voz ronca. Eddie le hizo un gesto a Jack con el cañón de la pistola de Roland para ordenarle que se levantara.

—Será mejor que lo intentes de todo corazón —le advirtió.

NUEVE

Torre sirvió una taza de café solo para cada uno y a continuación se tomó la suya. Le temblaban muchísimo las manos. Después de contemplar cómo Torre intentaba beber un par de veces (y de pensar en un personaje que desactivaba explosivos en la película *Danger UXB* que perdía los nervios), a Eddie le dio pena y se sirvió medio café de Torre en su taza.

—Inténtelo ahora —dijo, y volvió a empujar la taza medio llena hacia el dueño de la librería.

Torre se había vuelto a poner las gafas, pero una de las patillas se había torcido y le quedaban desequilibradas en la cara. Además, tenía una fisura en la lente izquierda con forma de relámpago. Los dos hombres estaban en el mostrador de mármol, Torre se encontraba tras él, Eddie estaba apoyado sobre uno de los taburetes. Torre había llevado consigo el libro que Andolini había amenazado con quemar en primer lugar, y lo dejó junto a la máquina de hacer café. Era como si no pudiera soportar tenerlo fuera de vista.

Torre cogió la taza con la mano temblorosa (Eddie se fijó en que no llevaba anillos en ninguna de las dos manos) y la apuró. Eddie no lograba entender por qué el hombre prefería beber un café tan fuerte. Para Eddie, el verdadero buen sabor era el de la crema de leche. Después de los meses que había pasado en el mundo de Roland (o tal vez hubieran pasado años enteros), el café de Torre tenía un sabor tan intenso como el de la nata para montar.

—¿Está mejor? —le preguntó Eddie.

—Sí.

Torre miró por la ventana, como si esperase el regreso de la limusina gris que se había alejado dando tumbos hacía tan solo unos minutos. Luego volvió a mirar a Eddie. Todavía estaba asustado del joven, pero el último resquicio de su categórico terror se había esfumado cuando Eddie volvió a guardar la pistola en lo que él llamaba la «bolsa del tesoro de mi amigo». La bolsa estaba hecha de una piel incolora y curtida, y se cerraba por la parte superior con unos lazos y no con cremallera. A Calvin Torre le parecía que el joven había guardado los aspectos más aterradores de su personalidad en la bolsa del tesoro junto con la pistola de dimensiones descomunales. Eso estaba bien, porque permitía a Torre creer que el muchacho se había marcado un farol al hablar de matar a toda la familia del matón así como a los mismísimo matones.

—¿Dónde está su colega Deepneau hoy? —preguntó Eddie.

—En el oncólogo. Hace dos años, Aaron empezó a ver sangre en la taza del váter cuando se le revolvían las tripas. Si hubiera sido un hombre más joven habría pensado «Mierda, hemorroides» y se habría comprado un tubo de crema antihemorroidal. Cuando uno ha llegado a los setenta, imagina lo peor. En su caso, era malo, pero no terrible. El cáncer avanza despacio cuando llegas a la edad de Aaron; incluso la enfermedad maldita envejece. Es curioso pensarlo, ¿verdad? De cualquier forma, lo achicharraron con la radiación y dijeron que se había terminado, pero Aaron dice que no se le puede dar la espalda al cáncer. Vuelve cada tres meses y es allí donde está. Me alegro. Es perro viejo, pero sigue siendo un luchador.

«Debería presentar a Aaron Deepeneau a Jamie Jaffords —pensó Eddie—. Podrían jugar a los castillos en lugar de al ajedrez y contar historias sobre los días de la Luna del Chivo.»

Mientras tanto, Torre sonreía con tristeza. Se enderezó las gafas. Durante un instante permanecieron derechas y luego volvieron a torcerse. El hecho de que estuvieran torcidas era en cierta forma peor que la rotura; le daba a Torre un ligero aspecto a loco indefenso.

—Él es un luchador y yo soy un cobarde. Tal vez por eso somos amigos... nuestros puntos flacos se compensan, forman casi una totalidad.

—A lo mejor está siendo un poco duro consigo mismo —dijo Eddie.

—No creo. Mi psicólogo dice que alguien que quisiera saber cómo sería un hijo de un padre del tipo A y una madre del tipo B no tendría más que estudiar mi historial. También dice...

—Ruego me perdones, Calvin, pero me importa una mierda tu psicólogo. Tienes el solar del final de la calle y con eso me basta.

—Eso no es ningún mérito personal —respondió Calvin Torre con aire taciturno—. Es como este... —cogió el libro que había puesto junto a la máquina de hacer café— y los otros que han amenazado con quemar. Es que tengo un problema con lo de desprenderme de las cosas. Cuando mi primera esposa dijo que quería el divorcio y yo le pregunté por qué, me contestó: «Porque cuando me casé contigo no me di cuenta, pensaba que eras un hombre y resulta que eres una urraca».

—El solar no es como los libros —replicó Eddie.

—¿Ah, sí? ¿De verdad lo cree?

Torre lo estaba mirando, fascinado. Cuando levantó su taza de café, Eddie se sintió complacido al ver que los temblores más violentos ya había remitido.

—¿Tú no?

—Algunas veces sueño con ello —contestó Torre—. En realidad no he estado allí desde que la charcutería de Tommy Graham quebró y yo pagué para que la derribaran. Y para que pusieran la valla, claro, que fue casi tan cara como los hombres de la bola del derribo. Sueño que allí hay un campo con flores. Un campo de rosas. Y en lugar de llegar solo hasta la Primera avenida, se extiende hasta el infinito. Curioso sueño, ¿no?

Eddie estaba seguro de que Calvin Torre en realidad había tenido esos sueños, aunque creyó ver algo más en esos ojos que se ocultaban tras las gafas rotas y torcidas. Creía que Torre estaba dejando que ese sueño ocultase los sueños que no contaba.

—Curioso —admitió Eddie—. Creo que será mejor que me sirva otro trago de ese lodo. Luego garlaremos un poco.

Torre sonrió y una vez más levantó el libro que Andolini había estado a punto de asar a la parrilla.

—Garlar. Por aquí eso se dice mucho.

—¿Se dice?

—Ajá.

Eddie alargó una mano.

—Déjeme verlo.

Al principio, Torre dudó, y Eddie vio que el rostro del dueño de la librería se endureció durante un instante con una triste mezcla de emociones.

—Venga, Cal, no voy a limpiarme el culo con él.

—No. Claro que no. Lo siento. —Y en ese momento Torre puso cara de sentirlo de verdad, la misma cara que pondría un alcohólico después de una borrachera especialmente destructiva—. Es que yo... Hay determinados libros que son muy importantes para mí. Y este es una verdadera rareza.

Se lo pasó a Eddie, quien miró la cubierta forrada de plástico y sintió cómo se le paraba el corazón.

—¿Qué? —preguntó Torre. Volvió a dejar la taza con un sonoro golpe—. ¿Qué ocurre?

Eddie no respondió. La ilustración de la tapa mostraba un pequeño edificio circular de madera con el tejado de ramas de pino. A un lado y de pie había un bravo indio vestido con pantalones de gamuza. Llevaba el torso descubierto y sostenía un tomahawk apoyado contra el pecho. Al fondo, una antigua locomotora de vapor avanzaba por la pradera, echando humo gris a un cielo azul.

El título del libro era *El Dogan*. El autor era Benjamin Slightman Jr.

Desde una gran distancia, Torre le estaba preguntando si se iba a desmayar. Desde solo un poco más cerca, Eddie le contestó que no. Benjamin Slightman Jr. Ben Slightman el Joven, en otras palabras. Y...

Apartó la rechoncha mano de Torre cuando este intentó recuperar el libro. A continuación, Eddie utilizó su propio dedo para contar las letras del nombre del autor. Eran, claro está, diecinueve.

DIEZ

Tomó otra taza del café de Torre, esta vez sin crema de leche. Luego cogió el ejemplar forrado de plástico una vez más.

—¿Qué lo hace especial? —preguntó—. Quiero decir, para mí es especial porque hace poco conocí a alguien que se llama igual que el tipo que lo escribió. Pero...

A Eddie le asaltó una idea y le dio la vuelta al libro para ver la solapa trasera, esperando encontrar una foto del autor. Lo que encontró en su lugar fue una breve biografía de dos líneas: «BENJAMIN SLIGHTMAN JUNIOR es ranchero en Montana. Esta es su segunda novela». Debajo había el dibujo de un águila y un eslogan: ¡COMPRE BONOS DE GUERRA!

—¿Es especial para ti? ¿Qué hace que valga siete mil quinientos pavos?

El rostro de Torre se encendió. Quince minutos antes había sentido un terror mortal por su vida, aunque Eddie pensó que nadie lo habría dicho de haberlo visto en ese momento. En ese instante se aferraba a su obsesión. Roland tenía su Torre Oscura; este hombre tenía sus libros raros.

Lo sostenía de forma tal que Eddie podía ver la cubierta.

—Dice *El Dogan*, ¿no es así?

—Así es.

Torre abrió el libro y señaló la solapa interior, también forrada de plástico, donde la historia estaba resumida.

—¿Y aquí?

—«*El Dogan* —leyó Eddie—. Una espeluznante historia sobre el viejo Oeste y sobre la lucha de un heroico indio bravo por sobrevivir.» ¿Y qué?

—¡Ahora mire esto! —dijo Torre con tono triunfal, y fue a la página del título. Allí Eddie leyó:

**El Hogan
Benjamin Slightman Jr.**

—No lo entiendo —dijo Eddie—. ¿Qué tiene de importante?

Torre puso los ojos en blanco.

—Vuelva a leerlo.

—¿Por qué no me dices lo que...?

—No, vuelva a leerlo. Insisto. El placer está en el descubrimiento, señor Dean. Cualquier coleccionista le dirá lo mismo. Ya sean sellos, monedas o libros, el placer está en el descubrimiento.

Volvió a la cubierta, y esta vez Eddie lo vio.

—El título de la cubierta está mal impreso, ¿verdad? Pone Dogan en lugar de Hogan.

Torre hizo un gesto de asentimiento con felicidad.

—Un hogan es una casa india como la que está dibujada en la portada. Un dogan es... bueno, no es nada. La cubierta mal impresa le da cierto valor al libro, pero ahora... mire esto... fíjese...

Fue a la página de créditos y le pasó el libro a Eddie. La fecha de derechos de reproducción era 1943, lo cual, por supuesto, explicaba el águila y la consigna en la solapa en la que estaba la biografía del autor. El título del libro figuraba como *El Hogan*, así que parecía correcto. Eddie estaba a punto de preguntar cuándo lo había comprado.

—Se han dejado el «Jr.» del nombre del autor, ¿no?

—¡Sí, ¡sí! —Torre estuvo a punto de abrazarlo—. ¡Como si el libro hubiera sido escrito en realidad por el padre del autor! En realidad, en una ocasión en la que me encontraba en la convención bibliográfica de Filadelfia, le expliqué la situación de este libro en particular a un abogado que le echó un vistazo a la ley de los derechos de reproducción y me dijo que el padre de Slight. podría reclamar derechos de autoría de este libro por un simple error tipográfico. Asombroso, ¿no cree?

—Totalmente —dijo Eddie, al tiempo que pensaba: «Slightman el Viejo», «Slightman el Joven».

Pensó en cómo Jake se había hecho amigo muy deprisa de este último y se preguntaba por qué eso le daba tan mala espina ahora, mientras estaba sentado ahí, bebiendo café en el pequeño y viejo Calla Nueva York.

«Por lo menos se ha llevado la Ruger», pensó Eddie.

—¿Me estás diciendo que eso es todo lo que hace falta para

darle valor a un libro? —le preguntó a Torre—. ¿Un error de imprenta en la cubierta, un par más en el interior, y de golpe y porrazo esta cosa vale siete mil quinientos pavos?

—En absoluto —dijo Torre con cara de estupefacción—. Sin embargo, el señor Slightman escribió tres novelas del Oeste realmente excelentes, todas desde el punto de vista de los indios. *El Hogan* es la segunda. Se convirtió en un grave problema después de la guerra en Montana, era una obra que hablaba sobre los derechos sobre el agua y los minerales; y luego, y esto es lo irónico, lo mató un grupo de indios. En realidad, le arrancaron la cabellera. Estaban bebiendo en la entrada de un almacén...

«Un almacén llamado Took's —pensó Eddie—. Me apuesto mi fe y mi sello.»

—... Y, al parecer, el señor Slightman dijo algo con lo que ellos no estaban de acuerdo, y... bueno, sucedió lo que le dio el valor que tiene su libro.

—¿Todos tus libros valiosos tienen historias parecidas? —preguntó Eddie—. Quiero decir, ¿alguna especie de coincidencia los hace valiosos y no solo las historias por sí solas?

Torre rió.

—Joven, la mayoría de las personas que coleccionan libros raros ni siquiera los abren. Abrir y cerrar el libro estropea el lomo, y, por tanto, perjudica el precio de reventa.

—¿Eso no te parece un poco enfermizo?

—En absoluto —respondió Torre, pero un rojo revelador empezaba a encenderle las mejillas. Una parte de él entendía lo que decía Eddie—. Si un cliente se gasta ocho mil dólares en una edición firmada de *Tess, la de los d'Uberville*, tiene perfecto sentido guardar ese libro en un lugar seguro donde pueda ser admirado pero no tocado. Si el tipo quiere de verdad leer la historia, deje que compre una edición de bolsillo antigua.

—Y tú estás convencido de eso —dijo Eddie, fascinado—. Estás convencido de veras.

—Bueno... sí. Lo libros pueden ser objetos de gran valor. Ese valor se crea de distintas formas. Algunas veces la simple firma del autor basta. Otras, y este es el caso, es un error de impresión.

¿Y tiene algo de esto que ver con usted, señor Dean? ¿Era de esto de lo que... de lo que quería garlar?

—No, supongo que no.

Pero ¿de qué quería exactamente garlar? Lo había sabido, lo había tenido todo clarísimo mientras arreaba a Andolini y Biondi a la trastienda y se quedaba en la puerta mirando cómo se marchaban a toda prisa en la limusina, apoyados el uno en el otro. Incluso en el Nueva York cínico de «¿Y a ti qué te importa?», habían atraído muchas miradas. Ambos estaban sangrando y tenían esa mirada alucinada de «¿Qué coño me ha ocurrido?». Sí, entonces lo había tenido claro. El libro y el nombre del autor habían vuelto a nublarle las ideas. Cogió el ejemplar de manos de Torre y lo puso boca abajo sobre el mostrador para no tener que verlo. Luego se puso manos a la obra para ordenar las ideas.

—Lo primero y más importante, señor Torre, es que tiene que estar fuera de Nueva York hasta el quince de julio, porque volverán. Seguramente no esos mismos tipos, pero alguno de los otros tíos que utiliza Balazar. Y estarán más ansiosos que nunca de darnos a usted y a mí una lección. Balazar es un déspota. —Eddie había aprendido esta palabra de Susannah, ella la había utilizado para describir al señor Tic Tac—. Su forma de hacer negocios es intensificar siempre lo que le hacen. Si le das una bofetada, él te da el doble de fuerte. Si le das un puñetazo en la nariz, él te rompe la mandíbula. Si le lanzas una granada, él te tira una bomba.

Torre gimió. Fue un ruido teatral (aunque seguramente no había pretendido sonar así) y, en otras circunstancias, Eddie podría haberse reído. No en esas. Además, lo único que le quería decir a Torre le estaba volviendo a la cabeza. Podía hacer aquella negociación, por Dios. Sí, podía hacer aquella negociación.

—A mí seguramente no me pillarán. Tengo el negocio en otra parte. Más allá de las montañas y muy lejos. Su trabajo consiste en conseguir que tampoco le pillen, señor Torre.

—Pero seguramente... después de todo lo que acaba de hacer usted... e incluso si no se han creído lo de las mujeres y los niños...

Torre abrió los ojos de par en par tras sus gafas maltrechas, suplicándole a Eddie que dijera que en realidad no hablaba en serio sobre lo de sembrar Grand Army Plaza de cadáveres. Eddie no pudo ayudarle en ese aspecto.

—Cal, escucha. Los tipos como Balazar no creen ni dejan de creer. Lo que hacen es probar hasta dónde llegan los límites. ¿He asustado al Narigudo? No, solo lo he noqueado. ¿He asustado a Jack? Sí. Y así seguirá, porque Jack tiene algo de imaginación. ¿Quedará impresionado Balazar porque haya asustado a Jack el Feo? Sí… pero solo lo justo para ser precavido.

Eddie se inclinó sobre el mostrador mirando a Torre con seriedad.

—Yo no quiero matar a esos niños, ¿está claro? Eso vamos a dejarlo claro. En… bueno, en otro lugar, vamos a llamarlo así, en otro lugar mis amigos y yo vamos a poner nuestras vidas en peligro para salvar a unos niños, pero son niños humanos. La gente como Jack, Tricks Postino y el mismo Balazar son animales. Lobos con dos patas. ¿Y los lobos tienen seres humanos? No, tienen más lobos. ¿Los lobos se aparean con mujeres humanas? No, se aparean con lobas. Así que si tengo que llegar a ese extremo, y lo haré si me veo obligado, pensaría que estoy arrasando con una manada de lobos, hasta el último cachorro. Nada más y nada menos.

—Por Dios que lo está diciendo en serio —dijo Torre, habló en voz baja con un solo suspiro al aire enrarecido.

—Desde luego que sí, pero eso ahora no tiene importancia —aclaró Eddie—. La cuestión es que ellos vendrán a por ti. No para matarte, sino para hacer que vuelvas a ponerte de su parte. Si te quedas aquí, Cal, creo que lo mínimo que te espera es una mutilación grave. ¿Hay algún sitio al que puedas ir hasta el día quince del mes que viene? ¿Tienes dinero suficiente? Yo no tengo, pero supongo que puedo conseguir algo.

Mentalmente, Eddie ya estaba en Brooklyn. Balazar era el ángel de la guarda de una partida de póquer en la trastienda de la barbería de Bernie, todo el mundo lo sabía. Puede que la partida no siguiese durante el fin de semana, pero habría alguien allí con dinero en efectivo. Suficiente para…

—Aaron tiene algo de dinero —dijo Torre a regañadientes—. Me lo ha ofrecido varias veces, pero yo siempre me he negado

a aceptarlo. No deja de decirme que necesito irme de vacaciones. Creo que con eso se refiere a que debería alejarme de los tipos que usted acaba de conocer. Tiene curiosidad por saber qué quieren, pero no lo pregunta. Es un luchador, pero caballeroso.
—Torre sonrió tímidamente—. Tal vez, Aaron y yo podríamos irnos de vacaciones juntos, joven. Al fin y al cabo, puede que no tengamos otra oportunidad.

Eddie estaba bastante seguro de que los tratamientos de quimioterapia y de radiación iban a mantener a Aaron Deepneau vivito y coleando durante al menos cuatro años más, pero seguramente ese no era el momento de decirlo. Miró hacia la puerta del Restaurante de la Mente de Manhattan y vio la otra puerta. Detrás estaba la entrada de la cueva. Allí sentado como un oso Yoghi de cómic, como una silueta con las piernas cruzadas, estaba el pistolero. Eddie se preguntó cuánto tiempo llevaría allí, cuánto tiempo había estado escuchando Roland el sonido sordo aunque enloquecedor de las campanillas del exotránsito.

—¿Cree que Atlantic City sería muy lejos? —preguntó con timidez Torre.

Eddie Dean casi se estremeció al pensarlo. Tuvo una rápida visión de dos corderos rechonchos, bastante mayores, sí, pero todavía bastante apetecibles, dirigiéndose no solo hacia una manada de lobos, sino a una ciudad llena de ellos.

—Allí no —dijo Eddie—. Cualquier lugar menos ese.

—¿Y Maine o New Hampshire? Tal vez podríamos alquilar una casa de campo junto a un lago en alguna parte hasta el quince de julio.

Eddie hizo un gesto de asentimiento. Era un chico de ciudad. Le resultaba difícil imaginar que los malos se dirigieran al norte, a Nueva Inglaterra, con esas gorras a cuadros y sus chalecos de plumón mientras masticaban sus bocadillos de pimiento y se bebían su vino italiano Ruffino.

—Eso estaría mejor —dijo—. Y mientras estás allí, podrías intentar encontrar un abogado.

Torre rompió a reír. Eddie lo miró con la cabeza agachada, sonriendo él también un poco. Siempre era bueno hacer reír a los demás, pero era mejor cuando sabías de qué coño se reían.

—Lo siento —se disculpó Torre después de un rato—. Es que Aaron era abogado. Su hermana y sus dos hermanos, todos menores que él, todavía ejercen. Les gusta presumir de que tienen el membrete legal más exclusivo de Nueva York, tal vez en todo Estados Unidos. Dice simplemente: DEEPNEAU.

—Eso acelera las cosas —dijo Eddie—. Quiero que le pidas al señor Deepneau que te redacte un contrato mientras estás de vacaciones en Nueva Inglaterra...

—Esconderse en Nueva Inglaterra... —dijo Torre. De pronto pareció taciturno—. Refugiado en Nueva Inglaterra.

—Llámalo como te salga de las narices —espetó Eddie—, pero haz que te redacten ese documento. Vas a venderme ese solar, a mí y a mis amigos. A la Tet Corporation. Para empezar, solo recibirás un pavo, pero puedo garantizarte casi con total seguridad que al final conseguirás un valor de mercado justo.

Tenía más que decir, mucho más, pero se calló en ese punto. Cuando tendió la mano hacia el libro, *El Dogan* o *El Hogan* o comoquiera que se titulase, una expresión de renuencia mezquina se había apoderado del rostro de Torre. Lo que hacía que la mirada fuera desagradable era la estupidez de trasfondo que había en ella... y no muy en el fondo. «Oh, Dios, esto me lo va a discutir. Después de todo lo que ha ocurrido, me lo va a discutir. Y ¿por qué? Porque es de verdad una urraca.»

—Puedes confiar en mí, Cal —añadió, con el convencimiento de que la cuestión no era precisamente la confianza—. Doy fe con mi sello. Ahora, atiéndeme. Atiéndeme, te lo ruego.

—No le conozco de nada. Ha venido de la calle...

—Y te he salvado la vida, no olvides esa parte.

El rostro de Torre adoptó una expresión rígida y rebelde.

—No iban a matarme. Lo dijo usted mismo.

—Pero sí iban a quemar tus libros favoritos. Los más valiosos.

—No eran los más valiosos. Además, eso podría haber sido un farol.

Eddie respiró hondamente y soltó el aire con la esperanza de que su repentino deseo de saltar por encima del mostrador y hundir los dedos en el rechoncho pescuezo de Torre se esfumase o como mínimo se mitigase. Se recordó a sí mismo que si Torre no hubiera sido tozudo, seguramente le habría vendido el aparcamiento a Sombra Corporation hacía ya mucho tiempo y que habrían arrancado la rosa. ¿Y la Torre Oscura? Eddie sabía que cuando la rosa muriese, la Torre Oscura caería como la de Babel cuando Dios se hubo cansado de ella e hizo un movimiento con el dedo. Nada de esperar otros cien o mil años a que la maquinaria que proyectaba los Haces se detuviese. No quedarían más que cenizas, cenizas... todos caeríamos. ¿Y luego? Salve al Rey Carmesí, señor de la oscuridad de exotránsito.

—Cal, si nos vendes a mis amigos y a mí el solar vacío, te librarás. No solo eso, sino que al final tendrás dinero suficiente para llevar tu tiendecita durante toda tu vida. —Tuvo una idea repentina—. Oye, ¿conoces la empresa Holmes Dental?

Torre sonrió.

—¿Y quién no? Yo utilizo su hilo dental y su dentífrico. Probé el enjuague bucal, pero es demasiado fuerte. ¿Por qué lo pregunta?

—Porque Odetta Holmes es mi esposa. Puede que me parezca a la rana Gustavo, pero en realidad soy el puto príncipe encantado.

Torre se quedó callado durante largo rato. Eddie refrenó su impaciencia y dejó pensar al hombre. Al final, Torre dijo:

—Cree que estoy haciendo el idiota. Que me estoy comportando como el usurero de Silas Marner, o peor aún, como Ebenezer Scrooge.

Eddie no sabía quién era Silas Marner, pero entendió a lo que se refería Torre por el contexto de la conversación.

—Vamos a decirlo de esta forma —dijo—: después de todo lo que acaba de pasar, eres demasiado inteligente para no saber dónde está lo que más te interesa.

—Me siento en la obligación de decirle que no se trata solo de tacañería inconsciente por mi parte, hay también cierto ápice de precaución. Sé que esa parte de Nueva York es valiosa, cualquier parte de Manhattan lo es, pero no es solo eso. Tengo una caja fuerte allí detrás con algo dentro. Algo que es incluso más valioso que mi ejemplar del *Ulises*.

—Entonces, ¿por qué no está en tu caja fuerte del banco?

—Porque se supone que tiene que estar aquí —contestó Torre—. Siempre ha estado aquí. Tal vez esperándole a usted, o a alguien como usted. En una época, señor Dean, mi familia era dueña de casi todo Turtle Bay, y... bueno, espere, ¿va a esperar?

—Sí —afirmó Eddie.

¿Qué otra salida le quedaba?

ONCE

Cuando Torre se marchó, Eddie se levantó del taburete, fue hacia la puerta que solo él podía ver y miró a través de ella. Vagamente, pudo oír las campanillas. Con mayor claridad, oyó a su madre.

—¿Por qué no sales de ahí? —le gritó con dolor—. Solo empeorarás las cosas, Eddie, siempre lo haces.

«Esa es mi mami», pensó y gritó el nombre del pistolero.

Roland se sacó una de las balas de la oreja. Eddie se dio cuenta de la extraña y patosa forma en que la cogió, casi manoseándola, como si tuviera los dedos rígidos, aunque aquel no era momento para pensar en eso.

—¿Estás bien? —preguntó Eddie.

—Voy tirando. ¿Y tú?

—Sí, pero... Roland, ¿puedes pasar? Podría necesitar ayuda.

Roland se lo pensó, luego sacudió la cabeza.

—La caja se podría cerrar si lo hago. Seguramente se cerraría, luego se cerraría la puerta y quedaríamos atrapados en ese lado.

—¿Puedes atrancar esa puñetera cosa para que se quede abierta con una piedra, un hueso o algo?

—No —respondió Roland—, no funcionaría. La bola es poderosa.

«Y está funcionando contigo», pensó Eddie. El rostro de Roland parecía demacrado, como ocurrió cuando el veneno de las langostruosidades había penetrado en su interior.

—Está bien —contestó, resignado.

—Sé lo más rápido que puedas.

—Sí.

DOCE

Cuando se volvió, Torre lo estaba mirando con gesto interrogativo.

—¿Con quién estaba hablando?

Eddie se echó a un lado y señaló hacia la puerta.

—¿Ves algo allí, sai?

Calvin Torre miró, empezó a sacudir la cabeza, luego volvió a mirar durante un instante más largo.

—Un resplandor —dijo al final—. Como aire caliente sobre un incinerador. ¿Quién está allí? ¿Qué hay allí?

—De momento, digamos que nadie. ¿Qué tienes en la mano?

Torre la levantó. Era un sobre, muy antiguo. Tenía escrito con letra inglesa: **Stefan Toren** y **Dead Letter**. Abajo, dibujados con esmero y con tinta antigua, estaban los mismos símbolos que había en la puerta y en la caja: ⊙⊵⊙ ⊵⊙. «Ahora puede que hayamos llegado a alguna parte», pensó Eddie.

—Una vez, este sobre contuvo la voluntad de mi retatarabuelo —anunció Calvin Torre—. La fecha que tenía inscrita era diecinueve de marzo de mil ochocientos cuarenta y seis. Ahora no hay más que un trozo de papel con un nombre escrito. Si puede decirme cuál es ese nombre, joven, haré lo que me pide.

«Ah, claro —rumió Eddie—, con que todo se reduce a otro acertijo.» Aunque esta vez no eran cuatro vidas las que dependían de la respuesta, sino toda una existencia.

«Gracias a Dios es uno fácil», pensó.

—Es Deschain —dijo Eddie—. El nombre de pila puede ser Roland, el nombre de mi dinh, o Steven, el nombre de su padre.

Fue como si el rostro de Calvin Torre quedase exangüe. Eddie no se explicaba cómo el hombre era capaz de mantenerse en pie.

—¡Dios mío querido que estás en los cielos! —exclamó.

Con los dedos temblorosos, sacó el trozo de papel antiguo y quebradizo del sobre, un viajero del tiempo que había viajado más de ciento treinta y un años hasta este dónde y este cuándo. Estaba plegado. Torre lo desplegó y lo puso sobre el mostrador,

donde ambos pudieron leer lo que Stefan Toren había escrito con la misma y firme letra inglesa.

Roland Deschain, de Gilead
La línea de ELD
PISTOLERO

TRECE

Hablaron un rato más, unos quince minutos, y Eddie supuso que al menos una parte de lo dicho era importante, aunque lo que de verdad importaba era el momento en que le había dicho a Torre el nombre que sus tres veces bisabuelo había escrito en un pedazo de papel catorce años antes de que estallase la guerra de Secesión.

Lo que Eddie había descubierto sobre Torre durante su garla era desconcertante. Albergaba cierto respeto por el hombre (de hecho, por cualquier hombre que fuera capaz de resistirse más de veinte segundos a los matones de Balazar), pero no le gustaba mucho. Tenía algo de estupidez intencionada. Eddie creía que era fruto de la autosugestión e instigado por su psicólogo, que le habría dicho que tenía que cuidar de sí mismo, que tenía que ser el capitán de su nave, el autor de su propio destino, respetar sus deseos y toda esa palabrería. Todas esas palabrejas y términos codificados que significaban que estaba bien ser un capullo egoísta. Que era noble, incluso. Cuando Torre le contó a Eddie que Aaron Deepneau era su único amigo, a Eddie no le sorprendió. Lo que sí le sorprendió es que Torre tuviera algún amigo. Un hombre así no podría ser jamás ka-tet, e incomodó a Eddie saber que sus destinos estaban tan unidos.

«Tendrás que confiar en el ka. Para eso está el ka, ¿no?»

Claro que estaba para eso, pero a Eddie no tenía por qué gustarle.

CATORCE

Eddie preguntó si Torre tenía un anillo con la expresión *Ex Liveris* grabada. Torre puso cara de confusión, a continuación se rió y le dijo a Eddie que lo que había querido decir era *Ex Libris*. Rebuscó en una de sus estanterías, encontró un libro, y le mostró a Eddie la ilustración de la cubierta. Eddie hizo un gesto de asentimiento.

—No —respondió Torre—. Pero a un tipo como yo le iría como anillo al dedo, ¿no? —Miró a Eddie con entusiasmo—. ¿Por qué lo pregunta?

Sin embargo, la futura responsabilidad de Torre de salvar a un hombre que en ese momento estaba explorando las carreteras de las múltiples Norteaméricas era un tema que a Eddie no le apetecía sacar en ese instante. Había llegado a un punto de estar a un tris de reventarle la cabeza al tipo, y tenía que volver a pasar por la puerta Ignota antes de que la Trece Negra dejara a Roland hecho polvo.

—No importa. Pero si ves uno, debes cogerlo. Una cosa más y luego me voy.

—¿Qué es?

—Quiero que prometas que en cuanto yo me vaya, te irás tú.

Una vez más, Torre adoptó una actitud de recelo. Era el aspecto de su persona que Eddie sabía que con el tiempo podía llegar a odiar abiertamente.

—Bueno... a decir verdad, no sé si puedo hacerlo. Las tardes a primera hora suelen ser un momento muy ajetreado para mí. La gente se siente con muchas más ganas de echar un vistazo a los libros cuando ha terminado la jornada laboral... y el señor Brice va a venir para ver una primera edición de *Veneno en las ondas*, una novela de Irwin Shaw sobre la radio y la era McCarthy... Al menos tendré que leer por encima mi agenda de citas y...

Siguió con la perorata, en realidad le iba dando más gas a medida que descendía de trivialidad en trivialidad.

Eddie dijo, con una voz muy tenue:

—¿Te gustan tus pelotas, Calvin? ¿Te sientes tan unido a ellas como ellas a ti?

Torre, que había estado pensando en quién alimentaría a Sergio si él levantaba el campamento de repente y huía, se calló y lo miró, confundido, como si jamás hubiera oído esa sencilla palabra de tres sílabas.

Eddie hizo un gesto con la cabeza en dirección en su entrepierna para ayudarlo.

—Los huevos, las bolas, las joyas de la corona, los cojones, la vieja fábrica de leche. Los testículos.

—No entiendo lo que...

El café de Eddie se había terminado. Para sustituirlo se sirvió un poco de crema de leche en la taza y se lo bebió.

—Te he dicho que si te quedas aquí, podrías esperar una mutilación grave. Me refería a eso. Por ahí es por donde seguramente empezarán, por las pelotas. Para darte una lección. El momento en que ocurra depende casi del todo de si hay tráfico o no.

—Tráfico —repitió Torre con una total falta de expresión en la voz.

—Eso es —afirmó Eddie, sorbiendo su crema de leche como si fuera un chupito de coñac—. Básicamente de lo que tarde Jack Andolini en volver con el coche a Brooklyn y luego de lo que tarde Balazar en cargar alguna camioneta destartalada o furgoneta con unos tipos para volver aquí. Espero que Jack esté demasiado aturdido para telefonear. ¿Has pensado que Balazar esperaría hasta mañana? ¿Que reuniría a un pequeño grupo de cerebros de confianza como Kevin Blake y Cimi Dretto para discutir el tema? —Eddie levantó primero un dedo y luego dos. Tenía tierra de otro mundo bajo las uñas—. Primero, no tienen cerebro; segundo, Balazar no confía en ellos.

»Lo que hará, Cal, es lo que haría cualquier déspota con éxito: reaccionará enseguida, rápido como el rayo. El tráfico de hora punta los retendrá durante un rato, pero si todavía sigues aquí a las seis, a y media como muy tarde, puedes despedirte de tus pelotas. Te las arrancarán con un cuchillo, cauterizarán la herida con uno de esos pequeños sopletes Bernz-O-Matic...

—Basta —suplicó Torre. Ahora, en lugar de blanco, se había puesto verde. Sobre todo por la zona de las agallas—. Iré a un hotel que está en el Village. Hay un par que son baratos y que ofrecen sus servicios a escritores y a artistas que no están en racha, las habitaciones son feas, pero no está tan mal. Llamaré a Aaron y nos iremos al norte mañana por la mañana.

—Bien, pero primero tienes que escoger un pueblo adonde ir —dijo Eddie—. Porque tal vez mis amigos o yo necesitemos ponernos en contacto contigo.

—¿Cómo se supone que voy a hacer eso? No conozco los pueblos de Nueva Inglaterra al norte de Westport, en Connecticut.

—Haz algunas llamadas cuando llegues al hotel del Village —le ordenó Eddie—. Escoge el pueblo y, mañana por la mañana, antes de irte de Nueva York, envía a tu colega Aaron al solar vacío. Dile que escriba el código postal en los tablones de la valla. —Una idea inquietante asaltó a Eddie—. ¿Tenéis códigos postales, no? Quiero decir, ¿ya se han inventado, no?

Torre lo miró como si estuviera loco.

—Por supuesto que tenemos códigos postales.

—Mensaje recibido. Dile que lo ponga del lado de la calle Cuarenta y seis, donde la valla termina. ¿Lo has entendido?

—Sí, pero...

—Seguramente no vigilarán tu librería mañana por la mañana, supondrán que has sido listo y que te has largado, pero si lo hacen, no vigilarán el solar, y si lo vigilan será por el lado de la Segunda avenida. Y si vigilan el lado de la calle Cuarenta y seis, te estarán buscando a ti, no a él.

Torre sonrió ligeramente a pesar suyo. Eddie se relajó y le devolvió la sonrisa.

—Pero... ¿y si también buscan a Aaron?

—Dile que lleve una ropa que no suela ponerse. Si suele llevar vaqueros, que se ponga traje. Si le va el traje...

—Que se ponga vaqueros.

—Correcto. Y unas gafas de sol no serían mala idea, suponiendo que el día no sea lo bastante nublado como para que parezcan sospechosas. Que lleve un rotulador. Dile que no tiene que ser nada artístico. Que se dirija hacia la valla como si fuera a leer uno de los carteles, que escriba los números y que se vaya. Y dile, por el amor de Dios, que no la cague.

—¿Y cómo nos va a encontrar cuando llegue a «código postal lo que sea»?

Eddie pensó en Took's y en su garla con las yentes mientras estaban sentados en las mecedoras del espacioso porche dejando que cualquiera que quisiera mirase e hiciera preguntas.

—Ve al almacén. Ten una pequeña conversación, dile a cualquiera que se interese que estás en el pueblo para escribir un libro o para pintar cuadros de langosteras. Te encontraré.

—Está bien —dijo Torre—. Es un buen plan. Esto se le da bien, joven.

«Me educaron para esto», pensó Eddie pero no lo dijo. Lo que dijo fue:

—Tengo que irme. Ya me he quedado demasiado tiempo.

—Hay algo en lo que tiene que ayudarme antes de irse —dijo Torre y lo explicó.

A Eddie se le abrieron los ojos de par en par. Cuando Torre terminó (no tardó mucho), Eddie estalló:

—¡Sí, claro!, te estás quedando conmigo.

Torre movió la cabeza hacia la puerta de su tienda, donde pudo ver ese tenue resplandor. Hacía que los peatones que pasaban por la Segunda avenida tuvieran aspecto de reflejos momentáneos.

—Allí hay una puerta. Si usted lo dice yo le creo. No puedo verla, pero sí que veo algo.

—Estás loco —dijo Eddie—. Como una cabra.

No lo decía en serio, no literalmente, pero menos que nunca quería que su destino se entrelazase con tanta fuerza con el de un hombre que le hacía ese tipo de petición, de exigencia.

—Puede que sí y puede que no —dijo Torre. Cruzó los brazos sobre su amplio, aunque flácido, pecho. Su voz era suave, pero su mirada era categórica—. En cualquier caso, esta es la condición que pongo para hacer todo lo que usted dice. Por participar en su locura, en otras palabras.

—Venga, Cal, ¡por el amor de Dios! ¡Dios y Jesús Hombre! Solo te pido que hagas lo que el testamento de Stefan Toren te pidió que hicieras.

La mirada no se suavizó ni se apartó como cuando Torre

hablaba sin decir nada o preparándose para soltar una trola. En todo caso, se volvió más dura.

—Stefan Toren está muerto y yo no. Ya le he dicho cuál es mi condición para hacer lo que quiere. Lo único que importa es si…

—Sí, sí, ¡¡sí!! —gritó Eddie, y se bebió el resto del líquido blancuzco de su taza.

Luego cogió el cartón y también lo apuró, hasta el fondo. Como si fuera a necesitar más fuerzas.

—Venga —dijo—. Vamos a hacerlo.

QUINCE

Roland podía ver el interior de la tienda, pero era como mirar cosas que se encontraban en el fondo de una corriente rápida. Deseó que Eddie pudiera darse prisa. Incluso con las balas metidas hasta el fondo de las orejas podía oír las campanillas del exotránsito y nada obstruía los horrendos hedores: ora era metal caliente, ora era bacon podrido, ora queso enmohecido fundido, ora cebollas quemadas. Se le estaban humedeciendo los ojos, y eso ocurría probablemente por el aspecto vacilante de las cosas que había más allá de la puerta.

Mucho peor que el ruido de las campanillas y los olores era la forma en que la bola se estaba introduciendo en sus ya doloridas articulaciones, llenándolas de lo que parecían esquirlas de cristal. Hasta ese momento no había sentido más que un par de pellizcos en la mano sana, la izquierda, pero no se había hecho ilusiones; el dolor que sentía allí y en cualquier otra lesión seguiría aumentando mientras la caja estuviera abierta y la Trece Negra brillara al descubierto. Parte del dolor producido por el chasquido seco podía desaparecer en cuanto la bola volviera a ocultarse, pero Roland no creía en absoluto que fuera así. Y eso podía ser solo el principio.

Como para felicitarlo por su intuición, una siniestra punzada de dolor le afloró en la cadera derecha y empezó a latir con fuerza. Roland lo sintió como una bolsa llena de plomo líquido y caliente. Empezó a masajearse con la mano derecha… como si eso sirviera para algo.

—¡Roland!

La voz sonó efervescente y distante, como las cosas que veía más allá de la puerta, parecía que estaba bajo el agua, pero era inconfundiblemente la voz de Eddie. Roland apartó la mirada de la cadera, alzó la vista y vio que Eddie y Torre habían llevado una especie de estantería hasta la puerta ignota. Parecía llena de libros.

—Roland, ¿puedes ayudarnos?

El dolor se había asentado con tanta fuerza en sus caderas y rodillas que Roland ni siquiera estaba seguro de poder levantarse... pero lo hizo, y con soltura. No sabía hasta qué punto Eddie podía haber percibido su estado con su buena vista, pero Roland no quería que viera más. Al menos, no hasta que sus aventuras en Calla Bryn Sturgis hubieran terminado.

—Cuando nosotros empujemos, ¡estira!

Roland asintió con gesto de entendimiento y la estantería de libros avanzó. Hubo un extraño y vertiginoso momento en el que la mitad que estaba en el interior de la cueva era sólida y definida y la mitad que todavía estaba en la Librería de la Mente de Manhattan centelleaba de forma irregular. Acto seguido, Roland la cogió y tiró de ella. Trepidó y berreó por el suelo de la cueva, levantando por los lados pequeñas pilas de guijarros y huesos.

En cuanto salió de la puerta, la tapa de la caja de fustánima empezó a cerrarse. También empezó a cerrarse la puerta.

—No, no te cierres —murmuró Roland—. ¡No, no te cierres, perra!

Metió los dos dedos que le quedaban en la mano derecha en el hueco que se estrechaba bajo la tapa de la caja. Al hacerlo, la puerta dejó de moverse y quedó entreabierta. Ya había tenido suficiente. Ahora incluso le zumbaban los dientes. Eddie seguía garlando con Torre, aunque a Roland ya no le importó si se trataba de los secretos del universo.

—¡Eddie! —gruñó—. ¡Eddie, a mí!

Y, por fortuna, Eddie cogió su bolsa del tesoro y volvió. En cuanto pasó por la puerta, Roland cerró la caja. La puerta ignota se encajó un segundo después con un sonido claro y simple. Las campanillas dejaron de sonar. Y también cesó la mezcolanza de dolor ponzoñoso que penetraba en las articulaciones de Roland. El alivio fue tan grande que gritó. Acto seguido, durante los siguientes diez segundos más o menos, lo único que pudo hacer fue inclinar la barbilla hasta el pecho, cerrar los ojos y luchar por no gimotear.

—Te digo gracias —consiguió decir por fin—. Eddie, te digo gracias.

—De nada. Salgamos de esta cueva, ¿te parece?

—Me parece que sí —respondió Roland—. ¡Dioses, sí!

DIECISÉIS

—¿No te ha gustado mucho, verdad? —preguntó Roland.

Habían pasado diez minutos desde el regreso de Eddie. Se habían alejado solo un poco de la cueva, luego se habían detenido en el peralte en que el camino daba paso a una pequeña ensenada rocosa. En ese sitio, el rugiente vendaval que les había echado hacia atrás el pelo y les había pegado la ropa al cuerpo se reducía a ocasionales ráfagas. Roland las agradecía pues esperaba que justificaran la forma lenta y torpe en que estaba sacando el humo de su cigarrillo. Aun así sentía la mirada de Eddie clavada en él, porque el joven de Brooklyn (que antes era casi tan torpe e inconsciente como Andolini y Biondi) ahora entendía muchas cosas.

—¿Te refieres a Torre?

Roland le lanzó una mirada sardónica.

—¿De quién voy a estar hablando? ¿Del gato?

Eddie le dedicó un breve gruñido de reconocimiento, casi una sonrisa. Siguió inspirando largas bocanadas de aire puro. Era bueno estar de vuelta. Ir a Nueva York en carne y hueso había sido mejor que ir entrando en exotránsito, esa sensación de oscuridad acechadora había desaparecido, y la sensación complementaria de una especie de raedura, aunque, Dios mío, el lugar apestaba. Sobre todo por los coches y los tubos de escape (las nubes de gasolina diésel eran lo peor), pero además había otro centenar de olores distintos. El menos perceptible no era precisamente el perfume de demasiados cuerpos humanos, el olor esencial a mofeta que no quedaba disimulado por los perfumes y sprays que las yentes se ponían. ¿Acaso no eran conscientes de lo mal que olían, todos apiñados como estaban? Eddie supuso que no. Él tampoco lo había sido antes. Antes se moría por volver a Nueva York, habría matado por llegar.

—Eddie, ¡baja de Nis! —Roland chascó los dedos delante de la cara de Eddie Dean.

—Lo siento —se disculpó—. En cuanto a Torre... No, no me ha gustado mucho. Dios, ¡enviar sus libros así! ¡Ha convertido sus asquerosas primeras ediciones en parte de su condición para contribuir a salvar el puto universo!

—Él no lo ve así... A menos que lo vea así en sus sueños. Y tú sabes que le quemarán la tienda cuando vayan allí y vean que se ha ido. Casi seguro. Echarán gasolina por debajo de la puerta y le prenderán fuego. Le romperán el escaparate y lanzarán un granado, comprado o de fabricación casera. ¿Me vas a decir que no se te ha pasado por la cabeza?

Por supuesto que sí.

—Bueno, puede ser.

Esta vez le tocó a Roland soltar un gruñido risueño.

—No parece que haya mucho «puede» en ese «puede ser». Bueno, hemos salvado sus libros. Y ya tenemos algo en lo que esconder el tesoro del padre en la Cueva de la Puerta. Aunque supongo que ahora debe considerarse nuestro tesoro.

—Su valentía no me ha impresionado como valentía real —comentó Eddie—. Era más bien codicia.

—No todos son llamados a la senda de la espada o de la pistola o del navío —sentenció Roland—, pero todos sirven al ka.

—¿De veras? ¿También el Rey Carmesí? ¿O los hampones y las hamponas de los que habló Callahan?

Roland no respondió.

Eddie dijo:

—Puede que lo haga bien. Me refiero a Torre, no al gato.

—Muy gracioso —comentó Roland con sequedad. Encendió una cerilla utilizando el trasero de los pantalones, protegió la llama con una mano y se encendió un cigarrillo.

—Gracias, Roland. Estás creciendo en ese aspecto. Pregúntame si creo que Torre y Deepneau pueden salir sin dejar rastro de Nueva York.

—¿Lo crees?

—No, creo que dejarán un rastro. Nosotros podremos seguirlo, pero espero que los hombres de Balazar no puedan. El que me preocupa es Jack Andolini. Es tan listo que asusta. En cuanto a Balazar, hizo un contrato con su Sombra Corporation.

—Ruego de rey mando es.

—Sí, supongo que en algún momento fue así —admitió Eddie. Había creído que Roland se refería al Rey Carmesí—. Balazar sabe que cuando se hace un contrato, hay que firmarlo o tener una puta razón para no hacerlo. Si no se hace se extiende el rumor. Empiezan a circular los rumores de que fulano o zutano se está volviendo un blando, que se está rajando. Todavía les quedan tres semanas para encontrar a Torre y obligarlo a vender el solar de Sombra. Lo utilizarán. Balazar no es el FBI, pero sí que es un tío con contactos, y... Roland, lo peor de Torre es que, en cierta forma, nada de esto es real para él. Es como si hubiera confundido su vida con uno de sus libros de cuentos. Cree que las cosas tienen que salir bien porque el escritor está contratado.

—Crees que será descuidado.

Eddie soltó una risotada bastante primitiva.

—Sé que será descuidado. La cuestión es si Balazar lo pillará o no.

—Tendremos que vigilar al señor Torre. Preocuparnos de él por el bien de la seguridad. Eso es lo que crees, ¿no?

—¡Cagüenla...! —exclamó Eddie, y después de un momento de consideración silenciosa, ambos rompieron a reír. Cuando hubo pasado el ataque de risa, Eddie dijo—: Creo que tendremos que enviar a Callahan, si quiere ir. Seguramente crees que estoy loco, pero...

—No, en absoluto —dijo Roland—. Es uno de los nuestros... o podría serlo. Lo he presentido desde el principio. Y está acostumbrado a viajar a lugares extraños. Se lo comentaré hoy. Mañana subiré aquí con él y lo ayudaré a pasar por la puerta...

—Deja que lo haga yo —pidió Eddie—. Con una vez basta para ti. Por lo menos durante un tiempo.

Roland lo miró con recelo, luego cogió el cigarrillo por la punta.

—¿Por qué lo dices, Eddie?

—Te han salido más canas por aquí. —Eddie se dio un golpecito en la coronilla—. Además caminas un poco rígido. Ahora estás mejor, pero supongo que ese viejo reuma tuyo te ha estado pasando factura. Confiésalo.

—Está bien, lo confieso —admitió Roland. Si Eddie creía que solo era el viejo don Reuma, no era tan grave.

—En realidad, podría traerlo aquí arriba esta noche, el tiempo suficiente para conseguir el código postal —dijo Eddie—. Allí ya será de día otra vez, apuesto a que sí.

—Ninguno de nosotros subirá por este camino de noche. No si yo puedo evitarlo.

Eddie observó cómo la ladera se inclinaba hasta el lugar donde una piedra caída sobresalía y convertía un metro y medio del recorrido en una cuerda floja.

—Mensaje captado.

Roland hizo el gesto de ponerse en pie. Eddie se acercó y lo cogió del brazo.

—Quédate sentado unos minutos más, Roland. Sea.

Roland volvió a sentarse, mirándolo.

Eddie respiró hondamente y soltó el aire.

—Ben Slightman da asco —dijo—. El chivato es él. Estoy casi seguro.

—Sí, lo sé.

Eddie lo miró, con los ojos abiertos de par en par.

—Oye, ¿cómo puedes...?

—Digamos que lo sospecho.

—¿Cómo?

—Por las gafas —dijo Roland—. Ben Slightman el Viejo es la única persona en Calla Bryn Sturgis que lleva gafas. Venga, Eddie, nos espera una nueva jornada. Podemos hablar caminando.

DIECISIETE

Sin embargo, no pudieron, no al principio, porque el camino era demasiado inclinado y estrecho. Pero más adelante, cuando se aproximaban a los pies de la meseta, la conversación se volvió más distendida e indulgente. Hablar una vez más fue práctico, y Eddie le contó a Roland lo del libro, *El Dogan* o *El Hogan,* y lo del extrañamente disputado nombre del autor. Le explicó la singularidad de la página de créditos (no estaba totalmente seguro de que Roland hubiera entendido esa parte) y dijo que eso le había hecho preguntarse si había algo que inculpase también al hijo. Parecía una locura, pero...

—Creo que si Benny Slightman estuviera ayudando a su padre a pasar información sobre nosotros —observó Roland—, Jake lo sabría.

—¿Estás seguro de que no lo sabe? —preguntó Eddie.

Aquello hizo que Roland se quedará un momento callado. Luego sacudió la cabeza.

—Jake sospecha del padre.

—¿Te lo ha dicho él?

—No ha sido necesario.

Estaban a punto de llegar al lugar donde se encontraban los caballos, que levantaron la cabeza con gesto de alerta y se alegraron al verlos.

—Se ha ido al Rocking B —dijo Eddie—. A lo mejor tendríamos que ir hasta allí. Inventar alguna excusa para traerlo de vuelta a la casa del padre... —Se quedó callado, mirando a Roland con detenimiento—. ¿No?

—No.

—¿Por qué no?

—Porque esta es la parte que le toca hacer a Jake.

—Es algo difícil, Roland. Benny Slightman y él se llevan bien. Muy bien. Si Jake acaba siendo el que tiene que revelar al Calla lo que su padre ha estado haciendo...

—Jake hará lo que tenga que hacer —dijo Roland—. Como todos nosotros.

—Pero sigue siendo un niño, Roland. ¿No lo entiendes?

—No lo será durante mucho más tiempo —aclaró Roland, y montó en el caballo. Esperó que Eddie no hubiera visto el gesto momentáneo de dolor que se le dibujó en el rostro cuando levantó la pierna derecha para pasarla por encima de la silla. Sin embargo, Eddie sí lo había visto.

III
EL DOGAN, SEGUNDA PARTE

UNO

Jake y Benny Slightman pasaron la mañana de ese mismo día trasladando las balas de heno desde los pajares más altos de los tres graneros interiores del Rocking B hasta los pajares más bajos, luego tuvieron que desembalarlas. La tarde fue para nadar y jugar a peleas de agua en el Whye, todavía bastante agradable si se evitaban las charcas profundas, demasiado frías en esa época del año.

Entre estas dos actividades disfrutaron de un copioso almuerzo en el barracón con media docena de peones (Slightman el Viejo no estaba; había ido al rancho Buckhead de Telford, para guiar al ganado).

—No había visto al chaval de Ben dar tanto el callo en toda mi vida —comentó Cookie mientras ponía las chuletas fritas en la mesa y los chicos las atacaban con entusiasmo—. Le vas a sacar los higadillos, Jake.

Esa era la intención de Jake, por supuesto. Después de trasladar el heno durante toda la mañana, haber nadado por la tarde y de que cada uno de ellos hubiera dado una docena o más saltos desde el granero bajo la rosada luz del crepúsculo, pensó que Benny dormiría como un tronco. El problema era que él mismo también podía dormirse así. Cuando salió para lavarse en el surtidor (el ocaso ya había llegado y se había ido, dejando cenizas de color rosa que se oscurecieron hasta dar paso a un negro intenso), se llevó a Acho consigo. Se lavó la cara echándose un poco de agua y salpicó unas gotas para que el animal las atrapara, lo que brambo hizo con gran presteza. Luego Jake hincó una rodilla en el suelo y cogió con cariño al bilibrambo por los cachetes.

—Escúchame, Acho —le dijo.

—¡Acho!

—Me voy a ir a dormir, pero cuando salga la luna, quiero que me despiertes. Hazlo en silencio, ¿te consta?

—¡Ta!

Lo cual podía significar algo o nada. Si hubiera apostado, Jake se habría decantado por la opción de que significaba algo. Tenía una gran fe en Acho. O puede que fuera amor. O puede que ambas cosas fueran lo mismo.

—Cuando salga la luna. Di luna, Acho.

—¡Luna!

Sonó bien, pero Jake pondría su propio despertador interno para despertarse cuando saliera la luna, porque quería ir al sitio donde había visto al padre de Benny y Andy la otra vez. Ese extraño encuentro le preocupaba más a medida que pasaba el tiempo. No quería creer que el padre de Benny estaba relacionado con los lobos (ni tampoco Andy), pero tenía que asegurarse, pues era lo que Roland habría hecho. Esa era la razón, cuando no otra.

DOS

Los dos chicos estaban acostados en la habitación de Benny. Había una cama, que Benny por supuesto le había ofrecido a su invitado, pero Jake la había rechazado. Lo que se les había ocurrido era un sistema mediante el cual Benny se quedaba con la cama las noches que él llamaba «pares» y Jake se la quedaba las noches «impares». Esa era la primera noche que Jake pasaba en el suelo, y estaba contento. El colchón relleno de plumas de ganso de Benny era bastante mullido. Teniendo en cuenta su plan de levantarse cuando saliera la luna, el suelo era seguramente mejor. Más seguro.

Benny estaba tumbado con la cabeza apoyada sobre las manos, mirando al techo. Había acostado a Acho con él en la cama y el bilibrambo estaba como en estado de coma y hecho un ovillo, con el hocico metido debajo de su rabo caricaturesco.

—¿Jake? —Se oyó un susurro—. ¿Estás dormido?

—No.

—Yo tampoco. —Se produjo una pausa—. Ha sido genial que estuvieras aquí.

—Para mí también ha sido genial —dijo Jake, y lo decía en serio.

—Algunas veces ser el único niño es solitario.

—Ya lo sé... yo era siempre el único. —Jake hizo una pausa—. Apuesto a que estabas triste cuando murió tu mana.

—Algunas veces todavía me siento triste. —Por lo menos lo dijo en un tono como de quien no quiere la cosa, y eso hizo que resultase más fácil de oír—. ¿Os quedaréis mucho tiempo cuando hayáis vencido a los lobos?

—Seguramente no mucho tiempo.

—¿Estáis en una misión, verdad?

—Supongo que sí.

—¿Cuál es el objetivo?

El objetivo era salvar la Torre Oscura en este dónde y la rosa de Nueva York, de donde provenían Eddie, Susannah y él, pero Jake no quería decirle eso a Benny, pese a lo bien que le caía. La Torre y la rosa eran cosas secretas. Eran asunto del ka-tet. Aunque tampoco quería mentir.

—Roland no habla mucho de eso —contestó.

Se produjo una larga pausa. Se oyó a Benny cambiar de postura, lo hizo silenciosamente, como para no asustar a Acho.

—Tu dinh me da un poco de miedo.

Jake pensó en ello, luego dijo:

—A mí también me da un poco de miedo.

—Le da miedo a mi padre.

De repente, Jake se puso en alerta.

—¿De verdad?

—Sí. Dijo que no le sorprendería que, después de deshaceros de los lobos, fuerais a por nosotros. Luego dijo que estaba bromeando, pero que el vaquero mayor con cara de duro le daba miedo. Supongo que se refería a tu dinh, ¿no?

—Sí —dijo Jake.

Jake había empezado a pensar que Benny se había dormido, cuando el muchacho le preguntó:

—¿Cómo era tu habitación en el lugar del que provienes?

Jake pensó en su habitación y al principio encontró sorprendentemente difícil imaginarla. Llevaba mucho tiempo sin pensar en ella. Y ahora que lo hacía, sentía vergüenza de describírsela con demasiado detalle a Benny. Su amigo vivía según las costumbres del Calla; Jake supuso que había pocos niños minifundistas de la edad de Benny con habitación propia, y el chico creería que una habitación como la de Jake debía ser la habitación de un príncipe encantado. ¿La televisión? ¿El equipo de música estéreo, con todos sus discos y los auriculares para los momentos de intimidad? ¿Los pósters de Stevie Wonder y de los Jackson Five? ¿El microscopio, que le mostraba cosas demasiado pequeñas para verlas a simple vista? ¿Se suponía que tenía que hablarle a ese chico de aquellas maravillas y milagros?

—Era como esta, solo que tenía un escritorio —dijo Jake al final.

—¿Una mesa de escritorio? —Benny se incorporó, apoyándose sobre un codo.

—Bueno, sí —admitió Jake, y el tono dio la sensación de decir: «¿Qué más?».

—¿Papel? ¿Plumas estilográficas?

—Papel —repitió Jake. Al menos era un milagro que Benny entendiera eso—. Y bolígrafos, pero no plumas.

—¿Bolígrafos? No sé qué son.

Así que Jake empezó a explicárselo, pero a mitad de explicación escuchó un ronquido. Echó un vistazo a la habitación y vio que Benny todavía estaba acostado de cara a él, aunque ahora tenía los ojos cerrados.

Acho abrió los ojos, que brillaban en la oscuridad, y a continuación le hizo un guiño a Jake. Después de aquello, por lo visto se volvió a dormir.

Jake miró a Benny durante largo rato, preocupado profundamente de una forma que no acertaba a entender del todo... o que no quería entender.

Al final, él también se durmió.

TRES

Pasado un tiempo oscuro e insomne, recuperó el estado de vigilia porque sintió una presión en la muñeca. Algo le tiraba. Resultaba casi doloroso. Eran unos dientes. Los de Acho.

—Acho, no, basta —murmuró, pero Acho no paró.

Tenía la muñeca de Jake entre las fauces y siguió sacudiéndola con delicadeza de un lado a otro, aunque paraba de vez en cuando para administrarle un tirón enérgico. Solo lo dejó cuando Jake por fin se incorporó y miró con somnolencia a la noche bañada de plata.

—Luna —dijo Acho. Estaba sentado en el suelo junto a Jake, con las fauces abiertas con una inconfundible sonrisa y los ojos brillantes. No podía tenerlos de otra forma; una piedrecita blanca ardía en el fondo de cada uno de ellos—. ¡Luna!

—Sí —susurró Jake, y le cerró el hocico con los dedos a Acho—. ¡Chitón! —soltó, y le echó un vistazo a Benny, que ahora estaba mirando a la pared y roncando a pleno pulmón. Jake tuvo sus dudas de que un obús pudiera despertarlo.

—Luna —repitió Acho, mucho más bajito. Ahora estaba mirando por la ventana—. ¡Luna, luna, luna!

CUATRO

Jake habría montado a pelo, pero necesitaba que Acho lo acompañase, y eso hacía difícil montar sin silla, puede que imposible. Por suerte, el pequeño poni que sai Overholser le había prestado era tan manso como un gato atigrado, y había una vieja silla de prácticas toda rasguñada en el cobertizo de los arreos del establo que incluso un niño podría manejar con facilidad.

Jake ensilló al caballo, luego ató el saco enrollado detrás, en la parte que los vaqueros del Calla llamaban «bote». Notaba el peso de la Ruger en el interior del hatillo y, si lo apretaba, también la forma. El guardapolvo con el espacioso bolsillo delantero estaba colgado de un clavo en el cobertizo de los arreos. Jake lo cogió, lo enrolló hasta convertirlo en una especie de cinturón grueso y se lo ató a la cintura. Los niños de su colegio a veces se ataban la camisa de esa forma los días que hacía calor. Como los recuerdos de su habitación, aquel parecía muy lejano, parte de un desfile circense que hubiera pasado por el pueblo... y que luego se hubiera ido.

«Esa vida era más completa», susurró una voz grave en su mente.

«Esta es más real», susurró otra que era incluso más grave.

Creyó a esa segunda voz, pero todavía le pesaba el corazón por la tristeza y la preocupación mientras sacaba al poni por la parte trasera del granero y se alejaba de la casa. Acho le daba golpecitos en el talón, y de vez en cuando miraba al cielo y susurraba «Luna, luna», pero sobre todo iba olfateando el suelo. Aquella incursión era peligrosa. El simple hecho de cruzar el Devar Tete Whye, pasar de la margen del Calla a la margen de Tronido, era peligroso, y Jake lo sabía. Pensó en Benny diciendo que había sido genial tener a Jake en el Rocking B y hacerse amigos. Se preguntó si Benny sentiría lo mismo cuando hubiera pasado una semana.

—Da igual —dijo en un suspiro—. Es el ka.

—Ka —repitió Acho, luego alzó la vista—. Luna. Ka. Luna, ka.

—Calla —ordenó Jake, sin amabilidad.

—Calla, ka —repitió Acho amigablemente—. Calla, luna. Calla, Ake. Calla, Acho.

Era lo más largo que había dicho desde hacía meses, y en cuanto lo soltó se quedó callado. Jake tiró del poni otros diez minutos, pasó por delante de la barraca y el popurrí de música de ronquidos, gruñidos y pedos, luego pasó la siguiente colina. En ese momento, con el Camino del Este a la vista, consideró que ya era seguro montar. Desenrolló el guardapolvo, se lo puso, luego metió a Acho en el bolsillo delantero y montó.

CINCO

Estaba bastante seguro de que podía llegar directamente al lugar por donde Andy y Slightman habían vadeado el río, aunque pensó que desde allí tendría la oportunidad de disparar solo un buen tiro, y seguramente Roland habría dicho que en ese caso un solo tiro no era suficiente. Así que volvió al lugar en el que Benny y él habían acampado, y desde allí al afloramiento de granito que le había recordado a un barco hundido con la proa asomada. Una vez más, Acho se quedó resollándole al oído. A Jake le resultó fácil localizar la piedra redondeada de superficie brillante. El tronco que había sido arrastrado por la corriente seguía allí atrancado, porque el caudal del río había mermado. No había llovido, y Jake esperaba que eso lo ayudase, entre otras cosas.

Ascendió con dificultad a la planicie donde Benny y él habían acampado. Había dejado allí al poni amarrado a un arbusto. Lo bajó al río, luego sacó a Acho y montó. El poni no era alto, aun así el agua no llegaba hasta mucho más arriba de sus espolones. En menos de un minuto, estaban en la margen opuesta.

Ese lado del río parecía igual, pero no lo era. Jake lo supo de inmediato. Hubiera o no luz de luna, en cierta forma estaba más oscuro. No exactamente como cuando entraron en exotránsito en Nueva York y no había campanillas, sin embargo, sí había cierta similitud, la misma. La sensación de que había algo al acecho y unos ojos que podían volverse en su dirección si cometía la estupidez de hacer que sus dueños se apercibieran de su presencia. Había llegado al borde del Mundo Final. A Jake se le puso la piel de gallina y se estremeció. Acho alzó la vista y lo miró.

—No pasa nada —susurró Jake—. Es una espinita que tenía clavada.

Desmontó, bajó a Acho, y escondió el guardapolvo en la sombra de la roca redonda. No creía que fuera a necesitar un abrigo en esta parte de la misión; estaba sudando, nervioso. El murmullo del río se oía con fuerza, y Jake no paraba de lanzar miradas hacia el otro lado, para asegurarse de que no aparecía nadie. No quería que lo sorprendieran. Esa sensación de que había una presencia, la presencia de otros, no solo era intensa, sino desagradable. Lo que vivía en ese lado del Devar Tete Whye no tenía nada de bueno; de eso sí que estaba seguro Jake. Se sintió mejor cuando hubo sacado el agarradero del saco, se lo cinchó y le añadió la Ruger. La Ruger lo convirtió en otra persona, en alguien que no había sido nunca. Aunque allí, en la parte más distante del Whye, le encantó sentir el peso del arma en las costillas y ser esa persona; ese pistolero.

Algo que estaba lejos, hacia el este, gritó como una mujer en plena agonía. Jake supo que solo era un gato montés, lo había oído antes, cuando había estado en el río con Benny, o pescando o nadando, aun así llevó la mano a la culata de la Ruger hasta que dejó de oírlo. Acho se había agachado, tenía las patas delanteras separadas, la cabeza gacha y las ancas apuntando al cielo. Por lo general esto significaba que quería jugar, pero su dentadura al aire no era señal de un ánimo juguetón.

—No pasa nada —lo tranquilizó Jake.

Rebuscó una vez más en su saco (no se había molestado en llevar la silla de montar) hasta que encontró la tela a cuadros rojos. Era el pañuelo de Slightman el Viejo, robado cuatro días antes de debajo de la mesa del cobertizo de los arreos, donde el capataz lo había tirado durante una ronda de Miradme y se lo había olvidado.

«Menudo landronzuelo estoy hecho —pensó Jake—. La pistola de mi padre y ahora el pañuelo del padre de Benny. No sé si estoy mejorando o empeorando.»

La voz de Roland fue la que le contestó.

«Estás haciendo aquello para lo que se te invocó. ¿Por qué no dejas de flagelarte y de asustarte?»

Jake cogió el pañuelo entre las manos y miró a Acho.

—Esto siempre funciona en las películas —le dijo al bilibrambo—. No tengo ni idea de si funciona en la vida real... Sobre todo después de que hayan pasado semanas. —Bajó el pañuelo hasta Acho, que estiró su largo cuello y lo olfateó con delicadeza—. Busca este olor, Acho. Síguelo y encuéntralo.

—¡Acho! —gritó, pero se quedó sentado, mirando a Jake.

—Esto, tonto —dijo Jake, dejando que lo olfatease otra vez—. ¡Encuéntralo! ¡Venga!

Acho se levantó, dio dos vueltas sobre sí mismo, y luego salió andando hacia el norte por la ribera del río. De vez en cuando bajaba el hocico hacia el suelo pedregoso, aunque parecía mucho más interesado en el grito de mujer agonizante lanzado por el gato montés que se oía de tanto en cuando. Jake miraba a su amigo con una esperanza que poco a poco iba disminuyendo. Bueno, había visto por dónde se había ido Slightman. Podía ir en esa dirección, dar una pequeña vuelta, ver lo que había que ver...

Acho se volvió, regresó hacia Jake y se detuvo. Olfateó un tramo del suelo con más detenimiento. ¿Era ese el lugar por donde Slightman había salido del agua? Podría haberlo sido. Acho emitió a conciencia un ruido como de cascos que golpeaban el suelo y luego se volvió hacia la derecha, hacia el este. Se deslizó de forma serpenteante entre dos piedras. Jake, que en ese momento atisbó un destello de esperanza, montó en el poni y lo siguió.

SEIS

No habían ido muy lejos cuando Jake se dio cuenta de que Acho estaba siguiendo un camino que atravesaba la tierra montañosa, rocosa y árida de esa margen del río. Empezó a descubrir rastros de tecnología: una vieja y oxidada bobina eléctrica, algo parecido a una antigua placa base sobresaliendo por encima de la arena, diminutos fragmentos y esquirlas de cristal... En la sombra que proyectaba una enorme roca bajo la luz de la luna, vio lo que parecía una botella entera. Desmontó, la levantó, la vació de Dios sabe cuántas décadas (si no siglos) de arena acumulada y la miró. Escrito en un lateral con letras en relieve había una palabras que reconoció: Nozz-A-La.

—La bebida para los mejores timos —murmuró Jake, y volvió a dejar la botella.

Al lado había un paquete de cigarrillos arrugado. Lo alisó y descubrió la foto de una mujer de labios pintados de color rojo con un garboso sombrero del mismo color. Sostenía un cigarrillo entre dos de sus glamorosos y alargados dedos. Por lo visto, la marca era PARTI.

Mientras tanto, Acho estaba dándole la espalda a una distancia de tres o tres metros y medio, con la cabeza girada, mirándolo.

—Está bien –dijo Jake—. Ya voy.

Otros caminos confluían en el que estaban en ese momento, y Jake se dio cuenta de que era la continuación del Camino del Este. Solo vio unas pocas huellas de botas desperdigadas y otras huellas más pequeñas y profundas. Estas estaban en lugares ocultos por altas piedras, los vientos dominantes no solían llegar hasta las cunetas del borde del camino. Supuso que las huellas de las botas eran de Slightman, las huellas más profundas eran de Andy. No había más huellas. Pero sí las habría, y no muchos días después. Las huellas de los caballos grises de los lobos, procedentes del este. También serían huellas profundas, supuso Jake. Profundas como las de Andy.

Más arriba, el camino coronaba la cima de una colina. A ambos lados había cactus fantásticamente deformados con grandes y gruesos brazos cilíndricos como tubos de un órgano que apuntaban en todas direcciones. Acho estaba allí, mirando al suelo, y una vez más parecía sonreír. Cuando Jake se acercó a él, olfateó los cactus. La fragancia era amarga y penetrante. Le recordó a los martinis de su padre.

Se sentó en el poni a horcajadas junto a Acho, mirando hacia abajo. A los pies de la colina, a mano derecha, había una carretera de asfalto resquebrajada. Una puerta corredera se había quedado entreabierta hacía siglos, seguramente mucho antes de que los lobos empezasen a asaltar los Callas fronterizos en busca de niños. Más allá había un edificio con un techo metálico y acanalado. Pequeñas ventanas se alineaban en el lado de la fachada que Jake podía ver, y se le hinchó el corazón al contemplar el destello blanco y constante que proyectaban al exterior. No eran ni fogariles ni bombillas (lo que Roland llamaba «luces de chispa»). Solo los fluorescentes proyectaban esa clase de luz. En su vida en Nueva York, las luces fluorescentes le recordaban sobre todo cosas tristes y aburridas: tiendas gigantescas donde todo estaba siempre de oferta y jamás se podía encontrar lo que uno quería; tardes somnolientas en el colegio en las que la profesora hablaba sin parar sobre las rutas comerciales de la antigua China o sobre los yacimientos minerales de Perú mientras la lluvia caía sin cesar en el exterior y parecía que el timbre que indicaba la salida jamás sonaría; consultas médicas donde uno siempre se pone nervioso cuando está en paños menores sentado sobre la camilla para la revisión, muerto de frío y de vergüenza y, no sabe cómo, seguro de que le van a pinchar.

Con todo, esa noche, las luces fluorescentes lo animaron.

—¡Bien hecho, muchacho! —le dijo al bilibrambo.

En lugar de responder como solía hacerlo, repitiendo su nombre, Acho miró más allá de donde se encontraba Jake e inició un grave gruñido. Al mismo tiempo, el poni se desvió y lanzó un relincho nervioso. Jake tiró de las riendas y se dio cuenta de que el olor amargo (aunque no del todo desagradable) a ginebra y enebro se había vuelto más intenso. Echó un vistazo a su alrededor y vio que dos de los cilindros espinosos de la maraña de cactus que estaba a su derecha giraban poco a poco y a tientas hacia él. Se produjo un ruido chirriante y cayeron unos chorrillos de savia blanca por el cilindro central del cactus. Las espinas de los brazos que se movían hacia Jake eran alargadas y tenían un aspecto maligno a la luz de la luna. Esa cosa lo había olido y tenía hambre.

—Venga —le dijo a Acho, y le dio unas pataditas al poni en los flancos.

El animal no necesitó que le metieran más prisa. Descendió la colina a todo correr, no trotando precisamente, en dirección al edificio de las luces fluorescentes. Acho le lanzó al cactus móvil un última mirada de recelo y a continuación siguió a Jake.

SIETE

Jake llegó a la carretera y se detuvo. A unos cuarenta y cinco metros del camino (en ese momento era un camino bien definido, o lo había sido en alguna época), había huellas de vías férreas que lo cruzaban y se dirigían hacia el Devar Tete Whye, donde un puente bajo las conducía hasta el otro lado. Las yentes llamaban a ese puente «la pasarela». Las yentes mayores, según les había contado Callahan, lo llamaban «la pasarela del diablo».

—Los trenes que traían a los arrunados desde Tronido llegaban por donde van esas vías —le murmuró a Acho.

¿Sentiría él la llamada del Haz? Jake estaba seguro de que sí.

Le daba la impresión de que cuando se fueran de Calla Bryn Sturgis, si es que se iban, sería siguiendo esas vías.

Se quedó allí durante un rato más, con los pies fuera de los estribos y luego condujo al poni por la destartalada carretera arriba, hacia el edificio. A Jake le pareció un cobertizo con el techo acanalado de una base militar. Acho, con sus piernas cortas, estaba pasando un mal rato caminando por la superficie resquebrajada. Además, aquel pavimento fracturado era peligroso para el poni. En cuanto dejaron atrás la puerta paralizada, desmontó y buscó un lugar para amarrar al animal. Había arbustos por ahí cerca, aunque algo le hizo pensar que estaban demasiado cerca. Eran demasiado visibles. Llevó al poni hasta el camino de grava, se detuvo y le echó un vistazo a Acho.

—¡Quédate quieto, Acho!

—¡Ate, ieto! ¡Acho! ¡Ake!

Jake encontró más matorrales detrás de una pila de rocas semejantes a enormes y erosionados bloques de construcción de juguete desparramados. Eso lo hizo sentir lo bastante seguro como para amarrar al poni. En cuanto lo hizo, le dio una palmadita en el alargado y aterciopelado hocico.

—No será mucho rato —dijo—. ¿Serás bueno?

El poni resopló por la nariz e hizo algo parecido a un gesto de asentimiento. Lo que no quería decir nada de nada, Jake lo sabía. De todos modos seguramente era una precaución innecesaria. Aun así, era mejor asegurarse. Regresó al camino y se agachó para levantar al bilibrambo. En cuanto se enderezó, una hilera de luces brillantes le deslumbraron, aguijoneándolo como un insecto microscópico. Jake cogió a Acho por la axila con una mano y levantó la otra para cubrirse los ojos. Acho hizo un gesto de dolor y pestañeó.

No se oyó ni un grito de advertencia, ni la exigencia severa de que se identificase, solo el leve resoplido de la brisa. Jake supuso que unos sensores de movimiento habían activado las luces. ¿Qué sería lo siguiente? ¿Fuego de metralletas controlado por ordenadores dipolares? ¿Un correteo de robots pequeños aunque letales como los que Roland, Eddie y Susannah habían eliminado en el claro donde había empezado el Haz que estaban siguiendo?

¿Tal vez una enorme red cayendo desde lo alto, como en esa película de la selva que había visto una vez en la tele?

Jake alzó la vista. No había ninguna red. Ni tampoco ametralladoras. Empezó a caminar de nuevo, evitando las más profundas simas y saltando por encima de un tramo inundado. Después de este último, la carretera se inclinaba y tenía el asfalto resquebrajado, aunque en gran parte estaba entera.

—Ahora ya puedes bajar —le dijo a Acho—. Muchacho, ¡cómo pesas! Ándate con ojo o tendré que meterte en un programa de adelgazamiento.

Miró hacia delante, entornando los ojos y tapándoselos para evitar el intenso fulgor. Las luces estaban dispuestas en una hilera justo debajo del techo acanalado del cobertizo. Proyectaban la sombra de Jake a sus espaldas, alargada y negra. Vio esqueletos de gatos monteses, dos a su izquierda y dos más a su derecha. Tres de ellos apenas podían llamarse esqueletos. El cuarto estaba en un avanzado estado de descomposición, aunque Jake pudo distinguir en él un agujero demasiado grande para haber sido hecho por una bala. Pensó que lo habría hecho una ba. La idea resultaba reconfortante. Allí no había armas de alta tecnología. Aun así, se podía decir que había perdido el equilibrio si no volvía pitando al río y al Calla que estaba al otro lado. ¿Verdad?

—Equilibrio —dijo.

—Brío —dijo Acho, dándole golpecitos a Jake en el talón una vez más.

Un minuto más tarde, llegaron a la puerta del cobertizo. Encima, en una placa de acero oxidado, estaba escrito lo siguiente:

NORTH CENTRAL POSITRONICS, LTD.

Pasillo nororiental
Cuadrante Arco

PUESTO DE AVANZADA 16

Seguridad de nivel medio
SE SOLICITA CÓDIGO VERBAL PARA LA ENTRADA

Encima de la puerta había otro cartel que ahora colgaba de solo dos bisagras. ¿Era una broma? ¿Una especie de apodo? Jake pensó que podía tener un poco de las dos cosas. Las letras estaban llenas de óxido y desgastadas por Dios sabe cuántos años de arena y arenilla, aunque todavía se podía leer:

> ○ **BIENVENIDO AL DOGAN** ○

OCHO

Jake esperaba que la puerta estuviera cerrada y se cumplieron sus predicciones. El tirador se movía hacia arriba y hacia abajo solo un ápice. Supuso que cuando era nueva, no cedía en absoluto. Al lado izquierdo de la puerta había un panel de acero oxidado con un botón y la rejilla de un altavoz. Debajo se leía la palabra VERBAL. Jake acercó la mano al botón y de pronto las luces que se alineaban en lo alto del edificio se apagaron y lo dejaron en lo que al principio pareció una profunda oscuridad. «Las luces van con un temporizador —pensó, esperando a que se le adaptase la visión—. Bastante breve. O a lo mejor es que se están cansando, como el resto de cosas que el Pueblo Antiguo ha dejado atrás.»

La visión se le volvió a adaptar a la luz de la luna y pudo ver de nuevo el panel de la entrada. Sabía muy bien cómo debía ser el código de entrada verbal. Apretó el botón.

—BIENVENIDO AL PUESTO DE AVANZADA DEL CUADRANTE ARCO DIECISÉIS —dijo una voz.

Jake retrocedió de un salto sofocando un grito. Esperaba oír una voz, pero no una tan espeluznante como la de Blaine el Mono. Prácticamente había esperado que se convirtiese en una voz que arrastrase las palabras al estilo John Wayne y lo llamase pequeño vaquero.

—ESTE ES UN PUESTO DE AVANZADA CON SEGURIDAD DE NIVEL MEDIO. POR FAVOR, DIGA EL CÓDIGO VERBAL DE ENTRADA. TIENE DIEZ SEGUNDOS, NUEVE... OCHO...

—Diecinueve —dijo Jake.

—CÓDIGO DE ENTRADA INCORRECTO. PUEDE INTENTARLO UNA VEZ MÁS. CINCO... CUATRO... TRES...
—Noventa y nueve —dijo Jake.
—GRACIAS.
La puerta se abrió con un clic.

NUEVE

Jake y Acho entraron a una habitación que al muchacho le recordó a la enorme zona de control por la que Roland lo había arrastrado y que se encontraba en el subsuelo de la ciudad de Lud, mientras seguían la bola de acero que los había conducido hasta la cuna de Blaine. Aquella habitación era más pequeña, por supuesto, pero muchos de los cuadrantes y paneles eran iguales. Había sillas en algunas de las consolas, de las que ruedan por el suelo, para que la gente que trabajaba allí pudiera desplazarse de un lugar a otro sin levantarse. Se percibía una ráfaga constante de aire fresco, aunque Jake oía de forma ocasional unos ruidos estruendosos y vibrantes procedentes de la maquinaria que lo producía. Y aunque tres cuartos de los paneles estaban encendidos, también vio que había bastantes apagados. Viejos y cansados, no se había equivocado en eso. En una esquina había un esqueleto sonriente vestido con los restos de un uniforme de color caqui marronoso.

En un lado de la habitación había un tablero con monitores de televisión. A Jake le recordó un poco al estudio que su padre tenía en casa, aunque su padre solo tenía tres pantallas, una para cada plataforma televisiva, y allí había... las contó. Treinta. Tres de ellas estaban borrosas y proyectaban imágenes que él no podía distinguir con toda claridad. Dos pasaban imágenes a toda velocidad hacia arriba, como si el control de imagen vertical se hubiera estropeado. Cuatro de ellas estaban totalmente negras. Las otras veintiuna estaban proyectando imágenes que Jake miró con creciente asombro. Media docena de monitores reflejaban distintas extensiones del desierto, incluida la cima vigilada por los cactus deformes. Otros dos proyectaban la imagen del puesto de avanzada, el Dogan, por su parte trasera y desde la carretera. Debajo de estos había tres pantallas que proyectaban la imagen del interior del Dogan. Una de ellas proyectaba la imagen de una habitación que parecía una galería o una cocina. La segunda reflejaba la imagen de un pequeño barracón que parecía equipado para que durmieran ocho personas (en una de las literas, en una cama de las de arriba, Jake vislumbró otro esqueleto). La tercera pantalla que mostraba el interior del Dogan presentaba esa habitación desde un ángulo cenital. Jake se vio a sí mismo y a Acho. Había una pantalla con un tramo de vías férreas y otra en la que se veía el pequeño Whye desde esa margen, precioso e inundado de luna. Al fondo a la derecha estaba la pasarela con las vías del tren que la cruzaban.

Lo que asombró a Jake fueron las imágenes de las otras ocho pantallas en funcionamiento. Una mostraba el almacén de Took, que ahora estaba a oscuras y vacío, cerrado hasta que amaneciera. Otra mostraba el Pabellón. Dos mostraban la calle mayor del Calla. Otra, la iglesia de Nuestra Señora de la Serenidad y otra más, el comedor de la rectoría... ¡El interior de la rectoría! Jake vio al gato del padre, Culo Remolón, durmiendo tumbado junto al hogar. Las otras dos mostraban ángulos de lo que Jake supuso que era el pueblo de los mannis (no había estado allí).

«¿Dónde diantre están las cámaras? —se preguntó Jake—. ¿Por qué nadie las ve? —Porque eran demasiado pequeñas, supuso. Y porque habían permanecido ocultas—. "Sonría, está saliendo en la Cámara Oculta".»

Pero la iglesia... la rectoría... esos eran edificios que ni siquiera existían en el Calla hasta hacía unos años. Y ¿el interior? ¿El interior de la rectoría? ¿Quién había puesto una cámara allí y cuándo?

Jake no sabía cuándo, pero tenía la terrible impresión de saber quién. Gracias a Dios habían realizado gran parte de su garla en el porche, o en el exterior, en el jardín. Sin embargo, aun así, ¿qué debían saber los lobos o sus amos? ¿Qué tenían grabado las infernales máquinas de este lugar, las putas máquinas infernales de este lugar?

¿Y qué habrían transmitido?

Jake sintió dolor en las manos y se dio cuenta de que las tenía fuertemente apretadas, con las uñas clavadas en las palmas. Hizo un esfuerzo por abrirlas. Siguió esperando a que la voz que salía por la rejilla del altavoz, la voz que se parecía tanto a la de Blaine, lo desafiara, que le preguntara qué estaba haciendo allí. Pero el silencio era lo que predominaba en esa habitación casi en ruinas; no se oían otros ruidos más que el tenue zumbido de los equipos y el ocasional rugido áspero de los aparatos de aire acondicionado. Volvió la cabeza para mirar a la puerta y vio que se había cerrado tras él, al pivotar sobre una bisagra neumática. Eso no le preocupaba; desde ese lado seguramente podría abrirse con facilidad. Si no era así, el bueno del Noventa y Nueve volvería a sacarlo de allí. Recordó cómo se había presentado a las yentes aquella primera noche en el Pabellón, una noche que ya parecía muy distante en el tiempo. «Soy Jake Chambers, hijo de Elmer, la Estirpe de Eld —les había dicho—. El ka-tet del Noventa y Nueve.» ¿Por qué había dicho eso? No lo sabía. Lo único que sabía era que las cosas seguían poniéndose de manifiesto. En el colegio, la señorita Avery les había leído un poema titulado «El segundo advenimiento», de Willian Butler Yeats. Estaba relacionado con un halcón que no paraba de dar vueltas y vueltas, describiendo un orbe cada vez más amplio, que era, según la señorita Avery, una especie de círculo. Sin embargo, allí las cosas formaban una espiral, no un círculo. Para el Ka-tet del Diecinueve (o del Noventa y Nueve, Jake tenía la impresión de que en realidad eran lo mismo), las cosas se apiñaban incluso cuando el mundo que las rodeaba envejecía, se soltaba, se cerraba, despedía partes de sí mismo. Era como estar en el ciclón que había sacado a Dorothy de la Tierra de Oz, donde las brujas eran de verdad y gobernaban a los timos. Jake creía que tenía perfecto sentido que estuvieran contemplando las mismas cosas una y otra vez, y cada vez más a menudo, porque...

El movimiento de una de las pantallas captó su atención. La miró y vio al padre de Benny y a Andy el Robot Mensajero llegando a la cima vigilada por los cactus centinelas. Cuando miró, los cilíndricos brazos espinosos se movieron hacia adentro para bloquear el camino, y, tal vez, para empalar a la presa. No obstante, Andy no tenía razón alguna para temer a las espinas del cactus. Movió un brazo y partió uno de los cilindros por la mitad. Este cayó al suelo y soltó un chorro de porquería blanca. Puede que no fuera savia, pensó Jake. Puede que fuera sangre. En cualquier caso, el cactus que estaba al otro lado giró rápidamente. Andy y Ben Slightman se detuvieron durante un instante, tal vez para hablar de aquello. La resolución de la pantalla no era lo bastante buena como para reflejar si los labios humanos se movían o no.

A Jake le invadió un pánico espantoso que le atenazó la garganta. De pronto, le pesaba demasiado el cuerpo, como si tirase de él la gravedad de un planeta gigantesco como Júpiter o Saturno. No podía respirar; tenía el tórax totalmente plano. «Esto es lo que Ricitos de Oro debió de sentir —pensó de una forma fugaz y distante—, al despertarse en la camita en la que estaba justo cuando oyó que regresaban los tres osos.» Él no se había comido la avena ni había roto la sillita del oso pequeño, pero ahora conocía muchos secretos. Todo se reducía a un solo secreto. Un secreto monstruoso.

Ya estaban descendiendo por el camino. Llegando al Dogan.

Acho miraba a Jake con ansiedad, con su largo cuello estirado al máximo, pero Jake apenas conseguía distinguirlo. Empezó a ver una especie de mariposas negras; no tardaría en desmayarse. Lo encontrarían estirado allí en el suelo. Acho podría intentar protegerlo, pero si Andy no se ocupaba del bilibrambo, Ben Slightman lo haría. Había cuatro gatos monteses muertos allí fuera y el padre de Benny se había cargado como mínimo a uno de ellos con su fiel ba. Un pequeño bilibrambo ladrador no supondría un problema para él.

«¿Vas a ser así de cobarde? —le preguntó Roland en el interior de su cabeza—. Pero ¿por qué iban a matar a un cobarde como tú? ¿Por qué no iban a enviarte al Oeste con esos otros que han olvidado los rostros de sus padres?»

Eso lo hizo recuperar la conciencia. Casi toda, al menos. Respiró hondamente, inspirando el aire hasta que sintió dolor en lo más hondo de los pulmones. Lo soltó en un chorro explosivo. Luego se dio una bofetada en la cara, con ganas y con fuerza.

—¡Ake! —gritó Acho en tono recriminatorio, casi ahogado.

—No pasa nada —dijo Jake.

Miró los monitores que mostraban la cocina y el barracón, y se decidió por este último. En la cocina no había nada donde esconderse, ni detrás ni debajo. Podría haber un armario, pero ¿y si no lo había? Estaría jodido.

—Acho, ven aquí —dijo, y cruzó la habitación de los zumbidos bajo brillantes luces blancas.

DIEZ

El barracón conservaba el olor fantasmal de especias añejas: clavo y canela. En el fondo, y de forma distraída, Jake se preguntó si las tumbas que se encontraban bajo las pirámides habrían olido así cuando los primeros exploradores habían entrado en ellas. Desde la litera de arriba que estaba en el rincón, el esqueleto inclinado le sonrió como para darle la bienvenida. «¿Te apetece una siesta, pequeño vaquero? ¡Yo me voy a echar una bien larga!» Su caja torácica resplandecía por los revestimientos sedosos de tela de araña y Jake se preguntó de esa misma forma distraída cuántas generaciones de arañitas habrían nacido en esa oquedad. Sobre otra almohada descansaba una mandíbula, lo que desempolvó un recuerdo fantasmal y espantoso del fondo de la memoria del chico. En una ocasión, en un mundo donde había muerto, el pistolero había encontrado un hueso como ese. Y lo había utilizado.

En el primer plano de su mente latían dos frías preguntas y una decisión aún más fría. Las preguntas eran cuánto tardarían en llegar allí y si descubrirían o no a su poni. Si Slightman había ido a caballo, Jake estaba seguro de que el amistoso y pequeño animal habría relinchado para saludarlo. Por fortuna, Slightman iba a pie, como lo había hecho la última vez. Jake también habría ido a pie de haber sabido que su meta estaba a menos de un kilómetro y medio del río en dirección este. Claro está que cuando salió a hurtadillas del Rocking B ni siquiera contaba con la certeza de tener una meta.

La decisión era matar tanto al hombre de hojalata como al de carne y hueso si lo descubrían. Si podía, lo haría. Puede que Andy fuera duro de roer, aunque esos ojos refulgentes de color azul parecían su punto débil. Si pudiera cegarlo...

«Si Dios lo quiere, habrá agua —dijo el pistolero que siempre había vivido en su cabeza, para bien o para mal—. Lo que has de hacer es esconderte si puedes. ¿Dónde?»

En las literas no. El monitor que filmaba esa habitación las mostraba todas y no había forma de que pudiera hacerse pasar por un esqueleto. ¿Debajo de una de las dos pilas de literas del fondo? Era arriesgado, pero podría funcionar... a menos que...

Jake volvió la vista hacia otra puerta. Dio un salto hacia delante, tiró del asa hacia abajo y la abrió. Había un armario, y los armarios eran buenos escondites, pero aquel estaba repleto de un revoltijo de polvorientos equipos electrónicos. Parte de ellos cayeron.

—¡Haces! —dijo en un suspiro con voz grave y acelerada.

Recogió lo que se había caído, lo embutió por arriba y por abajo, y luego volvió a cerrar la puerta del armario. Está bien, tendría que ser debajo de una de las camas...

—BIENVENIDO AL PUESTO DE AVANZADA DEL CUADRANTE ARCO DIECISÉIS —soltó la voz grabada.

Jake se estremeció y vio otra puerta, esta le quedaba a la izquierda y estaba entreabierta. ¿Lo intentaba con la puerta o se metía debajo de una de las dos hileras de literas del fondo de la habitación? Tenía tiempo para probarlo con un refugio o con otro, pero no con ambos.

—ESTE ES UN PUESTO DE AVANZADA CON SEGURIDAD DE NIVEL MEDIO.

Jake se dirigió hacia la puerta, y menos mal que lo hizo, porque Slightman no permitió que la grabadora siguiera con su rollo.

—Noventa y nueve —dijo su voz desde los altavoces, y la grabación se lo agradeció.

Había otro armario, este estaba vacío salvo por las dos o tres camisas enmohecidas de un rincón y un guardapolvo acartonado y cubierto de polvo colgado de una percha. El aire era casi tan polvoriento como el guardapolvo, y Acho estornudó tres veces con rapidez y delicadeza al entrar.

Jake se agachó, hincó una rodilla en el suelo y le pasó un brazo a Acho alrededor del delgado cuello.

—No vuelvas a hacer eso a menos que quieras que nos maten a los dos —dijo—. Ni un baladro, Acho.

—Ni ladro, Acho —respondió en un susurro el brambo y guiñó un ojo. Jake se levantó y dejó la puerta entornada cinco centímetros, como estaba antes, o eso esperaba.

ONCE

Podía oírlos con bastante claridad, con demasiada claridad, más bien. Jake se dio cuenta de que había micrófonos y altavoces por todas partes. La idea no contribuyó a tranquilizarlo, porque si Acho y él podían oírlos...

Estaban hablando de los cactus, o mejor dicho, de eso estaba hablando Slightman. Los llamaba turbaciones floridas y quería saber qué los había descabezado.

—Seguro que han sido los gatos monteses, sai. —Andy lo dijo con su voz complaciente, ligeramente remilgada. Eddie había comentado que Andy le recordaba a un robot llamado C3PO de *La guerra de las galaxias*, una película que Jake tenía pensado ver y que se había perdido por menos de un mes—. Es su época de apareamiento, ya sabe.

—A la mierda con eso —dijo Slightman—. ¿Me estás diciendo que las turbaciones venenosas no distinguen a los gatos monteses de algo que pueden cazar y comerse? Alguien ha estado por aquí, te lo digo yo. Y no hace mucho.

Un pensamiento aterrador asaltó a Jake. ¿El suelo del Dogan estaba polvoriento? Había estado demasiado ocupado mirando embobado los paneles de control y los monitores de televisión para fijarse en eso. Si Acho y él habían dejado huellas, esos dos podrían haberlas visto ya. Podrían estar simplemente fingiendo que mantenían una conversación sobre los cactus mientras en realidad avanzaban hacia la puerta de la habitación de las literas.

Jake sacó la Ruger del agarradero, la cogió con la mano derecha y puso el dedo pulgar en el seguro.

—Una conciencia culpable nos convierte a todos en cobardes —dijo Andy con su voz complaciente y como quien dice algo que a cualquiera le gustaría oír—. Es mi libre adaptación de un...

—Cierra el pico, saco de tornillos y cables —gruñó Slightman—. Yo...

Luego gritó. Jake notó que Acho se tensaba junto a él, sintió cómo empezaba a erizársele el pelaje. El brambo empezó a gruñir. Jake deslizó una mano hacia su hocico.

—¡Suelta! —gritó Slightman—. ¡Suéltame!

—Claro, sai Slightman —dijo Andy, que ahora sonaba solícito—. No he hecho más que apretarle un pequeño nervio del codo, ¿sabe? No se produce una lesión permanente a menos que aplique una presión de un kilopascal.

—¿Por qué demonios ibas a hacer eso? —Slightman habló como dolido, casi lloriqueando—. ¿Es que no estoy haciendo todo lo que querías y más? ¿No estoy arriesgando la vida por mi chico?

—Por no hablar de ciertos «incentivos» —dijo Andy con voz meliflua—. Sus gafas... la máquina de música que guarda en el fondo de su alforja... y, por supuesto...

—Sabes por qué lo estoy haciendo y qué me ocurriría si me descubrieran —dijo Slightman para defenderse. El gimoteo había desaparecido de su voz. Ahora sonaba dignificada y un poco preocupada. Jake escuchó ese tono con creciente inquietud. Si salía de esta y tenía que delatar al padre de Benny, quería delatar a un villano—. Ea, he conseguido un algunos incentivos, dices verdad, yo digo gracias. Unas gafas para poder ver mejor el momento en que traiciono a la gente que conozco de toda la vida. Una máquina de música para no tener que oír la conciencia de la que parloteas con tanta facilidad y pueda dormir por las noches. Y luego tú vas y me aprietas el brazo de tal forma que siento que se me van a salir los ojos de la cabeza, por lady Oriza.

—A los demás se lo permito —dijo Andy, y ahora su voz había cambiado. Jake pensó una vez más en Blaine, y una vez más su inquietud creció. ¿Y si Tian Jaffords oyera esa voz? ¿Y si Vaughn Eisenhart la oyera? ¿Y Overholser? ¿Y las demás yentes?—. Se agolpan como insultos en mi cabeza, como brasas encendidas, y yo jamás me quejo, ni digo ni hago nada. «Ven aquí, Andy. Ve allá, Andy. Deja ese canturreo estúpido, Andy. Cierra el pico. No nos hables del futuro porque no queremos oírlo.» Así que no hablo del futuro, salvo por lo que respecta a los lobos, porque sé que escuchan lo que les pone tristes y yo se lo cuento, ya creo que lo hago; para mí cada lágrima es una gota de oro. «No eres más que un estúpido montón de luces y cables», dicen. «Predícenos el tiempo, canta una nana para que el niño se duerma, y luego piérdete.» Y yo lo permito. Soy el tonto de Andy, el juguete de todos los niños y el blanco perfecto de todas las burlas. Pero no voy a soportar una burla de usted, sai. Usted espera tener un futuro en el Calla después de que los lobos acaben con él de aquí a unos cuantos años más, ¿verdad?

—Sabes que sí —admitió Slightman, con un hilo de voz tan débil que Jake apenas pudo oírlo—. Y me lo merezco.

—Usted y su hijo, ambos dirán gracias, pasando sus días en el Calla, ambos dirán commala. Y eso puede ocurrir, pero depende de algo más que de la muerte de los forasteros del mundo exterior. Depende de mi silencio. Si quiere que así sea, exijo respeto.

—Eso es absurdo —replicó Slightman tras una breve pausa.

Desde dentro del armario, Jake estuvo totalmente de acuerdo. Un robot pidiendo respeto era algo sin duda absurdo. Aunque también lo era un oso gigante patrullando un bosque vacío, un asesino de Morlock intentando desvelar los secretos de los ordenadores dipolares o un tren que vivía exclusivamente para escuchar y resolver nuevas adivinanzas.

—Y además, atiéndeme, te lo ruego, ¿cómo puedo respetarte si ni siquiera me respeto a mí mismo?

Se oyó un clic mecánico en respuesta a esa pregunta, se oyó muy alto. Jake había oído un sonido similar producido por Blaine cuando ese ser —o esa cosa— había sentido cómo se aproximaba el absurdo que amenazaba con freír sus circuitos lógicos. A continuación Andy dijo:

—Sin respuesta, diecinueve. Conecte e informe, sai Slightman. Acabemos con esto.

—Está bien.

Se oyó un ruido de repiqueteo de teclado que duró unos treinta o cuarenta segundos, luego un pitido agudo y unos gorgoritos que provocaron que Jake hiciera una mueca de dolor y que a Acho se le escapara un gemido de lo más profundo de su garganta. Jake jamás había oído nada similar; él era del Nueva York de 1977, y la palabra «módem» no habría significado nada para él.

El chirrido se acalló de repente. Se produjo un silencio momentáneo. A continuación se oyó:

—HABLA CON ALGUL SIENTO. SOY FINLI O'TEGO. POR FAVOR, INTRODUZCA SU CONTRASEÑA. TIENE DIEZ SEGUND...

—Sábado —respondió Slightman y Jake frunció el ceño. ¿Había oído alguna vez en este lado la alegre palabra del fin de semana? Le parecía que no.

—GRACIAS. ALGUL SIENTO LO RECONOCE. ESTAMOS EN LÍNEA.
—Se produjo otro pitido breve y chirriante. Luego se oyó—:
INFORME, SÁBADO.

Slightman le comunicó que había vigilado a Roland y al «más joven» cuando estos subían a la Cueva de las Voces, donde ahora había una especie de puerta, muy posiblemente invocada por los mannis. Dijo que había utilizado el «miralejos» así que lo había visto bastante bien...

—Telescopio —lo corrigió Andy. Había recuperado su voz ligeramente remilgada y complaciente—. Eso se llama telescopio.

—¿Quieres dar tú el informe, Andy? —inquirió Slightman con frío sarcasmo.

—Ruego perdón —se disculpó Andy en un tono muy sufridor—. Ruego perdón, ruego perdón, siga, siga, a bien tenga.

Hubo un silencio. Jake se imaginó a Slightman mirando al robot con rabia, una mirada privada de toda ferocidad por la forma en que el capataz habría tenido que retorcer el cuello para lanzarla. Al final prosiguió.

—Dejaron sus caballos abajo y subieron andando. Llevaban una saca rosa que se iban turnando, como si pesara. Fuera lo que fuese lo que había dentro tenía las esquinas cuadradas; pude adivinarlo gracias al miralejos-telescopio. ¿Puedo contarte las dos cosas que he supuesto?

—Sí.

—Primero: puede que hayan puesto dos o tres de los libros más valiosos del padre a buen recaudo. Si ese es el caso, podría enviarse a un lobo para destruirlos una vez que la misión principal haya sido realizada.

—¿POR QUÉ?

La voz sonó muy fría. No era la voz de un ser humano, Jake estaba seguro de ello. Aquel sonido le hizo flaquear las rodillas.

—¿Por qué?, pues como ejemplo, si te place —dijo Slightman, como si hubiera sido algo evidente—. ¡Como ejemplo para el sacerdote!

—MUY PRONTO A CALLAHAN LE DARÁN LO MISMO LOS EJEMPLOS —sentenció la voz—. ¿CUÁL ES SU OTRA SUPOSICIÓN?

Cuando Slightman volvió a hablar, le temblaba la voz. Jake esperó que el traidor hijo de puta estuviera temblando. Estaba protegiendo a su hijo, claro, a su único hijo, pero ¿por qué pensaba que eso le daba derecho a...?

—Puede que fueran mapas —aventuró Slightman—. He pensado mucho, pero que mucho, y se me ha ocurrido que un hombre que tiene libros puede tener mapas. Tal vez les haya dado mapas de las regiones del este que llevan a Tronido, no han tenido reparo en decir adónde planean ir a continuación. Si lo que se llevaron allí arriba eran mapas, no les servirán de mucho, aunque sobrevivan. El año que viene el norte será el este, y seguramente el año subsiguiente cambiará de lugar con el sur.

En la polvorienta oscuridad del armario, de pronto Jake vio a Andy observando cómo Slightman daba su informe. Los ojos de color azul eléctrico del robot estaban centelleando. Slightman no lo sabía, nadie en el Calla lo sabía, pero ese rápido centelleo era la forma en que DNF-44821-V-63 expresaba diversión. En realidad se estaba riendo de Slightman.

«Porque él lo sabe —pensó Jake—, porque sabe lo que hay en realidad en la bolsa, me apuesto una caja de galletas.»

¿Podía estar seguro de aquello? ¿Era posible utilizar el toque con un robot?

«Si piensa —habló el pistolero en su cabeza—, puedes tocarlo.» Bueno... tal vez.

—Fuera lo que fuese era una puñetera buena señal de que en realidad planean llevarse a los niños a los desfiladeros —estaba diciendo Slightman—, no meterlos en esa cueva.

—No, no, no en esa cueva —dijo Andy, y aunque su voz sonaba más seria y remilgada que nunca, Jake imaginó sus ojos azules centelleando incluso con más rapidez. Casi parpadeando, de hecho—. Hay demasiadas voces en esa cueva, ¡asustarán a los niños! ¡Cagüenla...!

DNF-44821-V-63, Robot Mensajero. ¡Mensajero! Se podría acusar a Slightman de traición, pero ¿cómo iban a acusar de lo mismo a Andy? Lo que hacía, lo que era, lo habían grabado en su pecho a la vista de todo el mundo. Siempre había estado ahí, delante de todos ellos. ¡Dioses!

Mientras tanto, el padre de Benny avanzaba lenta y pesadamente, imperturbable, el relato de su informe para Finli o'Tego, que estaba en algún lugar llamado Algul Siento.

—La mina que nos indicó en el mapa que los Tavery dibujaron era la Gloria, y la Gloria está a solo un kilómetro y medio de la Cueva de las Voces. Pero el muy bastardo es genioso. ¿Puedo exponer otra suposición?

—Sí.

—El desfiladero que conduce a la mina de la Gloria se bifurca a unos cuatrocientos metros hacia el sur. Hay otra vieja mina al final del ramal. Se llama Petirrojo Dos. Su dinh les está diciendo a las gentes que tiene la intención de llevar a los niños a la Gloria, y yo creo que les dirá lo mismo en la reunión que va a convocar a finales de esta semana, en la que pedirá permiso para enfrentarse a los lobos. Pero yo creo que cuando llegue la hora, los meterá en la Petirrojo. Hará que las Hermanas de Oriza monten guardia, delante de la mina y también en la cueva de arriba, y haría usted bien en no subestimar a esas señoras.

—¿CUÁNTAS?

—Creo que son cinco, si incluye a Sarey Adams entre ellas. Además de algunos hombres con bas. Roland hará que la morenita tire con ellas, me consta, y he oído que es buena. Puede que la mejor de todas. Aunque de una forma u otra, sabemos dónde van a estar los niños. Llevarlos a ese lugar es un error, pero él no lo sabe. Es peligroso, pero es perro viejo. Seguramente esa estrategia le ha funcionado antes.

Por supuesto que le había funcionado. En el Cañón de la Armella, contra los hombres de Latigo.

—Ahora lo importante es descubrir dónde van a estar el chico, el hombre más joven y él cuando lleguen los lobos. Puede que lo diga en la reunión. Si no lo hace, es probable que se lo diga a Eisenhart más tarde.

—¿O A OVERHOLSER?

—No. Eisenhart se pondrá de su parte. Overholser no.

—TIENE QUE DESCUBRIR DÓNDE VAN A LLEVARLOS.

—Lo sé —respondió Slightman—. Lo descubriremos, Andy y yo, y luego volveremos a visitar este lugar maldito. Después de eso, juro por lady Oriza y Jesús Hombre que habré cumplido con mi parte. ¿Ahora podemos salir de aquí?

—En un momento, sai —dijo Andy—. Tengo que dar mi informe, ya sabe.

Se oyó otro de esos largos y silbantes pitidos. Jake apretó los dientes y esperó a que terminase, y al final así fue. Finli o'Tego cortó la transmisión.

—¿Hemos acabado? —preguntó Slightman.

—A menos que tenga algún motivo para quedarse, creo que sí —respondió Andy.

—¿Ves algo diferente? —preguntó de pronto Slightman, y Jake sintió que se le helaba la sangre.

—No —contestó Andy—, pero siento un gran respeto por la intuición humana. ¿Tiene usted una intuición, sai?

Hubo una pausa que duró como mínimo un minuto entero, aunque Jake sabía que debía de haber sido mucho más breve. Apretó la cabeza de Acho contra su muslo y esperó.

—No —dijo Slightman al final—. Supongo que es solo porque estoy nervioso ahora que ya queda tan poco tiempo. ¡Dios, ojalá se hubiera terminado ya! ¡Odio esto!

—Está haciendo lo correcto, sai. —Jake no sabía qué pensar de Slightman, pero el tono remilgado y comprensivo del robot le hizo rechinar los dientes—. Lo único, en realidad. No es culpa suya ser el padre del único mellizo sin pareja de Calla Bryn Sturgis, ¿verdad? Sé una canción que habla de eso de una forma especialmente conmovedora. A lo mejor le gustaría escucharla...

—¡Calla! —gritó Slightman con voz ahogada—. Calla, ¡demonio mecánico! He vendido mi condenada alma, ¿es que no te basta con eso? ¿Es que además te tienes que burlar de mí por eso?

—Si le he ofendido, me disculpo desde el fondo de mi admitidamente hipotético corazón —dijo Andy—. En otras palabras, ruego me disculpe.

Sonó sincero, como si sintiera todas las palabras. Como si fuera una mosquita muerta. Aun así, a Jake no le cabía duda de que los ojos de Andy estaban centelleando borbotones de silenciosa risa azulada.

DOCE

Los conspiradores se marcharon. Se oyó una melodía extraña y sin sentido procedente de los altavoces del techo (sin sentido para Jake, al menos) y a continuación se hizo el silencio. Esperaba que descubrieran su poni, que volvieran, lo buscasen y lo matasen. Cuando hubo contado hasta ciento veinte y no habían regresado al Dogan, se levantó (la sobredosis de adrenalina en su organismo lo hizo sentir anquilosado como un viejo) y volvió a la sala de control. Llegó justo a tiempo para ver cómo se apagaban los sensores luminosos de movimiento de la parte delantera del lugar. Miró el monitor que mostraba la cima de la colina y vio a los últimos visitantes del Dogan caminando entre las turbaciones floridas. Esta vez los cactus no se movieron; por lo visto habían aprendido la lección. Jake observó cómo se iban Slightman y Andy, riéndose con amargura por la diferencia de altura entre ambos. Siempre que su padre veía a un dúo tan a lo «el gordo y el flaco» por la calle, de forma inevitable decía: «Que los metan en un vodevil». Era lo más próximo a un chiste que se le podía ocurrir a Elmer Chambers.

Cuando ese dúo en particular ya no se veía, Jake miró al suelo. No había polvo, claro; ni polvo ni huellas. Debería haberse dado cuenta al entrar. Seguro que Roland lo habría visto. Roland lo habría visto todo.

Jake quería irse, pero se obligó a esperar. Si veían que los sensores luminosos de movimiento se volvían a encender tras ellos, seguramente supondrían que se trataba de un gato montés (o lo que Benny llamaba «armadodillo»), pero un «seguramente» no bastaba. Para matar el tiempo, contempló varios paneles de control, muchos de ellos tenían el nombre de Industrias LaMerk. Aun así, también vio los conocidos logotipos de GE e IBM, además de uno que no conocía: Microsoft. Todos estos aparatos llevaban el sello de MADE IN USA. Los productos LaMerk no.

Estaba bastante seguro de que algunos de los teclados que había visto (como mínimo había veinticuatro) controlaban los ordenadores. ¿Qué más aparatos había? ¿Cuántos seguían activos y funcionaban? ¿Estaban las armas almacenadas allí? En cierta forma pensaba que la respuesta a esta última pregunta era que no; que si hubo armas en algún momento, sin duda las habrían decomisado o se habrían apropiado de ellas, y había muchas probabilidades de que hubiera sido Andy el Robot Mensajero (Muchas Otras Funciones).

Al final decidió que resultaba seguro irse... siempre que fuera con mucho cuidado, volviera montado poco a poco al río y fuera con pies de plomo para entrar al Rocking B por la parte de atrás. Casi había llegado a la puerta cuando se le ocurrió una nueva pregunta. ¿Había una grabación de su visita y de la de Acho al Dogan? ¿Estaban en vídeo en alguna parte? Miró a las pantallas de televisión que estaban en funcionamiento y mantuvo la mirada durante más tiempo en el monitor que mostraba la sala de control. Acho y él volvían a estar en ella. Desde el ángulo superior de la cámara, cualquiera que estuviera en la habitación tendría que salir en esa imagen.

«Déjalo, Jake —le aconsejó el pistolero desde el interior de su cabeza—. No puedes hacer nada, así que déjalo y ya está. Si te pones a fisgonear y a curiosear, seguro que dejas alguna señal.

Incluso puede que hagas saltar una alarma.» La idea de activar una alarma lo convenció. Levantó a Acho, sobre todo para relajarse, y se dio el piro. El poni estaba exactamente donde Jake lo había dejado, paciendo con ojos soñadores en los arbustos a la luz de la luna. No había huellas en el camino de grava... aunque, según comprobó Jake, él no estaba dejando ninguna. Andy habría atravesado la superficie pedregosa con la presión suficiente como para dejar huellas, pero él no. No era lo bastante pesado. Seguramente el padre de Benny tampoco.

«Déjalo. Si hubieran olfateado tu rastro, habrían vuelto.»

Jake supuso que eso era cierto, pero todavía se sentía como Ricitos de Oro alejándose de puntillas de la casa de los tres osos. Llevó a su poni de regreso al camino del desierto, luego se puso el guardapolvo y metió a Acho en el amplio bolsillo delantero. Cuando montó, le dio un buen golpetazo a Acho en el trasero.

—¡Ay, Ake! —exclamó Acho.

—¡Chitón, nene! —ordenó Jake, haciendo que el poni se volviese en dirección al río—. Ni un baladro, Acho.

—Ni ladro, Acho —accedió Acho, y le dedicó un guiño.

Jake pasó los dedos por el grueso pelaje del bilibrambo y lo rascó en el lugar que más le gustaba a Acho. La bestia cerró los ojos, estiró el cuello hasta una longitud casi cómica y sonrió de oreja a oreja.

Cuando regresaron al río, Jake desmontó y oteó por encima de una roca en ambas direcciones. No vio nada, pero tuvo el corazón en un puño hasta llegar al otro lado. Siguió intentando idear qué diría si el padre de Benny lo saludaba y le preguntaba qué estaba haciendo allí fuera en plena noche. No se le ocurrió nada. En clase de inglés casi siempre sacaba excelentes en las redacciones de escritura creativa, pero ahora estaba descubriendo que el miedo y la invención no casaban. Si el padre de Benny lo saludaba, estaba perdido. Era así de simple.

No hubo saludo, ni vadeo del río, ni regreso al Rocking B, ni desensillamiento del caballo, ni caricias al animal. El mundo permaneció en silencio, y a Jake le bastó con aquello.

TRECE

Una vez que Jake volvió al camastro y se tapó con las mantas hasta la barbilla, Acho saltó sobre la cama de Benny y se tumbó, de nuevo con el hocico debajo de la cola. Benny refunfuñó somnoliento, se estiró y le dedicó una sola caricia al brambo en un costado.

Jake permaneció tumbado mirando al niño dormido, preocupado. Le gustaba Benny, su forma de ser abierta, su avidez por la diversión, su voluntad de trabajar duro cuando había tareas pendientes. Le gustaba su risa cantarina al estilo tirolés cuando algo le parecía divertido y la forma en que coincidían en tantos aspectos, y...

Y hasta esa noche, a Jake también le había gustado Benny.

Intentó imaginar cómo lo miraría Benny cuando descubriera que: *a)* su padre era un traidor, y *b)* su amigo lo había delatado. Jake pensó que podría soportar la rabia. Lo difícil sería el dolor.

«¿Crees que todo se reducirá al dolor? ¿Simple dolor? Será mejor que lo pienses mejor. No hay muchos pilares que sostengan el mundo de Benny Slightman, y esto hará que caigan todos ellos. Todos sin excepción.»

«No es culpa mía que su padre sea un espía y un traidor.»

Pero tampoco era culpa de Benny. Si se lo hubieran preguntado a Slightman, seguramente habría dicho que ni siquiera era culpa suya, sino que lo habían obligado a hacerlo. Jake supuso que aquello era casi cierto. Totalmente cierto, si se consideraban las cosas desde el punto de vista de un padre. ¿Qué era lo que tenían los mellizos del Calla que los lobos necesitaban? Era muy probable que fuera algo que tenían en el cerebro. Alguna especie de encima o secreción no producida por un hijo único; puede que se tratase de la encima o secreción que generaba el supuesto fenómeno de «telepatía entre mellizos». Fuera lo que fuese, podían obtenerlo de Benny Slightman, porque Benny Slightman solo parecía un hijo único, pero no lo era. ¿Que había muerto su hermana? Bueno, eso era un buen palo, sobre todo para el padre que quería al único que le quedaba; que no podía perderlo.

«Supón que Roland lo mata. ¿Con qué cara te miraría Benny?»

Una vez, en otra vida, Roland había prometido cuidar a Jake Chambers y luego lo había dejado caer a la oscuridad. Jake había creído que no podía haber peor traición que aquella. Ahora no estaba tan seguro. No, no estaba seguro en absoluto. Estas ideas tristes lo mantuvieron en vela toda la noche. Al final, una media hora antes de que la primera insinuación del amanecer tocase el horizonte, se sumió en un sueño ligero e inquieto.

IV
EL FLAUTISTA DE HAMELÍN

UNO

—Somos ka-tet —dijo el pistolero—. Somos de muchos uno. —Reparó en la dudosa mirada de Callahan, era imposible no reparar en ella, e hizo un gesto de asentimiento—. Sí, padre, usted es uno de nosotros. No sé durante cuánto tiempo, pero sé que es así. Y también lo saben mis amigos.

Jake asintió con la cabeza. También lo hicieron Eddie y Susannah. Ese día estaban en el Pabellón; después de oír la historia de Jake, Roland no quiso volver a reunirse en la casa de la rectoría, ni siquiera en el patio. Pensaba que había demasiadas probabilidades de que Slightman o Andy, e incluso algún otro del que todavía no sospechasen que fuera amigo de los lobos, hubieran colocado aparatos de escucha y cámaras. El cielo estaba encapotado, amenazaba lluvia, pero la temperatura seguía siendo notablemente cálida para un momento tan avanzado de la estación. Algunas mujeres o yentes de espíritu cívico habían barrido las hojas caídas, que formaban un amplio círculo alrededor del escenario en el que Roland y sus amigos se habían presentado hacía no tanto tiempo, y la hierba de debajo de la tarima seguía tan verde como en verano. Había yentes volando cometas, parejas paseando cogidas de la mano, dos o tres vendedores ambulantes con un ojo avizor en busca de clientes y el otro ojo en las panzudas nubes del cielo. En el quiosco de música, la banda que les había dado la bienvenida con tanto brío estaba practicando un par de nuevas melodías. En dos o tres ocasiones, algunas personas del pueblo habían empezado a caminar hacia Roland y sus amigos, con el deseo de pasar el rato, y cada vez que había ocurrido, Roland había sacudido la cabeza con una seriedad tal que esas personas habían dado media vuelta a toda prisa. El momento de la cortesía había pasado. Estaban a punto de llegar a lo que Susannah llamaba el verdadero meollo de la cuestión.

—Dentro de cuatro días se celebrará la reunión, esta vez creo que acudirá todo el pueblo, no solo los hombres —comentó Roland.

—Ya puedes jurar que acudirá todo el pueblo —dijo Susannah—. Si cuentas con que las mujeres lancen el plato y compensen todas las pistolas que no tenemos, no creo que a los tíos les cueste mucho dejarlas entrar en el puñetero salón.

—No será en el Salón de Actos, si va todo el mundo —aclaró Callahan—. No habrá espacio suficiente. Encenderemos las antorchas y la celebraremos aquí fuera.

—¿Y si llueve? —preguntó Eddie.

—Si llueve, la gente se mojará —repuso Callahan, y se encogió de hombros.

—Cuatro días para la reunión y nueve para los lobos —dijo Roland—. Esta será seguramente nuestra última oportunidad de garlar tal como estamos ahora, sentados y con la mente despejada, hasta que esto acabe. No estaremos así durante mucho tiempo, así que aprovechémoslo. —Extendió las manos. Jake le cogió una, Susannah le cogió la otra. En un momento, los cinco estuvieron reunidos en un pequeño círculo, con las manos unidas—. ¿Nos vemos todos?

—Te veo muy bien —dijo Jake.

—Muy bien, Roland —afirmó Eddie.

—Claro como el agua, cielo —aseguró Susannah, sonriendo.

Acho, que estaba olfateando la hierba, no dijo nada, pero sí echó un vistazo y lanzó un guiño.

—¿Padre? —preguntó Roland.

—Te veo y te atiendo muy bien —admitió Callahan con una tímida sonrisa—, y me alegro de estar incluido. Al menos de momento.

DOS

Roland, Eddie y Susannah habían oído casi todo el relato de Jake; Jake y Susannah habían oído casi todo el de Roland y Eddie.

Ahora Callahan había oído ambas historias, lo que más tarde llamaría «la sesión continua». Escuchó con los ojos abiertos de par en par y boquiabierto casi todo el tiempo. Se persignó cuando Jake contó que se había escondido en el armario. El padre le dijo a Eddie:

—¿No hablarías en serio cuando dijiste que matarías a sus mujeres y a sus hijos, verdad? ¿Era solo un farol?

Eddie alzó la vista al cielo cubierto, pensando en ello con una leve sonrisa. Luego volvió a mirar a Callahan.

—Roland me ha dicho que para ser un tipo al que no le gusta que le llamen padre, últimamente ha adoptado algunas posturas muy paternales.

—Si te refieres a la idea de poner fin al embarazo de tu esposa...

Eddie levantó una mano.

—Digamos que no me refiero a nada en concreto. Solo es que tenemos una misión que cumplir aquí, y necesitamos su ayuda para hacerlo. Lo último que necesitamos es que nos distraiga con un montón de sus chorradas católicas. Así que digamos que sí, que era un farol, y sigamos. ¿Eso le parece bien, padre?

La sonrisa de Eddie se había vuelto tensa y crispada. Le aparecieron unas manchas de color en los pómulos. Callahan consideró la mirada con sumo cuidado, y luego hizo un gesto de asentimiento.

—Sí —dijo—. Era un farol. Por supuesto, dejémoslo así y sigamos.

—Bien —dijo Eddie. Miró a Roland.

—La primera pregunta es para Susannah —anunció Roland—. Es sencilla: ¿cómo te sientes?

—Bien —contestó.

—¿Dices verdad?

Hizo un gesto de asentimiento.

—Digo verdad, digo gracias.

—¿No tienes jaquecas aquí? —Roland se masajeó la sien izquierda.

—No. Y la sensación de nerviosismo que solía tener, justo después de la puesta del sol y justo antes del amanecer, ha desaparecido. ¡Y miradme! —Se pasó una mano por la turgencia de sus senos, por la cintura, por la cadera derecha—. Ya no estoy tan rellena. Roland... he oído que algunas veces los animales en libertad, los carnívoros como los gatos monteses y los herbívoros como los ciervos y los conejos, se comen a sus crías si las condiciones para tenerlas son adversas. ¿No esperarás que...? —Dejó de hablar, mirándolo con expectación.

Roland deseó haber podido regocijarse en una idea tan fascinante, pero no podía. Y ocultar la verdad al ka-tet ya no era una alternativa. Sacudió la cabeza. Susannah dejó caer la suya.

—Ha estado durmiendo tranquila, hasta ahora es lo que puedo decir —dijo Eddie—. No hay rastro de Mia.

—Rosalita dice lo mismo —añadió Callahan.

—¿Tiene a esa fulana echándome el ojo? —preguntó Susannah con un tono a lo Detta lleno de suspicacia. Aunque estaba riendo.

—De cuando en cuando —admitió Callahan.

—Dejemos el tema del chaval de Susannah, si podemos —propuso Roland—. Tenemos que hablar de los lobos. De ellos y poco más.

—Pero Roland... —empezó a decir Eddie.

Roland levantó la mano.

—Sé cuántas otras cuestiones hay pendientes y sé la tensión que os crean, pero también sé que si nos distraemos, podemos morir en Calla Bryn Sturgis, y los pistoleros muertos nos pueden ayudar a nadie. Ni tampoco siguen su camino. ¿Estáis de acuerdo?

Los miró de uno en uno. Ninguno contestó. En algún lugar en la distancia se oyó el sonido de muchos niños cantando. El canto era alto, lleno de alegría e inocencia. Algo relacionado con commala.

—Hay otra cosita que tenemos que hablar —dijo Roland—. Le implica a usted, padre. Y a lo que ahora se llama la Cueva de la Puerta. ¿Podría pasar por esa puerta y volver a su país?

—¿Estás de guasa? —A Callahan le brilló la mirada—. ¿Tener una oportunidad de volver, aunque sea por un momento? Dime cuándo y lo haré.

Roland asintió con la cabeza.

—Hoy, más tarde, puede que tú y yo nos demos un pequeño *pasear* hasta allí arriba, y te conduciré hasta la puerta. ¿Sabes dónde está el solar vacío, verdad?

—Claro. Debo de haber pasado por delante mil veces, en mi otra vida.

—¿Y entiende lo del código postal? —preguntó Eddie.

—Si el señor Torre ha hecho lo que le pediste, estará escrito al final de la valla, en el lado que da a la calle Cuarenta y seis. Fue una idea brillante, por cierto.

—Anota el número... y también la fecha —dijo Roland—. También debemos tener en cuenta el tiempo allí si podemos, Eddie tenía razón sobre eso. Anótalo y regresa. A continuación, después de la reunión en el Pabellón, tendremos que volver a pasar por la puerta.

—Esta vez para ir adondequiera que Torre y Deepneau estén en Nueva Inglaterra —aventuró Callahan.

—Sí —dijo Roland.

—Si los encuentras, tendrás que hablar con Deepneau ante todo —dijo Jake. Se ruborizó cuando todos se volvieron hacia él, pero siguió con la mirada clavada en Callahan—. El señor Torre puede ponerse tozudo...

—El eufemismo del siglo —dijo Eddie—. Cuando llegue allí, seguramente él habrá encontrado una docena de librerías de segunda mano y Dios sabe cuántas primeras ediciones de *La decimonovena crisis nerviosa de Indiana Jones*.

—... pero el señor Deepneau escuchará, eso está claro —continuó Jake.

—Claro, Ake —dijo Acho y giró sobre sí mismo apoyado en la espalda—. ¡Claro, ladro!

Jake dijo, rascándole la tripa a Acho:

—Si hay alguien que pueda convencer al señor Torre para que haga algo, ese es el señor Deepneau.

—Está bien —respondió Callahan—. Te atiendo bien.

Los niños cantores estaban cerca en ese momento. Susannah se volvió, aunque todavía no podía verlos; supuso que subían por River Street. Si era así, los verían en cuanto dejaran atrás la caballeriza y giraran por la calle mayor a la altura del almacén de

Took. Algunas de las gentes que se encontraban en el porche de la tienda ya estaban levantándose para mirar.

Mientras tanto, Roland estaba estudiando a Eddie con una discreta sonrisa.

—Una vez, cuando dije que iba a plantear una hipótesis, me hablaste de un dicho de tu mundo sobre esa expresión. Me gustaría oírlo otra vez, si lo recuerdas.

Eddie sonrió de oreja a oreja.

—Los que plantean hipótesis suelen quitar el hipo por su falta de tesis, ¿te referías a ese?

Roland asintió.

—Es un buen dicho. En cualquier caso, voy a plantear una hipótesis, la clavaré a la pared como un clavo y luego voy a hacer que todas nuestras esperanzas de salir con vida de esta pendan de ella. No me gusta, pero no veo otra alternativa. La suposición es que solo Ben Slightman y Andy están maquinando en contra de nosotros. Que si tenemos cuidado con ellos, cuando llegue la hora, podemos movernos en secreto.

—No lo mates —dijo Jake con una voz casi demasiado baja para ser oída.

Había atraído a Acho hacia sí y le estaba acariciando la coronilla y el alargado cuello con una especie de rápida velocidad compulsiva. Acho lo soportó con paciencia.

—Te ruego perdón, Jake —dijo Susannah, inclinándose hacia delante y poniéndose una mano tras la oreja—. No he...

—¡No lo mates! —Esta vez su voz fue ronca y temblorosa y próxima al llanto—. No mates al padre de Benny, por favor.

Eddie se acercó y le puso una mano en la nuca al niño.

—Jake, el padre de Benny Slightman está deseando llevar a un centenar de niños a Tronido con los lobos solo para evitar que se lleven al suyo. Y ya sabes cómo volverían.

—Sí, pero, tal como él lo ve, no tiene otra opción, porque...

—Su opción podría haber sido estar de nuestro lado —sentenció Roland. Su voz sonó terrible y apagada. Casi muerta.

—Pero...

Pero ¿qué? Jake no lo sabía. Había pensado en ello una y otra vez y seguía sin saberlo. De pronto empezaron a caerle las lágrimas por las mejillas. Callahan se acercó para tocarlo. Jake le apartó la mano.

Roland suspiró.

—Haremos lo que sea para salvarlo, te lo prometo. No sé si le haremos un favor o no, los Slightman van a estar acabados en este pueblo, si es que queda algún pueblo después de finales de la semana que viene, aunque puede que se trasladen hacia el norte o hacia el sur, dentro del territorio de la Media Luna, y empiecen una nueva vida. Y, Jake, escucha: no hay necesidad de que Ben Slightman sepa jamás que oíste a Andy y a su padre anoche.

Jake estaba mirándolo con una expresión que no alcanzaba a ser de esperanza. Le importaba un comino Slightman el Viejo, pero no quería que Benny supiera que había sido él. Supuso que eso lo convertía en un cobarde, pero no quería que Benny lo supiera.

—¿De verdad? ¿Seguro? Pero...

Antes de que pudiera terminar, los niños cantores aparecieron a la vuelta de la esquina. A la cabeza de ellos, con unas extremidades plateadas y un tronco dorado que relucía con suavidad bajo la luz apagada del día, iba Andy el Robot Mensajero. Iba caminando de espaldas. En una mano llevaba una ba envuelta en estandartes de seda brillante. A Susannah se le antojó un mariscal en un desfile del Cuatro de Julio. Movía su bastón de mando con extravagancia de un lado a otro, dirigiendo a los niños mientras cantaban su canción a la par que un acompañamiento de gaita aflautada sonaba por los altavoces que llevaba en el pecho y en la cabeza.

—¡La hostia en vinagre! —exclamó Eddie—. ¡Pero si es el Flautista de Hamelín!

TRES

Vino el commala uno,
mama tuvo un pituso
y ese día mi papa
lo pasó como ninguno.

Andy cantó esa parte solo, luego apuntó con el bastón de mando a la multitud de niños. Ellos se unieron con gran alboroto.

> *Commala, ven, ven,*
> *a papa le vino también*
> *y ese día mi mama*
> *lo pasó requetebién.*

Se oyeron risas alborozadas. No había tantos niños como Susannah había pensado dada la cantidad de ruido que estaban haciendo. Ver a Andy allí, en cabeza, después de oír la historia de Jake, le encogió el corazón. Al mismo tiempo, sintió un impulso de rabia que empezaba a latirle en la garganta y en la sien izquierda. ¡Mira que dirigirlos por la calle de esa forma! Como el Flautista de Hamelín, Eddie tenía razón, como el flautista del cuento.

Ahora señalaba con su bastón improvisado a una bonita niña que tenía aspecto de tener unos trece o catorce años. Susannah pensó que sería una de las hijas de Anselm, del minifundio justo al sur de la casa de Tian Jaffords. Cantó el siguiente verso con voz clara y cristalina con ese mismo ritmo tan marcado, que era casi (aunque no del todo) una canción para saltar a la comba:

> *El commala dos se viene.*
> *Ya sabes qué hacer tienes.*
> *Planta el arroz commala,*
> *no seas un zoquete.*

A continuación, cuando los demás volvieron a unirse, Susannah se dio cuenta de que el grupo de niños era más numeroso de lo que había pensado cuando dieron la vuelta a la esquina, bastante grande. Sus oídos le habían dado una visión más certera que sus ojos, y había una perfecta razón para ello.

> *El commala dos se viene*
> *mi papa no es un zoquete.*
> *Mama planta el commala*
> *pues sabe qué hacer tiene.*

El grupo le había parecido más reducido a primera vista porque había muchísimas caras iguales, la cara de la niña de Anselm, por ejemplo, era casi como la del niño que estaba junto a ella; su hermano mellizo. Casi todos los niños del grupo de Andy eran mellizos. Susannah se dio cuenta de repente de lo extraño e inquietante que era eso, como todos los extraños barcos que habían encontrado metidos en una botella. Se le revolvió el estómago. Y sintió la primera punzada de dolor sobre el ojo izquierdo. Empezó a levantársele la mano para posarse sobre esa parte blanda.

«No —se dijo a sí misma—, no lo siento.» Obligó a la mano a volver a bajar. No necesitaba frotarse la ceja. No necesitaba frotarse lo que no le dolía.

Andy señaló con su bastón a un niñito regordete que iba pavoneándose y que no podía tener más de ocho años. Cantaba la letra de la canción con un timbre agudo e infantil que provocaba las risas de los demás niños.

> *Vino el commala tres.*
> *Sabes qué has de ser.*
> *Planta el arroz commala*
> *y libre te has de ver.*

A lo que el coro respondía:

> *Vino el commala tres.*
> *Libre te has de ver.*
> *Cuando plantes el arroz commala,*
> *sabes qué tienes que ser.*

Andy vio al ka-tet de Roland y los saludó alegremente con el bastón. Lo mismo hicieron los niños... la mitad de los cuales volverían babeando y arrunados si el director del desfile se salía con la suya. Crecerían hasta alcanzar el tamaño de gigantes, gritando de dolor, y luego morirían de forma prematura.

—Saludadle —dijo Roland, y levantó la mano—. Saludadle, todos, por la gloria de vuestros padres.

Eddie le lanzó a Andy una sonrisa amigable de oreja a oreja, dejando todos los dientes a la vista.

—¿Cómo estás, radio de pacotilla? —preguntó. La voz que se oyó a través de esa sonrisa fue grave y feroz. Hizo dos veces el gesto de levantar el dedo pulgar dirigiéndose a Andy—. ¿Cómo estás, robot psicópata? ¿Dices bien? ¡Digo gracias! ¡Digo que te den por el culo!

Jake rompió a reír cuando lo oyó. Todos siguieron saludando y sonriendo. Los niños correspondieron el saludo y la sonrisa. Andy también saludó. Dirigía a su alegre banda por la calle, cantando: «El commala cuatro se viene. / La riada está en cierne».

—Lo adoran —dijo Callahan. Había una extraña y angustiada expresión de asco en su rostro—. Generaciones de niños han adorado a Andy.

—Eso —señaló Roland— está a punto de cambiar.

CUATRO

—¿Más preguntas? —dijo Roland cuando Andy y los niños se hubieron ido—. Preguntad ahora si queréis. Podría ser vuestra última oportunidad.

—¿Qué hay de Tian Jaffords? —preguntó Callahan—. Lo cierto es que fue Tian el que empezó todo esto. Tiene que haber un sitio para él al final.

Roland hizo un gesto de asentimiento.

—Tengo un trabajo para él; un trabajo que Eddie y él harán juntos. Padre, el retrete que hay en la casa de Rosalita está bien, es alto y resistente.

Callahan puso cara de sorpresa.

—Ea, digo gracias. Fueron Tian y su vecino, Hugh Anselm, quienes lo construyeron.

—¿Podría poner un pestillo en el exterior uno de estos días?

—Podría, pero...

—Si las cosas van bien, el pestillo no será necesario, pero uno nunca puede estar seguro.

—No —dijo Callahan—. Supongo que no, pero puedo hacer lo que me pides.

—¿Cuál es tu plan, cielo? —preguntó Susannah. Habló con una voz callada, extrañamente amable.

—Lo tengo muy poco planificado. La mayoría de las veces eso es lo mejor. Lo primordial que puedo deciros es que no creáis nada de los que os diga en cuanto nos hayamos levantado de aquí, nos hayamos sacudido el polvo del trasero y nos hayamos reunido con las yentes. Sobre todo, nada de lo que os diga cuando me levante en la reunión con una pluma en la mano. La mayoría serán mentiras. —Les dedicó una sonrisa. Por encima de esta, sus apagados ojos azules parecían témpanos de hielo—. Mi viejo y el viejo de Cuthbert tenían una norma: primero las sonrisas, luego las mentiras. Los disparos vienen al final.

—Ya casi hemos llegado a lo último, ¿no? —preguntó Susannah—. A los disparos.

Roland asintió con la cabeza.

—Y los disparos empezarán tan rápido y acabarán tan deprisa que os preguntaréis de qué ha servido toda la planificación y la garla, si al final todo se reduce a esos cinco minutos de sangre, dolor y estupidez. —Hizo una pausa y luego añadió—: Después siempre me siento mal. Como me sentí cuando Bert y yo vimos al ahorcado.

—Tengo una pregunta —dijo Jake.

—Hazla —le ordenó Roland.

—¿Ganaremos?

Roland se quedó callado durante tanto tiempo que Susannah empezó a asustarse. Luego dijo:

—Sabemos más de lo que ellos creen que sabemos, mucho más. Se han vuelto confiados. Si Andy y Slightman son los únicos topos del pueblo, y si los de la manada de lobos no son demasiados, si no nos quedamos sin platos ni sin cartuchos, entonces sí, Jake, hijo de Elmer, ganaremos.

—¿Cuántos son «demasiados»?

Roland reflexionó, mirando hacia el este con sus ojos de color azul desvaído.

—Más de lo que crees —dijo al final—. Y espero que muchos más de lo que ellos creen.

CINCO

A última hora de la tarde, Donald Callahan se quedó enfrente de la puerta aislada, intentando concentrarse en la Segunda avenida del año 1977. En lo que se estaba concentrado era en el Chew Chew Mama's y en que algunas veces, George, Lupe Delgado y él iban allí a comer.

—Pedía pecho de ternera siempre que podía —dijo Callahan, e intentó pasar por alto la voz chillona de su madre, que se elevaba desde lo más hondo de la cueva.

Cuando entró en aquel lugar por primera vez con Roland, se había sentido atraído por los libros que Calvin Torre había enviado a través de la puerta. ¡Había tantos ejemplares! El generosísimo corazón de Callahan se volvió codicioso (y se encogió un poco) al verlos. Sin embargo, su interés no duró mucho, solo lo suficiente como para coger uno al azar y ver que era *The Virginian*, de Owen Wister. Resultaba difícil curiosear mientras sus difuntos amigos y seres queridos le chillaban y lo insultaban.

En ese momento, su madre le estaba preguntando por qué había permitido que un vampiro, un asqueroso chupasangre, le rompiese la cruz que ella le había regalado.

—Siempre flojeaste en Fe —le reprochó con dolor—. Estabas flojo en Fe y fuerte en Bebida. Apuesto a que te tomarías una copa ahora, ¿verdad?

¡Dios!, sí que se la tomaría. Whisky, de muchos años. Callahan sintió cómo le afloraba el sudor en la frente. El corazón le latía al doble de la velocidad normal. No, al triple.

—Pecho de ternera —murmuró—. Untado con un poco de esa mostaza marrón. —Incluso podía ver la botella de plástico de la que salía la mostaza, y recordó la marca: Plochman's.

—¿Qué? —le preguntó Roland desde detrás.

—He dicho que estoy listo —dijo Callahan—. Si vas a hacerlo, por el amor de Dios, hazlo ya.

Roland abrió la caja y esta produjo un ruido. Las campanillas se clavaron de inmediato en los oídos de Callahan, lo cual le hizo recordar a los hampones en sus ruidosos coches. El estómago se le hizo un guiñapo y los ojos se le anegaron en lágrimas de indignación.

Sin embargo, la puerta se abrió con un clic, y un haz de brillante luz solar en forma de cuña entró en diagonal, disipando la penumbra de la entrada de la cueva.

Callahan respiró hondamente y pensó: «Oh María, sin pecado concebida, ruega por nosotros, que recurrimos a ti». Y entró al verano del año 1977.

SEIS

Era mediodía, por supuesto, a la hora de comer. Y por supuesto se encontraba delante del Chew Chew Mama's. Por lo visto, nadie se dio cuenta de su llegada. En la pizarra del caballete donde estaban escritas con tiza las especialidades del día, justo a la salida del restaurante se leía:

¡EH TÚ, BIENVENIDO AL CHEW CHEW!
ESPECIALIDADES DEL 24 DE JUNIO

TERNERA STROGONOV
PECHO DE TERNERA (CON COL)
TACOS RANCHO GRANDE
SOPA DE POLLO

¡PRUEBA NUESTRO PASTEL DE MANZANA ALEMÁN!

Muy bien, una pregunta respondida. Era el día siguiente al día de la llegada de Eddie. En cuanto a la otra cuestión...

Callahan abandonó la calle Cuarenta y siete por el momento,

y se dirigió hacia la Segunda avenida. En cuanto miró hacia atrás vio que la puerta que daba a la cueva lo estaba siguiendo con la misma lealtad que el bilibrambo seguía al chico. Vio a Roland allí sentado, poniéndose algo en las orejas para bloquear el enloquecedor tintineo de las campanillas.

Recorrió exactamente dos manzanas antes de detenerse con ojos desorbitados por la sorpresa y boquiabierto. Le habían dicho que esperase eso, tanto Roland como Eddie, pero en el fondo, Callahan no lo había creído. Estaba convencido de que encontraría el Restaurante de la Mente de Manhattan totalmente intacto ese perfecto día de verano, muy distinto del otoño nublado del Calla de donde había salido. Tal vez habría un cartel en el escaparate que diría: CERRADO POR VACACIONES HASTA AGOSTO, o algo parecido, pero estaría allí, sin duda.

Sin embargo, no estaba. Al menos no estaba entero. La fachada era una estructura quemada rodeada por una cinta amarilla que decía: INVESTIGACIÓN POLICIAL. Cuando se acercó un poco más, olió la madera carbonizada, el papel quemado y... muy levemente... el tufo a gasolina.

Un limpiabotas ya crecidito había instalado su chiringuito justo delante de una zapatería Station Shoes & Boots de allí cerca. En ese momento le dijo a Callahan:

—Qué pena, ¿no? A Dios gracias que el sitio estaba vacío.

—Ea, digo gracias. ¿Cuándo ha ocurrido?

—Medianoche, ¿cuándo vaser? ¿Se cree que esos gorilas van a venir con sus molotoves a plena luz del día? No serán unos lumbreras, pero no son tan tontos.

—¿No podría haber sido un cable estropeado? ¿O tal vez una combustión espontánea?

El limpiabotas ya crecidito le lanzó a Callahan una mirada cínica, como diciendo: «¡Venga ya!». Señaló con un dedo manchado de betún las ruinas humeantes.

—¿Vesa cinta marilla? ¿Se cree que ponen cinta marilla que dice VESTIGACIÓN POLICIAL en un sitio por esa combustión nosequé que ha dicho? De eso nada, amigo. De eso nada, monada. Cal Torre les debía dinero a los malos. Estaba con el agua al cuello. Todos los del barrio lo sabían. —El limpiabotas movió las cejas, que eran pobladas, blancas y estaban despeinadas—. Me fastidia que esto se haya echado a perder. Tenía unos cuantos libros que costaban un pastón en la trastienda. Un buen pastón.

Callahan dio las gracias al limpiabotas por sus aclaraciones, luego se volvió y reemprendió la andadura hacia la Segunda avenida. No paraba de tocarse con disimulo, intentando convencerse a sí mismo de que aquello estaba sucediendo de verdad. No paraba de respirar hondamente el aire urbano con su olor penetrante a hidrocarburo y se deleitaba con todo el bullicio de la ciudad, desde el rugido de los autobuses (había anuncios de *Los Ángeles de Charlie* en algunos de ellos) hasta el aporreo de los martillos neumáticos y el incesante graznido de los cláxones. Cuando se acercaba a Discos Torre de Poder, se detuvo durante un instante, paralizado por la música que salía por los altavoces colocados encima de la puerta. Era una antigua melodía que hacía años que no había oído, una canción que había sido muy popular cuando estaba en Lowell. Algo relacionado con seguir al Flautista de Hamelín.

—Crispin Saint Peter —murmuró—. Así se llamaba. ¡Dios mío de mi vida, digo, Jesús Hombre, estoy aquí de verdad! ¡Estoy en Nueva York de verdad!

Como para confirmarlo, una mujer que parecía apresurada dijo:

—A lo mejor hay gente que puede estar por ahí todo el día, pero algunos tenemos que caminar. ¿Cree que puede seguir moviéndose o por lo menos echarse a un lado?

Callahan pronunció una disculpa que dudó que fuera oída (o apreciada, en todo caso), y siguió adelante. Esa sensación de estar en un sueño, en un sueño extraordinariamente real, persistió hasta que se aproximó a la calle Cuarenta y seis. Entonces empezó a oír la rosa y todo en su vida cambió.

SIETE

Al principio no fue más que un murmullo, pero a medida que se acercaba, creyó oír muchas voces, voces angelicales, cantando, elevando sus salmos llenos de júbilo y de fe en Dios. Jamás había oído nada tan delicado y empezó a correr. Llegó a la valla y puso las manos sobre ella. Rompió a llorar, no lo pudo evitar. Supuso que la gente lo estaba mirando, pero no le importaba. De repente entendió muchas cosas sobre Roland y sus amigos, y por primera vez se sintió parte de ellos. No cabía duda de que se habían esforzado muchísimo por sobrevivir, y ¡por seguir adelante! No cabía duda si aquello era lo que estaba en juego. Había algo al otro lado de esa valla con una capa de maltrechos carteles... algo tan profundo y completamente maravilloso...

Un joven con una larga melena recogida con una goma y que llevaba un sombrero vaquero con el ala levantada hacia atrás se había detenido y le había dado una rápida palmadita en el hombro.

—¿Se está bien aquí, verdad? —dijo el vaquero hippy—. Yo no sé por qué, pero sí que se está bien. Vengo una vez al día. ¿Quiere que le cuente una cosa?

Callahan se volvió hacia el joven, secándose los humedecidos ojos.

—Sí, supongo.

El joven se pasó una mano por la frente y luego por la mejilla.

—Antes tenía un acné horrible. Quiero decir que era algo más que un cara de paella, era un valle volcánico. Entonces empecé a venir a este lugar a finales de marzo o principios de abril, y... desapareció todo. —El joven rió—. El matasanos de la piel al que me envió mi viejo dice que es el óxido de zinc, pero yo creo que es este lugar. Este lugar tiene algo. ¿Lo oye?

Aunque a Callahan le resonaban en los oídos las dulces voces cantarinas —era como estar en la catedral de Notre-Dame, rodeado de coros—, sacudió la cabeza. Hacerlo no fue más que un acto instintivo.

—No —repitió el hippy con sombrero vaquero—, yo tampoco. Pero algunas veces me parece que sí. —Levantó la mano derecha hacia Callahan, con los dedos índice y corazón formando una V—. Paz, colega.

—Paz —respondió Callahan, y emuló el gesto.

Callahan pasó la mano por los tablones astillados de la valla y sobre un cartel roto que anunciaba *La guerra de los zombis*. Lo que más deseaba era saltarla y ver la rosa... seguramente caería postrado de rodillas y la adoraría. Pero las aceras estaban repletas de gente, y ya había atraído la atención de muchas miradas curiosas, algunas de ellas sin duda de personas que, como el vaquero hippy, sabían algo sobre el poder de aquel lugar. Serviría mejor a la poderosa fuerza cantarina que estaba tras esa valla (¿sería la rosa?, ¿podría ser algo más que eso?) protegiéndola. Y eso suponía proteger a Calvin Torre de quien hubiera quemado su tienda.

Cuando todavía estaba pasando las manos por los toscos tablones, llegó a la calle Cuarenta y seis. Al final, en ese mismo lado de la calle, se alzaba la verdosa mole acristalada del hotel Plaza de las Naciones Unidas. «Calla, Callahan —pensó, y a continuación—: Calla, Callahan, Calvin. —Y luego—: El Calla cuatro se viene, hay una rosa que crece. Callahan ven al Calla, Calvin es quien te llama.»

Llegó al final de la valla. Al principio no vio nada, y se sintió hundido. Luego miró hacia abajo, y allí estaban, a la altura de las rodillas: cinco números escritos en color negro. Callahan rebuscó en el bolsillo un lápiz que siempre guardaba allí, luego arrancó la esquina de un cartel de una obra representada fuera de Broadway titulada *El desatascador de mazmorras, revista*. Allí garabateó los cinco números.

No quería irse, pero sabía que debía hacerlo; pensar con claridad tan cerca de la rosa era imposible.

«Volveré —le dijo, y para su complaciente asombro, una idea, clara y verdadera, le respondió—: Sí, padre, en cualquier momento. Ven, commala.»

En la esquina de la Segunda con la Cuarenta y seis, volvió la cabeza y miró hacia atrás. La puerta hacia la Cueva seguía allí, la base del marco flotaba a unos ocho centímetros de la acera. Una pareja de mediana edad, turistas a juzgar por las guías que llevaban en las manos, se aproximaron caminando desde el hotel. Iban charlando entre sí, llegaron a la puerta y se desviaron para rodearla. «No la ven, pero sienten su presencia», pensó Callahan.

¿Y si la acera hubiera estado abarrotada de gente y no hubiera sido posible desviarse? Pensó que en tal caso habrían pasado justo a través del lugar donde pendía y resplandecía, tal vez sin sentir otra cosa que un frío y un vértigo repentinos. Tal vez escucharan, tenuemente, el áspero «sabor» de las campanillas y el olorcillo de algo parecido a cebollas quemadas o a carne chamuscada. Y esa noche, tal vez, tendrían sueños fugaces de lugares mucho más extraños que la ciudad de la diversión.

Podía volver a atravesar la puerta para regresar, seguramente debía pues ya había conseguido lo que había ido a buscar. Sin embargo, dando un rápido y enérgico paseo llegaría a la Biblioteca Pública de Nueva York. Allí, detrás de los leones de piedra, incluso un hombre sin dinero en el bolsillo podría obtener algo de información. La localización de un determinado código postal, por ejemplo. Y, aunque le diera vergüenza confesarlo, todavía no quería irse.

Movió las manos frente a él hasta que el pistolero se dio cuenta de lo que estaba haciendo. Pasando por alto las miradas de los paseantes, Callahan levantó los dedos en el aire una, dos y tres veces, sin la seguridad de que el pistolero lo entendiera. Por lo visto, Roland lo entendió. Hizo un exagerado gesto de asentimiento y luego levantó el dedo pulgar por si acaso.

Callahan partió, caminaba tan deprisa que prácticamente iba corriendo. No podía quedarse mucho tiempo, no importaba lo agradable que resultaba el cambio que suponía estar en Nueva York. Lo que Roland estaba soportando no debía de ser agradable. Además, según Eddie, podía ser peligroso.

OCHO

El pistolero no tuvo problemas para entender el mensaje de Callahan. Treinta dedos, treinta minutos. El padre quería otra media hora en el otro lado. Roland supuso que había pensado en una forma de traducir el número escrito en la valla a una dirección real. Si lo lograba, tanto mejor. La información era poder. Y, algunas veces, cuando se andaba justo de tiempo, era velocidad.

Las balas que llevaba en las orejas ensordecían las voces por completo. El ruido de las campanillas entraba, pero así quedaba amortiguado. Algo por lo que daba gracias, ya que su estruendo era mucho peor que los gorjeos de la raedura. Un par de días escuchándolo y estaría listo para entrar en el manicomio, pero por treinta minutos no pasaba nada. Si las cosas se ponían feas, tiraría algo por la puerta para atraer la atención del padre y conseguir que volviera antes.

Durante un instante, Roland miró la calle que se extendía ante Callahan. Mirar por las puertas de la playa era como mirar a través de los ojos de sus tres: Eddie, Odetta, Jack Mort. Esta era algo distinta. A través de ella veía constantemente la espalda de Callahan o su cara si el padre se volvía para mirar, cosa que solía hacer.

Para pasar el tiempo, Roland se levantó a hojear algunos de los libros que tanto habían significado para Calvin Torre que este había exigido como condición para colaborar en ponerlos a salvo. El primero que Roland cogió tenía la silueta de una cabeza de hombre en la cubierta. El hombre estaba fumando en pipa y llevaba una especie de sombrero de guardabosque. Cort había tenido uno como ese, y de niño, Roland pensaba que era mucho más elegante que el viejo sombrero de diario de su padre con las manchas de sudor y el deshilachado barboquejo. Las palabras que había en el libro eran del mundo de Nueva York. Roland estaba seguro de que podría haberlas leído con facilidad de haber estado en ese otro lado, pero no estaba allí. En esas circunstancias, leyó algunas de ellas, y el resultado fue casi tan enloquecedor como las campanillas.

—Sir-lock Hones —leyó en voz alta—. No, Holmes. Como el apellido paterno de Odetta. Cuatro… movelas… cortas. ¿Movelas? No, no era una «m», era una ∎. Cuatro novelas cortas de Sirlock Holmes. —Abrió el libro, pasando con respeto la mano por la página de créditos y oliéndola después: el perfume picante y ligeramente dulce del auténtico papel viejo. Pudo discernir el título de una de las cuatro novelas cortas: *El signo de los cuatro*. Aparte de las palabras «perro» y «estudio», los títulos de las demás eran un galimatías para él.

—Un signo es un sigul —dijo.

Cuando se dio cuenta de que estaba contando el número de letras del título, tuvo que reírse de sí mismo. Además, solo eran dieciséis. Volvió a dejar el libro y cogió otro, este tenía un soldado dibujado en la cubierta. Consiguió adivinar una palabra del título: «Muerto». Miró otro. Un hombre y una mujer besándose en la portada. Sí, siempre había hombres y mujeres besándose en las historias; a las yentes les gustaba eso. Abrió los ojos ligeramente cuando vio al padre entrando en una enorme habitación llena de libros y de eso que Eddie había llamado «perdiónico». Aunque Roland seguía sin estar seguro de qué había perdido Nico, ni de por qué se había escrito tanto sobre ello.

Cogió otro libro y sonrió al ver la ilustración de la cubierta. Había una iglesia y el sol rojo que se ponía justo detrás de ella. La iglesia se parecía un poco a Nuestra Señora de la Serenidad. Lo abrió y lo hojeó. Había un dela de palabras, pero solo podía distinguir una de cada tres. No tenía ilustraciones. Estaba a punto de dejarlo cuando algo llamó su atención. Más bien le saltó a la vista. Roland dejó de respirar por un instante.

Retrocedió, ya no escuchaba las campanillas del exotránsito, ya no le preocupaba la gran habitación llena de libros en la que Callahan había entrado. Empezó a leer el libro con la iglesia en la cubierta, o a intentar leerlo. Las palabras bailaban como locas delante de sus narices y no podía estar seguro... No mucho. Pero... ¡Dioses! Si estaba viendo lo que creía que estaba viendo...

La intuición le dijo que esa era la llave. Pero ¿de qué puerta?

No lo sabía, no era capaz de leer las palabras suficientes para saberlo. Sin embargo, daba la impresión de que el libro que tenía en las manos estaba a punto de empezar a trepidar. Roland pensó que tal vez ese libro era la rosa...

... Aunque también había rosas negras.

NUEVE

—Roland, ¡lo tengo! Es un pequeño pueblo en el centro de Maine, llamado Stoneham, a unos sesenta y cinco kilómetros al norte de Portland y... —El padre se calló y le dedicó una larga mirada al pistolero—. ¿Qué pasa?

—El sonido de las campanillas —contestó Roland sin dilación—. Incluso con los oídos tapados, ha logrado penetrar.

La puerta estaba cerrada y las campanillas no se oían, pero todavía había voces. El padre de Callahan estaba preguntando en ese momento si Donnie creía que esas revistas que había encontrado debajo de la cama de su hijo eran algo que un chico cristiano debería tener, ¿y si las encontraba su madre? Cuando Roland sugirió que salieran de la cueva, Callahan estaba más que deseando irse. Recordaba esa conversación con su viejo con demasiada claridad. Había acabado con los dos rezando juntos a los pies de su cama, y los tres *Playboy* en la incineradora de la parte trasera de la casa.

Roland devolvió la caja labrada a la bolsa rosa y una vez más la guardó con cuidado detrás de la estantería donde se encontraban los valiosos libros de Torre. Ya había devuelto a su sitio el libro con la iglesia en la cubierta, lo puso con el título del lomo al revés para poder volver a localizarlo con rapidez.

Salieron y se quedaron uno al lado del otro, respirando hondamente el aire fresco.

—¿Estás seguro de que solo eran campanillas? —le preguntó Callahan—. Amigo, tienes cara de haber visto un fantasma.

—Las campanillas del exotránsito son peores que los fantasmas —afirmó Roland.

Eso podría ser cierto o no, aunque por lo visto satisfizo a Callahan. Cuando emprendieron el camino de descenso, Roland recordó la promesa que le había hecho a los demás y, lo que era más importante, a sí mismo: no más secretos en el tet. ¡Qué rápido se había prestado a incumplir esa promesa! Aunque consideraba que había hecho lo correcto. Al menos conocía algunos de los nombres que salían en ese libro. Los demás también los conocerían, más tarde tendrían que hacerlo, si el libro era tan importante como creía que podría ser. Sin embargo, en ese momento, no haría más que distraerlos del asunto más inmediato: los lobos. Si lograban ganar esa batalla, entonces, tal vez...

—Roland, ¿estás seguro de que estás bien?

—Sí. —Le dio una palmadita en el hombro a Callahan. Los otros podrían leer el libro y al hacerlo podrían descubrir lo que significaba. A lo mejor, la historia del libro no era más que una invención... pero ¿cómo iba a serlo si...?

—¿Padre?

—¿Sí, Roland?

—Una novela es una historia, ¿verdad?, ¿una historia inventada?

—Sí, una historia larga.

—Pero es una fantasía.

—Sí, eso es lo que significa la ficción. Fantasía.

Roland lo pensó. *Charlie el Chu-Chú* también había sido una fantasía, solo que en muchos sentidos, en muchos sentidos de vital importancia, no lo había sido. Y el nombre del autor había cambiado. Había muchos mundos diferentes, todos unidos por la Torre. A lo mejor...

No, ahora no. No debía pensar en eso en aquel momento.

—Hábleme del pueblo donde han ido Torre y su amigo —dijo Roland.

—En realidad, no puedo. Lo busqué en una de las guías telefónicas de Maine, eso es todo. También había un mapa simplificado de códigos postales que indicaba su ubicación.

—Bien, eso está muy bien.

—Roland, ¿estás seguro de que estás bien?

«Calla —pensó Roland—. Callahan.» Se obligó a reír. Se obligó a darle otra palmadita en el hombro a Callahan.

—Estoy bien —aseguró—. Ahora volvamos al pueblo.

V

LA REUNIÓN DE LAS YENTES

UNO

Tian Jaffords jamás había estado tan asustado en su vida como estaba cuando se encontraba de pie en el escenario del Pabellón mirando hacia las yentes de Calla Bryn Sturgis. Sabía que seguramente no serían más de quinientos, seiscientos como mucho, pero a él le parecía una multitud, y su tenso silencio resultaba desconcertante. Miró a su mujer en busca de consuelo, pero no lo encontró. El rostro de Zalia parecía chupado, oscuro y transido de dolor, era el rostro de una anciana y no el de una mujer que todavía estaba en sus años de fertilidad.

La atmósfera de esa tarde a última hora tampoco le proporcionó tranquilidad. En lo alto, el cielo era de un azul cristalino y despejado, pero estaba demasiado oscuro para ser las cinco en punto. Había un enorme cúmulo de nubes hacia el sudoeste, y el sol se había ocultado tras ellas mientras Tian iba subiendo la escalera hacia el escenario. Era lo que su abuelo habría llamado tiempo raro; de mal fario, digo gracias. En la sempiterna oscuridad de Tronido, los rayos destellaban como enormes luces de chispa.

«Si llego a saber que sería así, jamás lo habría empezado —pensó desesperado—. Y esta vez no habrá padre Callahan que valga para sacarme las castañas del fuego.» Aunque Callahan estaba allí, de pie, con Roland y sus amigos —los de los gruesos calibres—, con los brazos cruzados sobre la sencilla camisa negra de cuello camisero y la cruz de Jesús Hombre colgada encima.

Se dijo a sí mismo que no debía ser idiota, que Callahan lo ayudaría y que los forasteros de otro mundo también lo ayudarían. Estaban allí para ayudar. El código que seguían les obligaba a ayudar, aunque eso significase su destrucción y el fin de fuera cual fuese la misión a la que se habían encomendado. Se dijo que lo único que tenía que hacer era presentar a Roland, y Roland se acercaría. Con anterioridad, el pistolero había aparecido una vez sobre el escenario, había bailado el commala y se había ganado el corazón de los presentes. ¿Es que Tian dudaba de que volviera a ganarse su corazón? A decir verdad, no lo dudaba. Lo que le asustaba de todo corazón era que en esta ocasión bailase una danza de la muerte en lugar de una danza que celebrase la vida. Porque la muerte era lo que ese hombre y sus amigos rondaban; era su pan de cada día. Era el sorbete que tomaban para aclararse el paladar cuando habían terminado de comer. En esa primera reunión —¿podía haber sido hacía menos de un mes?—, Tian había hablado instado por la amarga desesperación, pero un mes era suficiente para valorar las consecuencias. ¿Y si aquello era un error? ¿Y si los lobos quemaban todo el Calla con sus varas de luz, se llevaban por última vez a cuantos niños se les antojaba y hacían volar por los aires a todos los que quedaban —ancianos, jóvenes y adultos— con sus esferas zumbonas de la muerte?

El Calla reunido permanecía esperando a que empezase. Los Eisenhart, los Overholser, los Javier y los Took eran innumerables (aunque no había mellizos entre estos últimos de la edad que les gustaban a los lobos, ah, no, tal era la suerte de los Took); Telford estaba con los hombres y su mujer, rellenita aunque de rasgos afilados, con las mujeres; estaban los Strong, los Rossiter, los Slightman, los Hand, los Rosario y los Posella; una vez más los mannis se apiñaron como una oscura mancha de tinta; Henchick, su patriarca, estaba con el joven Cantab, quien era queridísimo por los niños; Andy, otro favorito de los críos, se encontraba de pie a un lado con sus finos brazos metálicos en jarras y sus ojos de color azul eléctrico destellando en la penumbra; las Hermanas de Oriza se dispusieron en una fila como pájaros sobre una valla metálica (la mujer de Tian se encontraba entre ellas); y también estaban los vaqueros, los jornaleros, los huéspedes, incluso el viejo Bernardo, el borrachín del pueblo.

A la derecha de Tian, los que habían llevado la pluma se removían con cierta incomodidad. En circunstancias normales, una pareja de mellizos era más que suficiente para coger la pluma de opopánax; en la mayoría de los casos, la gente sabía con bastante antelación qué ocurría, y llevar la pluma no era más que una formalidad. Esa vez (había sido idea de Margaret Eisenhart), tres parejas de mellizos habían ido juntas con la pluma sagrada, llevándola del pueblo a los minifundios, de allí a los ranchos y de allí a las granjas en una biga conducida por Cantab, que iba sentado inusitadamente en silencio en la parte delantera, chasqueando la lengua a una pareja de mulas marrones de la misma clase que necesitaban muy poca ayuda de tipos como él. Los mayores, con veintitrés años, eran los mellizos Haggengood, nacidos el año de la última batida de los lobos (y feos como un pecado a ojos de la mayoría de las yentes, aunque valiosos trabajadores esforzados, digamos gracias). A continuación iban los mellizos Tavery, esos hermosos muchachos del pueblo que dibujaban mapas. Al final (y eran los más jóvenes, aunque los mayores de la prole de Tian) iban Heddon y Hedda. Y fue Hedda quien lo animó a seguir adelante. Tian cruzó la mirada con ella y vio que su buena (aunque inexpresiva) hija se había percatado del miedo de su padre y estaba a punto de ponerse a llorar.

Eddie y Jake no eran los únicos que oían voces de otros en la cabeza; ahora Tian oía la voz de su abuelo. No oía a Jamie tal como era en la actualidad, un viejo chocho y casi desdentado, sino como había sido hacía veinte años: anciano aunque todavía capaz de darte un tortazo en el Camino del Río si le contestabas con descaro o te entretenías en una cuesta pronunciada. El Jamie que una vez les había plantado cara a los lobos. Tian lo dudaba de vez en cuando, pero ya no lo dudó más, porque Roland lo creía.

«¡Entonces, hale! —gruñó la voz de su interior—. ¿Qué cavilas tanto que te atravanca, mendrugo? Solo tiés que decir su nombre y apartarte, ¿no? Aluego después, lo dejas a él que haga lo demás, ya veremos si es pa bien o pa mal.»

Aun así, Tian miró durante un instante más a la multitud en silencio, la mayoría de los presentes estaban rodeados por antorchas que no cambiaban de color —porque aquello no era una fiesta—, sino que brillaban con una luz anaranjada constante.

Quería decir algo, tal vez necesitase decir algo. Aunque solo fuera para reconocer que él tenía parte de mérito en esto. Pa bien o pa mal.

En la oscuridad del este, los rayos lanzaban silenciosas explosiones.

Roland, que estaba de pie con los brazos cruzados como el padre, intercambió una mirada con Tian e hizo un rápido gesto de asentimiento dirigido a él. Incluso bajo la cálida luz de la antorcha, la mirada azul del pistolero resultaba fría. Casi tan fría como la de Andy. Aun así, fue todo el ánimo que Tian necesitó.

Cogió la pluma y la sostuvo ante sí. Incluso la respiración del público pareció cesar. En algún lugar alejado del pueblo, un herrumbrero graznó como para frenar el avance de la noche.

—No hace mucho me puse en pie en vuestro Salón de Actos y os dije lo que creía —dijo Tian—. Que cuando los lobos lleguen, no se llevarán solo a nuestros niños, sino nuestros corazones y nuestras almas. Cuando nos roban y nosotros nos apartamos, nos hacen un tajo cada vez más profundo. Si se abre una brecha de profundidad suficiente en un árbol, este muere. Si se abre una brecha de profundidad suficiente en un pueblo, también muere.

La voz de Rosalita Muñoz, quien no había tenido hijos jamás, sonó en la penumbra agonizante del día con una clara ferocidad:

—Dices verdad, ¡te digo gracias! Atendedle, yentes, atendedle bien.

—Atendedle, atendedle, atendedle bien. —El murmullo de esa frase se propagó entre los allí presentes.

—El padre se puso en pie esa noche y nos contó que había unos pistoleros procedentes del noroeste, que llegarían a través del Bosque Medio por el Camino del Haz. Algunos se burlaron, pero el padre decía verdad.

—Decimos gracias —respondieron—. El padre decía verdad.

Y se oyó la voz de una mujer:

—¡Roguemos a Jesús! ¡Roguemos a María, madre de Dios!

—Han estado entre nosotros todos estos días desde entonces. Cualquiera que haya querido hablar con ellos ha podido hacerlo. No han prometido otra cosa que ayudarnos...

—Y como sigan adelante, dejarán ruinas ensangrentadas

a su paso, ¡como si fuéramos tan tontos como para permitirlo! —gruñó Eben Took.

La multitud lanzó un grito sordo y ahogado. Cuando se fue silenciando, Wayne Overholser dijo:

—Cierra el pico, pedazo de bocazas.

Took se volvió para mirar a Overholser, el gran hacendado del Calla y el mejor cliente de Took, con una mirada de profunda sorpresa.

—Su dinh es Roland Deschain de Gilead —dijo Tian. Lo sabían, aunque la mención de nombres tan legendarios seguía provocando un murmullo bajo que era casi un gemido—. Del Mundo Interior. ¿Le atenderéis? ¿Qué decís, yentes?

Su respuesta no tardó en alzarse en forma de grito:

—¡Lo atenderemos! ¡Lo atenderemos hasta el final! ¡Lo atenderemos bien, decimos gracias!

Se oyó un tenue y rítmico sonido explosivo que al principio Tian fue incapaz de identificar. Entonces se dio cuenta de lo que era y estuvo a punto de echarse reír. Ese era el sonido del taconeo de los botines, no sobre los tablones del Salón de Actos, sino sobre la hierba de lady Riza.

Tian extendió una mano y Roland dio un paso hacia delante. El sonido del taconeo se elevó cuando lo hizo. Las mujeres se habían unido al pataleo, haciéndolo lo mejor que podían con su calzado blando de pueblo. Roland subió los escalones. Tian le entregó la pluma y abandonó el escenario. Cogió de la mano a Hedda e hizo una señal a los demás mellizos para que pasaran delante de él. Roland se quedó en pie con la pluma levantada ante sí, cogía el antiguo pedúnculo laqueado con unas manos que ahora solo contaban con ocho dedos. Al final, el ruido producido por el taconeo de zapatos y botines se acalló. Las teas crepitaron y lanzaron chispas, que iluminaron las caras de las yentes y dejaron ver su esperanza y su miedo con toda claridad. El herrumbrero lanzó su llamada y calló. Al este, un enorme rayo partió en dos la oscuridad.

El pistolero permaneció en pie, mirándolos.

DOS

Durante lo que pareció un largo rato, mirar fue lo único que hizo. En todas las miradas y en todos los ojos asustados leía lo mismo. Lo había visto muchas veces antes y era fácil de adivinar. Esa gente estaba hambrienta. De buen grado habrían comprado algo para comer, para llenar sus inquietos estómagos. Recordó al pastelero que recorría las calles de los barrios bajos del pueblo en los días más calurosos del verano, y cómo su madre lo llamaba seppe-sai por lo enfermo que podían ponerte esos pasteles. Seppe-sai significaba vendedor de muerte.

«Ea —pensó—, pero mis amigos y yo no cobramos.»

Al pensar esto, se le iluminó la cara con una tímida sonrisa. Ese gesto restó años al escarpado mapa de su rostro, y una mirada de nervioso alivio se reflejó en la multitud. Empezó tal como lo había hecho con anterioridad:

—Bien hallados somos en el Calla, atendedme, os lo ruego.

Silencio.

—Os habéis abierto a nosotros. Nosotros nos hemos abierto a vosotros. ¿No es así?

—¡Ea, pistolero! —respondió Vaughn Eisenhart—. ¡Ea!

—¿Comprendéis lo que somos y aceptáis lo que hacemos?

Fue Henchick de los mannis quien respondió esta vez:

—Ea, Roland, por el Libro y decimos gracias. Vos sois de Eld, el Blanco que ha llegado para enfrentarse al Negro.

Esta vez el suspiro de la multitud fue prolongado. En algún lugar al fondo de la sala, una mujer empezó a gimotear.

—Yentes del Calla, ¿buscáis nuestra ayuda y auxilio?

Eddie se puso tenso. Esta pregunta había sido realizada a muchos individuos durante sus semanas en Calla Bryn Sturgis, pero creía que preguntarla allí era extremadamente arriesgado. ¿Y si decían que no?

Pasado un instante, Eddie se dio cuenta de que no tenía que haberse preocupado; al evaluar a su público, Roland fue más astuto que nunca. En realidad, algunos dijeron que no —una pizca de los Haycox, un picotín de los Took y un pequeño puñado de los Telford lideraban a los que estaban en contra—, pero la mayoría de las yentes lanzaron un sentido e inmediato: «Ea, decimos gracias». Unos pocos —entre los que destacaba Overholser— no se pronunciaron. Eddie pensó que, en la mayoría de los casos, esa era la postura más inteligente. En cualquier caso, la más diplomática. Sin embargo, no era el momento de dejarse llevar por lo que haría la mayoría; era el momento de la elección más extraordinaria a la que jamás se enfrentaría ese pueblo. Si el Ka-tet de los Diecinueve vencía a los lobos, las gentes de este pueblo recordarían a quienes habían dicho que no y a quienes no habían dicho nada. Le dio por especular si Wayne Dale Overholser seguiría siendo el gran granjero de esos lares dentro de un año.

No obstante, Roland inició su garla y Eddie volcó toda la atención en él. Su admirada atención. Al haber crecido dónde y cómo había crecido, Eddie había escuchado muchas mentiras. Él se había contado muchas a sí mismo, algunas de ellas muy buenas. Sin embargo, cuando Roland había llegado a la mitad de su perorata, Eddie se dio cuenta que jamás había estado en presencia de un verdadero genio de la falsedad hasta esa noche en Calla Bryn Sturgis. Y...

Eddie echó un vistazo a su alrededor y luego hizo un gesto de asentimiento, satisfecho.

Se estaban tragando todo lo que decía.

TRES

—La última vez que estuve sobre este escenario ante vosotros —empezó a decir Roland—, bailé el commala. Esta noche...

George Telford lo interrumpió. Era demasiado empalagoso para el gusto de Eddie y se pasaba de listo, pero admiró el valor de aquel hombre, que habló como lo hizo cuando la corriente iba tan claramente en otra dirección.

—Ea, lo recordamos, lo bailaste bien. ¿Cómo bailas el mortata? Roland, dímelo, te lo ruego.

Se oyeron murmullos de desaprobación entre la multitud.

—No importa cómo lo baile —respondió Roland, en absoluto molesto—, porque mis días de baile en el Calla han terminado. Hemos trabajo en este pueblo, los míos y yo. Habéis hecho que nos sintamos bienvenidos, y os decimos gracias. Nos habéis pedido que acudamos, habéis buscado nuestra ayuda y nuestro auxilio, así que ahora yo os ruego que me atendáis muy bien. En menos de una semana llegarán los lobos.

Se oyó un suspiro de asentimiento. Puede que el tiempo se hubiera vuelto escurridizo, pero incluso las yentes de las llanuras podían aguantar cinco días más.

—La noche de la víspera, llevaré a todos los mellizos menores de diecisiete años allí.

Roland señaló hacia la izquierda, donde las Hermanas de Oriza habían levantado una tienda. Esa noche había una gran cantidad de niños presentes, aunque de ninguna forma eran el cerca del centenar que estaba en peligro. A los mayores se les había asignado la tarea de atender a los más pequeños mientras durase la reunión y, de cuando en cuando, alguna de las Hermanas iba a ver si todo seguía bien.

—En esa tienda no cabrán todos, Roland —observó Ben Slightman.

Roland sonrió.

—Pero sí en una más grande, Ben, y supongo que las Hermanas podrán encontrar una.

—Ea, ¡y les prepararemos un banquetazo que no olvidarán jamás! —exclamó con valor Margaret Eisenhart.

Una risa sincera fue la respuesta, que fue apagándose hasta ser contenida. Muchos de los allí presentes pensaron sin duda que si al final resultaba que los lobos ganaban, la mitad de los niños que pasaran la Noche del Lobo en la Pradera no serían capaces de recordar sus nombres dentro de una semana o dos, ni que decir tiene lo que habían comido.

—Los haré dormir aquí para que podamos ponernos en marcha a primera hora de la mañana siguiente —dijo Roland—. Por lo que me han contado, no hay forma de saber si los lobos llegarán al amanecer, por la noche o al mediodía. Quedaríamos como unos idiotas si llegasen al alba y los cogiesen justo aquí, a cielo abierto.

—¡¿Que evitarás que lleguen un día antes?! —gritó Eben Took

de mal humor y con agresividad—. ¿O en plena noche de lo que tú llamas la Noche del Lobo?

—No pueden —se limitó a responder Roland. Y, basándose en la declaración de Jamie Jaffords, estaban casi seguros de que aquello era cierto. La historia del viejo era la razón que tenían para dejar en libertad a Andy y a Ben Slightman durante los cinco días y noches siguientes—. Vienen de lejos y no todos viajan a lomos de un caballo. Tienen el plan establecido con mucha antelación.

—¿Cómo lo sabes? —preguntó Louis Haycox.

—Será mejor que no os lo diga —respondió Roland—. Puede que los lobos tengan las orejas demasiado largas.

A continuación se produjo un silencio que reflejaba consternación por lo dicho.

—La misma noche, la Noche del Lobo, tendré una docena de carros biga aquí, los más grandes del Calla, para que conduzcan a los niños hacia el norte del pueblo. Yo escogeré a los conductores. También los acompañarán sus cuidadores y se quedarán con ellos cuando llegue la hora. Y no tenéis que preguntarme adónde irán, es mejor no hablar de eso tampoco.

Por supuesto que la mayoría de ellos pensaron que ya sabían dónde serían llevados sus hijos: a la vieja Gloria. Como Roland bien sabía, las noticias volaban. Ben Slightman había pensado que sería un lugar algo más alejado, como la Petirrojo Dos, al sur de la Gloria, y eso también estaba bien.

George Telford exclamó:

—No lo escuchéis, yentes, ¡os lo ruego! E incluso si escucháis, por vuestras almas y la vida de este pueblo, ¡no hagáis lo que dice! ¡Lo que está diciendo es una locura! ¡Ya hemos intentado esconder a nuestros hijos antes y no funciona! Y aunque funcionase, seguramente vendrían y se vengarían quemando el pueblo, lo quemarían entero...

—¡Silencio, cobarde! —exclamó Henchick, su voz sonó tan seca como un latigazo.

Telford habría dicho más pesase a quien pesase, pero su hijo mayor lo cogió del brazo y lo hizo callar. Y menos mal. El taconeo de los botines había vuelto a empezar. Telford miró a Eisenhart con cara de incredulidad, pensando algo con la claridad de un grito: «¿No querrás decir que formas parte de esta locura, verdad?».

El floreciente ranchero sacudió la cabeza.

—No me mires así, George. Yo estoy con mi mujer, y ella está con el Eld.

Un aplauso generalizado fue la respuesta. Roland esperó a que se acallara.

—El ranchero Telford dice verdad. Los lobos seguramente sabrán dónde hemos ocultado a los niños. Y cuando lleguen, mi ka-tet estará allí para recibirlos. No será la primera vez que nos enfrentemos a los de su calaña.

Se oyeron bramidos de aprobación y de nuevo el tenue pataleo de las botas. Algunos aplausos rítmicos. Telford y Eben Took miraban a su alrededor con los ojos abiertos de par en par, como hombres que descubrieran que acababan de despertar en un manicomio.

Cuando el Pabellón volvió a quedar en silencio, Roland dijo:

—Algunas lugareñas han accedido a resistir con nosotros, yentes con buenas armas. Repito, no es algo que tengáis que saber precisamente ahora.

Aunque, por supuesto, el «algunas» fue bastante revelador para quienes todavía no sabían nada sobre las Hermanas de Oriza. Eddie se maravilló una vez más de la forma en que los estaba manipulando; no estaba siendo muy agradable. Miró a Susannah, que entornó los ojos y le dedicó una sonrisa, aunque la mano que le puso en el hombro estaba fría. Quería que aquello se acabase, y Eddie sabía exactamente cómo se sentía.

Telford lo intentó una última vez.

—Yentes, ¡atendedme! ¡Todo esto ya se ha intentado antes!

Fue Jake Chamber quien respondió.

—No ha sido intentado por pistoleros, sai Telford.

La respuesta del público fue un enardecido gruñido de aprobación. Se produjeron más pataleos y aplausos. Al final, Roland tuvo que levantar las manos para acallarlos.

—La mayoría de los lobos irá allí donde crea que estén los niños, y allí es donde nos enfrentaremos a ellos —dijo—. En realidad, grupos más pequeños podrían atacar las granjas y los ranchos, algunos podrían entrar en el pueblo. Y, ea, podrían producirse algunos incendios.

Las yentes escuchaban en silencio y con respeto, asintiendo con la cabeza, llegaban al final de cada frase antes que él. Como él había deseado que hicieran.

—Un edificio incendiado puede sustituirse por uno nuevo. Un niño arrunado no.

—Ea —afirmó Rosalita—. Ni tampoco un corazón arrunado.

Se oyeron murmullos de aprobación, la mayoría de ellos de mujeres. En Calla Bryn Sturgis (como en la mayoría de lugares), los hombres en estado de sobriedad no eran muy dados a hablar de su corazón.

—Atendedme ahora, porque os diré esto y no mucho más: sabemos exactamente qué son esos lobos. Jamie Jaffords nos ha contado lo que en realidad sospechábamos.

Se oyeron murmullos de sorpresa y todos volvieron la cabeza. Jamie, que se encontraba junto a su nieto, logró enderezar su encorvada espalda durante un instante y llegó a sacar su hundido pecho. Lo único que esperaba Eddie era que el viejo zoquete estuviera tranquilito mientras Roland decía lo que tenía preparado a continuación. Si se sentía confundido y contradecía la historia que Roland estaba a punto de contar, la misión del ka-tet se complicaría muchísimo. Lo menos grave que podía ocurrir es que tuvieran que atrapar a Slightman y a Andy antes. Y si Finli o'Tego, la voz a la que Slightman dio su informe en el Dogan, no volvía a tener noticias de esos dos antes del día de los lobos, resultaría sospechoso. Eddie sintió que la mano que tenía sobre el brazo se movía. Susannah acababa de cruzar los dedos.

CUATRO

—No hay criaturas vivientes bajo las máscaras —afirmó Roland—. Los lobos son muertos vivientes al servicio de los vampiros que gobiernan Tronido.

Un sonoro sobrecogimiento general fue la respuesta a esa engañifa cuidadosamente elaborada.

—Son lo que mis amigos Eddie, Susannah y Jake llaman zombis. No se les puede matar con un arco, ni con una ba ni con balas a menos que se les dé en el cerebro o en el corazón. —Roland se dio un golpe en el lado izquierdo del pecho con énfasis—. Y, por supuesto, cuando llegan para sus batidas, van ataviados con una pesada armadura bajo las ropas.

Henchick estaba asintiendo con la cabeza. Muchos de los demás hombres y mujeres mayores, las yentes que recordaban bien a los lobos que no habían atacado el pueblo solo una vez sino dos, estaban haciendo lo mismo.

—Eso explica muchas cosas —dijo—. Pero ¿cómo…?

—Darles en el cerebro está fuera de nuestro alcance, por los cascos que llevan bajo las capuchas —prosiguió Roland—, pero vimos a esa clase de criaturas en Lud. Su debilidad reside aquí. —De nuevo se golpeó el pecho—. Los muertos vivientes no respiran, sino que tienen una especie de branquias encima del corazón. Si la protegen con una armadura, mueren. Así es cómo los venceremos.

A este comentario le siguió un murmullo grave de conversación sobre lo dicho.

—Eso no pué ser verdad, porque Molly Doolin le dio a uno ella solita con el plato, y ni asín diñó, pero el bicho se cayó —intervino el abuelo con voz chillona y exaltada.

La mano de Susannah apretó aún más el brazo de Eddie, lo suficiente para que sintiera cómo se le clavaban sus uñas cortas, pero cuando la miró, ella estaba sonriendo a pesar suyo. Vio una expresión similar en el rostro de Jake. «Eres lo bastante genioso a la hora de la verdad, viejo —pensó Eddie—. Siento haber dudado de tu palabra. ¡Dejemos que Andy y Slightman crucen el río e informen a ese infeliz de mierda!» Le había preguntado a Roland si ellos (el «ellos» sin rostro que estaba representado por alguien que se hacía llamar Finli o'Tego) se tragarían esa patraña. «Hace más de cien años que realizan sus batidas en esta margen del Whye y no han perdido ni un solo combatiente —había respondido Roland—. Creo que se creerían cualquier cosa. A estas alturas, su verdadero punto flaco es su autocomplacencia.»

—Traed a vuestros mellizos aquí a las siete en punto la Noche del Lobo —dijo Roland—. Habrá mujeres, Hermanas de Oriza, que os conste, con unas listas escritas en pizarras. Irán tachando los nombres de las parejas a medida que entren. Espero poder haber tachado todos los nombres antes de las nueve en punto.

—¡No va a tachar a ninguno de los míos! —gritó una voz furibunda desde el fondo de la multitud.

El poseedor de la voz empujó a varias personas y avanzó hasta acercarse a Jake. Era un hombre rechoncho y bajo que poseía un minifundio con plantación de arroz en un lugar alejado del sur. Roland rebuscó entre el desordenado almacenamiento de sus recuerdos recientes (desordenado, sí, aunque jamás tiraba nada) y al final encontró el nombre: Neil Faraday. Uno de los pocos que no habían estado en casa cuando Roland y su ka-tet había ido a llamarlos... o al menos no habían estado en casa para recibirles. Un buen trabajador, según Tian, aunque mejor bebedor. Sin duda tenía pinta de serlo. Tenía ojeras bajo los ojos y un entramado de capilares violáceos reventados en ambas mejillas. Iba desaliñado, muy pero que muy desaliñado. Aun así, Telford y Took le lanzaron una mirada agradecida y sorprendida. «Otro hombre cuerdo en el manicomio —quería decir esa mirada—. ¡Gracias a los dioses!»

—Senllevarán a mis críos de toas toas y jamuscarán este pueblo hasta las zampas —dijo, hablando con un acento que hacía que sus palabras fueran casi incomprensibles—. Empero, na más senllevarán a uno de cada semilla mía y entavía me quearía con tres. Y a lo mejor mi menda no vale más que un peo pollo, pero mis sembraos non. —Faraday echó un vistazo a los habitantes del pueblo con una expresión de desprecio sardónico—. Que os jamusquen a vosotros, mal rayo os parta —dijo—. Imbéciles del cagarro. —Y volvió a confundirse entre la multitud, dejando a un sorprendente número de personas con aspecto agitado y reflexivo. Había hecho más para cambiar el ímpetu de la multitud con su desdeñosa (por lo menos, para Eddie) e incomprensible diatriba de lo que Telford y Took habían logrado juntos.

«Puede que sea un pelagatos, pero dudo que tenga problemas para que Took le fíe durante un año o más —pensó Eddie—. Si la tienda sigue existiendo, claro.»

—Sai Faraday tiene derecho a expresar su opinión, pero espero que la cambie durante estos pocos días que quedan —dijo Roland—. Espero que vosotros le ayudéis a cambiarla, porque si no lo hace, puede quedarse no con tres niños, sino con ninguno. —Levantó la voz y la dirigió hacia el lugar donde se encontraba Faraday, que tenía el ceño fruncido—. Entonces podrá comprobar lo que le gusta trabajar en su cultivo sin más ayuda que la de dos mulas y su mujer.

Telford avanzó hacia el borde del escenario, tenía la cara roja de rabia.

—¿Es que eres capaz de decir cualquier cosa para defender tu postura, desalmado? ¿Eres capaz de contar cualquier mentira?

—Yo no miento ni estoy en posesión de la verdad —respondió Roland—. Si le he dado a alguien la impresión de saber todas las respuestas cuando hace menos de una estación no sabía siquiera que los lobos existían, ruego vuestro perdón. Pero dejad que os cuente una historia antes de daros las buenas noches. Cuando era niño, en Gilead, antes del advenimiento del Hombre Bueno y el gran incendio que lo siguió, había una granja de árboles al este de la baronía.

—¡¿Quién a oído hablar jamás de granjas de árboles?! —gritó alguien con sorna.

Roland sonrió y asintió con la cabeza.

—Tal vez no fueran árboles corrientes, ni siquiera fustaferros, sino que eran floros, una maravillosa madera ligera, aunque resistente. La mejor madera para los barcos que jamás ha existido. Un fino listón de esta madera prácticamente flota en el aire. Tenían más de cuatrocientas hectáreas de tierra, decenas de miles de árboles de fustafloros, dispuestos en hileras perfectas, vigiladas por el silvicultor de la baronía. Y la norma, de la que nunca se conseguía excedencia ni mucho menos se incumplía, era la siguiente: talar dos, plantar tres.

—Ea —dijo Eisenhart—. Sucede algo bastante similar con el ganado normal y con el ganado encauzado; lo que se aconseja es conservar cuatro por cada uno que vendes o sacrificas. No hay muchos que se puedan permitir hacer eso.

Roland paseó la mirada por la multitud.

—Durante la estación de verano en que cumplí diez años, una plaga afectó al bosque de fustafloros. Las arañas cubrieron con sus telas blancas las ramas más altas de algunos árboles, y esos murieron de follaje para abajo, se pudrían y caían por su propio peso mucho antes de que la plaga hubiera llegado a las raíces. El silvicultor vio lo que estaba ocurriendo y ordenó que todos los árboles sanos fueran tallados de inmediato. Se hizo para salvar la madera mientras todavía era posible, ¿lo entendéis? Se había acabado lo de talar dos y plantar tres, porque la norma ya no tenía sentido. El verano siguiente, los bosques de floros al este de Gilead habían desaparecido.

Un profundo silencio se hizo entre las yentes. El día había decaído hasta convertirse en una noche prematura. Las teas silbaban. Todas las miradas estaban clavadas en el rostro del pistolero.

—Aquí, en el Calla, los lobos talan niños. Y ni siquiera tienen que tomarse la molestia de plantarlos, porque, atendedme, eso ya lo hacen los hombres y las mujeres, incluso los niños lo saben. «Mi papa no es un zoquete / mama planta el commala / pues sabe qué hacer tiene.»

Se oyó un murmullo entre las yentes.

—Los lobos recolectan, luego esperan. Recolectan... y esperan. A ellos les ha funcionado, porque los hombres y las mujeres siempre plantan nuevos niños, no importa qué les ocurra. Pero ahora llega algo nuevo, ahora llega la plaga.

Took empezó a decir:

—Ea, dices verdad, vosotros sois la plaga...

Entonces alguien le quitó el sombrero de un manotazo. Eben Took se volvió, buscó al culpable y vio unas cincuenta caras de pocos amigos. Recogió el sombrero con brío, se lo apoyó en el pecho y no dijo más.

—Si ven que aquí se les ha acabado lo de recolectar niños —dijo Roland—, esta última vez no solo se llevarán mellizos, esta vez se llevarán a los que puedan ponerles la mano encima mientras haya cosecha. Así que traed a vuestros pequeños aquí a las siete. Ese es el mejor consejo que puedo daros.

—¿Qué opción les has dejado? —preguntó Telford. Estaba pálido de rabia y furia.

Roland ya estaba harto de él. Su voz se elevó hasta convertirse en un grito, y Telford retrocedió por la intensidad repentina de la mirada de esos ojos azules deslumbrantes.

—Los tuyos no tienen de qué preocuparse, sai, porque tus hijos ya son mayores, como sabe todo el pueblo. Ya has tenido tu turno de palabra. Ahora ¿por qué no te callas?

Un estruendo de aplausos y pataleo de botas fue la respuesta. Telford aguantó los bramidos y abucheos cuanto pudo. Agachó la cabeza entre los hombros caídos como un toro a punto de arremeter, se volvió y empezó a abrirse camino entre la multitud. Took lo siguió. Pasados unos minutos, hubieron desaparecido. No mucho después, la reunión terminó. No hubo votación; Roland no les había dado nada por lo que votar.

Mientras empujaba la silla de Susannah hacia los refrigerios, Eddie volvió a pensar que no había sido en absoluto agradable.

CINCO

No mucho después, Roland abordó a Ben Slightman. El capataz estaba de pie bajo uno de los pilares del porche, manteniendo en equilibrio una taza de café y un plato con un trozo de pastel. Roland también tenía pastel y café. Sobre la hierba, la tienda de los niños se había convertido por el momento en la tienda de los refrigerios. Una larga cola de gente que esperaba serpenteaba hasta ella. Se oían conversaciones en voz baja, pero pocas risas. Más cerca, Benny y Jake jugaban a tirar una pelota de goma, dejando de vez en cuando que Acho participase. El brambo ladraba de felicidad, pero los muchachos parecían tan apagados como la gente que esperaba en la cola.

—Has hablado bien esta noche —dijo Slightman, y chocó su taza de café contra la de Roland.

—¿Lo dices en serio?

—Sea. Por supuesto que estaban preparados, como creo que

ya sabes, pero Faraday debe de haber sido una sorpresa para ti, y te has defendido bien.

—Solo he dicho la verdad —respondió Roland—. Si lo lobos pierden a suficientes miembros de su ejército, cogerán lo que puedan y cortarán por lo sano. A las leyendas les crece la barba, y treinta y tres años es mucho tiempo para dejarse una bien larga. Las yentes del Calla suponen que hay miles de lobos en Tronido, tal vez millones, aunque dudo que eso sea cierto.

Slightman lo estaba mirando con sincera fascinación.

—¿Por qué?

—Porque las cosas se están agotando —se limitó a decir Roland, y luego añadió—: Necesito que me prometas algo.

Slightman lo miró con cautela. Los cristales de sus gafas centelleaban a la luz de las teas.

—Si puedo, Roland, lo haré.

—Asegúrate de que tu chico está aquí cuatro noches a partir de hoy. Su hermana está muerta, pero dudo que eso lo convierta en un hijo único para los lobos. Es muy probable que todavía posea lo que vienen a buscar.

Slightman no hizo ningún esfuerzo por ocultar su alivio.

—Ea, aquí estará. Jamás se me ocurriría hacer otra cosa.

—Bien. Y tengo una misión para ti, si es que puedes realizarla.

La mirada cautelosa reapareció.

—¿De qué misión se trata?

—Al principio pensaba que seis personas serían suficientes para vigilar a los niños mientras nosotros nos ocupamos de los lobos, pero entonces Rosalita me preguntó qué iba a hacer si se asustaban y les entraba el pánico.

—Ya, pero los tendrás en una cueva, ¿verdad? —preguntó Slightman, bajando la voz—. Los pequeños no pueden ir muy lejos dentro de una cueva, aunque se asusten.

—Lo bastante lejos como para llegar a una pared y romperse la crisma o caer por un agujero en la oscuridad. Si uno empezara la estampida por los gritos, el humo y el fuego, podrían caer todos en un agujero. He decidido que será mejor tener a diez personas vigilando a los pequeños. Me gustaría que tú fueras una de ellas.

—Roland, me halagas.

—¿Eso es un sí?

Slightman hizo un gesto de asentimiento. Roland lo miró.

—Sabes que si perdemos, los que vigilen a los niños pueden morir.

—Si pensase que ibais a perder, jamás hubiera accedido a estar allí con los pequeños. —Hizo una pausa—. Ni a enviar a los míos.

Slightman bajó la voz aún más.

—Gracias, Ben, eres un buen hombre.

—¿Cuál de las minas va a ser? ¿La Gloria o la Petirrojo? —Y cuando Roland no respondió de inmediato—: Claro que lo entenderé si prefieres no decir nada...

—No es eso —dijo Roland—. Es que no lo hemos decidido todavía.

—Pero será una u otra.

—¡Ea!, ¿dónde si no? —dijo Roland distraídamente y empezó a liarse un cigarrillo.

—¿Os abalanzaréis sobre ellos?

—No funcionaría —aseguró Roland—. Ángulo incorrecto. —Se golpeó el pecho, sobre el corazón—. Hay que darles aquí, recuerda. En otros lugares... no sirve. Incluso una bala que atravesase la armadura no le haría mucho daño a un zombi.

—Es un problema, ¿no?

—Es una oportunidad —le corrigió Roland—. ¿Conoces el pedregal que se extiende bajo la pasarela de acceso a esas viejas minas de granate? ¿El que parece un babero de bebé?

—Ea.

—Nos ocultaremos allí, allí abajo. Cuando carguen contra nosotros, nos levantaremos y... —Roland levantó un dedo, apuntó con él a Slightman e hizo el gesto de disparar un arma.

Apareció una sonrisa en el rostro del capataz.

—Roland, ¡eso es brillante!

—No —le contradijo—, solo sencillo, pero lo sencillo suele ser lo mejor. Creo que les sorprenderemos. Los rodearemos y los eliminaremos. Me ha funcionado antes y no hay razón para que no vuelva a funcionar.

—No, supongo que no.

Roland miró a su alrededor.

—Será mejor que no hablemos de estas cosas aquí, Ben. Sé que es seguro hablar contigo, pero...

Ben asintió a toda prisa.

—No digas más, Roland, lo entiendo.

La pelota rodó hasta los pies de Slightman. Su hijo levantó las manos en esa dirección, sonriendo.

—Papá, tírala.

Ben lo hizo, y con fuerza. La pelota voló, como lo había hecho el plato de Molly en la historia del abuelo. Benny saltó, la cogió con una mano y rió. Su padre le sonrió de oreja a oreja con cariño, luego miró a Roland.

—¿Menudo par, verdad?, el tuyo y el mío.

—Ea —dijo Roland, casi sonriendo—. Son casi como hermanos.

SEIS

El ka-tet regresó tranquilamente hacia la rectoría, cabalgaban en formación de cuatro y sentían las miradas de todo el pueblo que observaba cómo se marchaban; la muerte a caballo.

—¿Estás contento de cómo ha ido, cielo? —le preguntó Susannah a Roland.

—¡Qué remedio! —exclamó, y empezó a liarse un cigarrillo.

—Me gustaría probar uno de esos —dijo Jake de pronto.

Susannah le dedicó una mirada a ambos, a un tiempo sorprendida y maravillada.

—Para el carro, cielo, todavía no has cumplido los trece.

—Mi padre empezó a los diez.

—Y lo más probable es que esté muerto a los cincuenta —dijo Susannah con seriedad.

—No será una gran pérdida —masculló Jake, pero no siguió con el tema.

—¿Y Mia? —preguntó Roland, al tiempo que hacía saltar una cerilla con la uña del pulgar—. ¿Está tranquila?

—Si no fuera por vosotros, chicos, ni siquiera creería en la existencia de esa tipa.

—¿Y tu vientre, también está tranquilo?

—Sí.

Susannah supuso que todo el mundo tenía reglas sobre las mentiras; la suya era que si uno iba a contar una mentira, tenía que hacer todo lo posible por ser breve. Si llevaba un chaval en el vientre, una especie de monstruo, dejaría que la ayudasen con esa preocupación dentro de una semana a contar desde esa noche. Si todavía eran capaces de preocuparse por algo, tal como estaban las cosas. De momento no hacía falta que se enterasen de los pequeños calambres que había tenido.

—Entonces, todo está bien —sentenció el pistolero. Cabalgaron en silencio durante un tiempo, y luego dijo—: Espero que vosotros dos sepáis cavar. Habrá que cavar un poco.

—¿Tumbas? —preguntó Eddie, no muy seguro de si estaba bromeando o no.

—Las tumbas llegarán más tarde. —Roland levantó la mirada al cielo, pero las nubes habían avanzado hacia el oeste y habían ocultado las estrellas—. Recordad, los vencedores son los que las cavan.

VI

ANTES DE LA TORMENTA

UNO

Alzándose desde la oscuridad, lastimera y acusatoria, llegó la voz de Henry Dean, el gran sabio y eminente yonqui.

—¡Estoy en el infierno, tronco! ¡Estoy en el infierno y no puedo pillar jaco y es todo por tu culpa!

—¿Cuánto tiempo cree que tendremos que estar aquí? —le preguntó Eddie a Callahan.

Acababan de llegar a la Cueva de la Puerta, y el hermanito del gran sabio jugueteaba con un par de balas en la mano derecha como si fueran dados: «Dadle al nene un siete para que se quede tranquilo». Era el día siguiente a la gran reunión, y cuando Eddie y el padre habían salido cabalgando del pueblo, la calle principal estaba inusualmente silenciosa. Era casi como si el Calla se ocultase de sí mismo, abrumado por la responsabilidad que había asumido.

—Me temo que será un buen rato —admitió Callahan.

Su aspecto era impecable (y anodino, o al menos eso esperaba). En el bolsillo de la pechera llevaba todo el dinero estadounidense que habían sido capaces de reunir: once dólares arrugados y un par de monedas de veinticinco centavos. Pensó que resultaría amargamente divertido si aparecía en una versión de Estados Unidos en la que Lincoln estuviera en los billetes de un dólar y Washington en los de cincuenta—. Aunque creo que podemos hacerlo por partes.

—Gracias a Dios que existen los pequeños favores —dijo Eddie, y sacó la bolsa rosa de detrás de la estantería de libros de Torre. La levantó con ambas manos, empezó a volverse y luego se detuvo. Tenía el ceño fruncido.

—¿Qué ocurre? —preguntó Callahan.

—Aquí hay algo.

—Sí, la caja.

—No, digo que hay algo en la bolsa. Creo que está pegado al forro. Parece una pequeña piedra. Quizá esté en un bolsillo secreto.

—Y puede —dijo Callahan— que este no sea el momento de averiguarlo.

Aun así, Eddie le dio al objeto otro pequeño tiento. No parecía exactamente una piedra. Sin embargo, seguramente Callahan tenía razón, ya tenían suficientes misterios que resolver, este lo dejarían para otro día.

Cuando Eddie sacó la caja de fustánima de la bolsa, un miedo enfermizo lo invadió tanto mental como emocionalmente.

—Odio esto. Sigo sintiéndome como si fuera a volverse contra mí y a comerme como si fuera... como si fuera un taco.

—Seguramente podría hacerlo —dijo Callahan—. Si sientes que ocurre algo malo de verdad, Eddie, cierra esa maldita cosa.

—Si lo hiciera se le quedaría el culo en el otro lado.

—Ese lugar no me es precisamente desconocido —objetó Callahan, mirando la puerta aislada. Eddie escuchó a su hermano; Callahan escuchó a su madre, intimidándolo sin parar, llamándolo Donnie. Siempre había odiado que lo llamaran Donnie—. Esperaré a que vuelva a abrirse.

Eddie se metió las balas en las orejas.

—¿Por qué estás dejando que haga eso, Donnie? —susurró la madre de Callahan desde la oscuridad—. Meterse balas en las orejas... ¡eso es peligroso!

—Adelante —dijo Eddie—. Hágalo.

Abrió la caja. Las campanillas arremetieron contra los oídos de Callahan y contra su corazón. La puerta hacia todas partes se abrió de forma sonora.

DOS

Atravesó el umbral pensando en dos cosas: en el año 1977 y en el lavabo de los hombres del primer piso de la Biblioteca Pública de Nueva York. Entró en un lavabo con retretes separados por mamparas que tenía una pintada en la pared (BANGO SKANK había estado allí) y de algún retrete que quedaba a su izquierda le llegó el ruido de alguien que tiraba de la cadena. Esperó a quien tuviera que salir y luego dejó su cubículo.

Le costó solo diez minutos encontrar lo que necesitaba. Cuando volvió a pasar por la puerta de la cueva, llevaba un libro bajo el brazo. Le pidió a Eddie que saliese con él, y no tuvo que pedirlo dos veces. En cuanto se encontraron al aire libre y bajo la reconfortante luz del sol (las nubes de la noche anterior se habían esfumado), Eddie se quitó las balas de las orejas y examinó el libro. Se titulaba *Rutas del norte*.

—El padre es un ladrón de biblioteca —señaló Eddie—. Es usted la clase de persona que hace que las cuotas mensuales suban.

—Lo devolveré algún día —dijo Callahan, y lo decía en serio—. Lo importante es que tenga suerte en mi segundo intento. Mira la página ciento diecinueve.

Eddie lo hizo. La fotografía mostraba una iglesia completamente blanca que se alzaba sobre una colina a la que se llegaba por un camino de tierra. El pie de foto decía: «Salón de Reunión de East Stoneham. Edificado en 1819». Eddie pensó: «Si los sumas, te da diecinueve. Claro».

Se lo comentó a Callahan, quien sonrió y asintió.

—¿Te has fijado en algo más?

Por supuesto que sí.

—Se parece al Salón de Actos del Calla.

—Sí. Es casi idéntico. —Callahan respiró hondamente—. ¿Listo para la segunda ronda?

—Supongo que sí.

—Esta puede ser más larga, pero no tienes por qué aburrirte, hay muchas cosas que leer.

—No creo que pueda leer —repuso Eddie—. Estoy como un puto flan, y perdón por la expresión. Puede que mire lo que hay en el forro de la bolsa.

Sin embargo, Eddie olvidó el objeto del forro de la bolsa rosa; al final, fue Susannah quien lo descubrió, y cuando lo hizo, ya no era ella misma.

TRES

Pensando en 1977 y con el libro abierto por la página donde estaba la foto del Salón de Reuniones Metodista de East Stoneham, Callahan pasó por la puerta ignota por segunda vez. Salió a una mañana de sol radiante de Nueva Inglaterra. La iglesia estaba allí, pero, desde la época en que la habían fotografiado para *Rutas del norte*, la habían pintado y el camino había sido asfaltado. Cerca de allí se levantaba un edificio que no había salido en la foto: los Almacenes de East Stoneham. Bien.

Se dirigió hasta allí, seguido por la puerta flotante, recordándose a sí mismo que no debía gastarse una de las monedas de veinticinco centavos, que procedía de su modesto alijo personal, a menos que fuera estrictamente necesario. La de Jake databa de 1969, así que no pasaba nada. Sin embargo, la suya era de 1981, y eso podía ser problemático. Cuando pasó caminando junto a los depósitos de la gasolinera Mobil (donde se vendía gasolina normal a cuarenta y nueve centavos el galón), se cambió esa moneda al bolsillo trasero del pantalón.

Al entrar a la tienda, que olía casi igual que la de Took, sonó una campanilla. A la izquierda había una pila de *Portland Press-Heralds* y la fecha de esos periódicos le produjo un desagradable y fugaz sobresalto. Cuando había cogido el libro de la Biblioteca Pública de Nueva York, hacía menos de media hora según su reloj biológico, había sido el 26 de junio. La fecha de esos periódicos era el 27.

Cogió uno para leer los titulares (una inundación en Nueva Orleans, el eterno malestar entre los idiotas asesinos de Oriente Próximo) y fijarse en el precio: diez centavos. Bien, así conseguiría cambio de su moneda de veinticinco centavos del año 1969. Tal vez pudiera comprar un buen salami hecho en Estados Unidos. El tendero le dedicó una mirada alegre cuando se acercó al mostrador.

—¿Eso es todo? —preguntó.

—Bueno, una cosa más —dijo Callahan—. Me gustaría saber cómo llegar a la oficina de correos, si a bien tiene.

El tendero levantó una ceja y sonrió.

—Por su forma de hablar parece de por aquí.

—¿Así que suelen decir eso? —preguntó Callahan, sonriendo.

—Ea. En cualquier caso, a correos es fácil. Está solamente a un kilómetro y medio siguiendo por este camino, hacia la izquierda. —Su acento era tan peculiar como el de Jamie Jaffords.

—Estupendo. Y ¿vende salami al corte?

—Lo vendo al viejo estilo que usted desee comprarlo —dijo el tendero con amabilidad—. Visitante de verano, ¿verdad?

Sonó algo así como «visianteverano», y Callahan casi esperaba a que añadiera: «Dígamelo, se lo ruego».

—Supongo que se podría decir que sí —contestó Callahan.

CUATRO

En la cueva, Eddie luchaba contra el apagado aunque enloquecedor sonido de las campanillas y miraba por la puerta entreabierta. Callahan avanzaba por un camino de campo. ¡Bien por él! Mientras tanto, puede que el niñito de la señora Dean intentase leer un poco. Con una fría (y algo temblorosa) mano, llegó a la estantería y sacó un volumen que estaba dos por debajo de un libro que habían puesto del revés, un libro que seguramente le habría cambiado el día si lo hubiera cogido por casualidad. Lo que escogió en su lugar fue *Cuatro relatos de Sherlock Holmes*. ¡Ah!, Holmes, otro gran sabio y eminente yonqui. Eddie abrió por *Un estudio en escarlata* y empezó a leer. Cada cierto tiempo se descubría mirando a la caja, desde donde la Trece Negra emitía su extraña fuerza. Solo veía una curva de cristal. Después de un breve instante dejó de intentar leer y se dedicó a mirar únicamente a la curva de cristal. Cada vez se sentía más y más fascinado. Las campanillas se estaban apagando y eso era bueno, ¿no? Pasado un rato apenas las oía. Un poco después de aquello, una voz atravesó las balas que tenía en las orejas y empezó a hablarle.

Eddie escuchó.

CINCO

—Disculpe, señora.
—¿Sí?

La jefa de la oficina de correos era una mujer de cincuenta y muchos o sesenta y pocos años, vestida para recibir al público y el pelo teñido de un perfecto blanquiazul de salón de belleza.

—Querría dejar una carta para unos amigos míos —dijo Callahan—. Son de Nueva York, y seguramente serán clientes de la lista de apartados de correos.

Había discutido con Eddie porque decía que Calvin Torre, que estaba escapando de una panda de peligrosos matones que casi con total seguridad todavía querrían ver su cabeza empalada, no haría algo tan estúpido como registrarse en la lista de correo. Eddie le había recordado cómo se había comportado Torre con sus puñeteras y valiosas primeras ediciones, y Callahan había accedido al final al menos a intentarlo.

—¿Están de veraneo?

—Sí —admitió Callahan, pero no lo hizo muy bien—. Quiero decir, ea. Se llaman Calvin Torre y Aaron Deepneau. Supongo que no es información que usted le pueda dar a alguien que aparece así de repente, de la calle, pero...

—Oh, por estos lares no nos preocupamos mucho de esas cosas —dijo. A Callahan su acento seguía recordándole mucho al de las gentes del Calla—. Deje que revise la lista... no solicitan tantos durante todo el mes de mayo...

Cogió una tablilla de sujetapapeles con tres o cuatro hojas prendidas y hechas jirones del mostrador que tenía a un lado. Había muchos nombres escritos a mano. Pasó la primera hoja, luego la segunda y luego la tercera.

—¡Deepneau! —exclamó—. Ea, aquí está. Ahora... déjeme ver si puedo encontrar al otro...

—No importa —dijo Callahan.

De repente se sintió incómodo, como si algo hubiera ido mal en el otro lado. Miró hacia atrás y no vio nada más que la puerta, la cueva y a Eddie sentado con las piernas cruzadas con un libro sobre el regazo.

—¿Alguien le sigue? —preguntó la funcionaria de correos, sonriendo.

Callahan rió. A él mismo le sonó a sonrisa forzada y estúpida, pero, por lo visto, la funcionaria de correos no notó nada raro.

—Si tuviera que escribirle a Aaron una nota y la metiese en un sobre con sello, ¿se ocuparía de que la recibiese en cuanto llegase? ¿O cuando llegase el señor Torre?

—Oh, no hace falta que compre un sello —dijo ella, con tono agradable—. Estaré encantada de hacerlo.

Sí, era como el Calla. De pronto le gustó mucho aquella mujer. Le gustó muy, pero que muy mucho.

Callahan fue hacia el mostrador junto a la ventana (la puerta estaba produciendo un claro *do-si-do* cuando se volvió) y escribió rápidamente una nota; primero se presentó como un amigo del hombre que había ayudado a Torre con lo de Jack Andolini. Les decía a Deepneau y a Torre que dejaran su coche donde estaba y que dejaran algunas luces encendidas en el lugar donde vivían, y que luego se trasladasen a otro sitio cercano, un establo, un cámping abandonado, o incluso un cobertizo. Que lo hicieran de inmediato. «Dejen una nota con las indicaciones para llegar a donde se encuentran debajo de la alfombrilla del asiento del conductor de su coche, o bajo la escalera del porche trasero —escribió—. Estaremos en contacto.» Esperó estar haciendo lo correcto; no habían acabado de concretar demasiado aquella parte y jamás había esperado tener que hacer cosas tan relacionadas con la intriga y el misterio. Firmó como Roland le había dicho: Callahan, del Eld. Luego, pese a su creciente incomodidad, añadió otra línea, casi acuchillando las letras en el papel: «Y que esta visita a la oficina de correos sea LA ÚLTIMA. ¿Cómo puede ser tan estúpido?».

Puso la nota en un sobre, lo cerró y escribió en la parte de delante: AARON DEEPNEAU O CALVIN TORRE, LISTA DE APARTADOS DE CORREOS. La volvió a llevar al mostrador.

—Me gustaría comprar un sello —volvió a decirle a la funcionaria.

—Ni hablar, solo dos centavos por el sobre y estamos en paz.

Le dio la moneda de cinco centavos que le había sobrado de

la tienda, cogió sus tres centavos de cambio y se dirigió hacia la puerta. Hacia la normal.

—Que tenga buena suerte —le gritó la trabajadora de correos.

Callahan volvió la cabeza, la miró y dijo gracias. Al hacerlo vio con el rabillo del ojo la puerta ignota, todavía estaba abierta. Sin embargo, no vio a Eddie. Eddie había desaparecido.

SEIS

Callahan se volvió hacia esa extraña puerta en cuanto salió de la oficina de correos. Normalmente no se podía hacer así, por lo general se movía con uno como una pareja de baile, aunque parecía reconocer el momento en que uno intentaba cruzarla. Entonces uno se la encontraba de frente.

En cuanto regresó, las campanillas del exotránsito lo atacaron, como si trataran de abrir surcos en la superficie de su cerebro. Desde las entrañas de la cueva su madre gritó:

—¡Mira qué has hecho, Don, te has ido y has dejado que ese agradable chico se suicide! ¡Estará en el purgatorio para siempre y es culpa tuya!

Callahan apenas oía. Corrió hacia la entrada de la cueva, llevando todavía el *Press-Herald* que había comprado en el Almacén de East Stoneham bajo el brazo. Tuvo el tiempo justo para ver que la caja no se había cerrado, lo cual lo habría convertido en un prisionero de East Stoneham, en Maine, aproximadamente en 1977; un grueso libro trababa la tapa. Callahan tuvo tiempo incluso de leer el título: *Cuatro relatos de Sherlock Holmes*. Entonces salió a la luz del sol.

Al principio no vio nada más que la roca del camino que ascendía hasta la entrada de la cueva, convencido de que la voz de su madre había dicho la verdad. Entonces miró hacia la izquierda y vio a Eddie a tres metros de distancia, al final del estrecho camino, tambaleándose hacia el borde de la roca. Llevaba la camisa por fuera, cuyos faldones revoloteaban en torno a la culata del enorme revólver de Roland. Sus rasgos, que solían ser afilados y astutos, ahora parecían hinchados e inexpresivos. Era el rostro aturdido de un guerrero que no se tenía en pie. El pelo le revoloteaba sobre las orejas. Se balanceó hacia delante... luego tensó los labios y los ojos parecieron casi recobrar la consciencia. Se cogió a un saliente de roca y volvió a tambalearse hacia atrás.

«Está luchando contra ella —pensó Callahan—. Y estoy seguro de que está luchando a conciencia, pero está perdiendo.»

Gritar podría hacer que cayera por el precipicio; Callahan lo sabía por intuición de pistolero, siempre más aguda y más fiable en momentos problemáticos. En lugar de gritar, corrió por lo que quedaba de camino y con una mano cogió los faldones de la camisa de Eddie justo cuando este se balanceaba hacia delante una vez más, esta vez soltando la mano del saliente rocoso que estaba junto a él para ponérsela encima de los ojos en un gesto que resultó cómico sin pretenderlo: «Adiós, mundo cruel».

Si la camisa se hubiera roto, sin duda alguna, Eddie Dean se habría librado del gran partido que iba a jugar el ka, pero puede que incluso los faldones de las camisas tejidas a mano de Calla Bryn Sturgis (porque eso era lo que llevaba) sirvieran al ka. En cualquier caso, la camisa no se desgarró, y Callahan había echado mano de una gran parte de la fuerza física que había ejercitado durante sus años en la carretera. Tiró de Eddie hacia atrás y lo retuvo entre los brazos, pero no antes de que la cabeza del joven se golpease contra el saliente de roca del que se había agarrado unos segundos antes. Pestañeó y miró a Callahan con una especie de estúpido desconcierto. Dijo algo que a Callahan le pareció un galimatías: «Dishe pueo volaciatorre».

Callahan lo cogió por los hombros y lo sacudió:

—¿Qué? ¡No te entiendo! —Y tampoco tenía muchas ganas de hacerlo, pero debía comunicarse con él como fuera, tenía que recuperar a Eddie de donde la execrable cosa de la caja lo hubiera llevado—. No... te entiendo.

Esta vez la respuesta fue más clara:

—Dice que puedo volar hacia la Torre. Puedes dejarme ir. ¡Quiero ir!

—No puedes volar, Eddie. —No estaba seguro de que lo hubiera entendido, así que agachó la cabeza, bien abajo, hasta que Eddie y él estuvieron a la misma altura, frente a frente, como dos amantes—. Trataba de matarte.

—No... —empezó a decir Eddie, y entonces, sus ojos, a un centímetro de los de Callahan, recobraron la consciencia y se abrieron de par en par al comprenderlo todo—. Sí.

Callahan levantó la cabeza, aunque siguió, por prudencia, manteniendo agarrado a Eddie por los hombros.

—¿Ya estás bien?

—Sí, al menos, eso creo. Estaba bien, padre. Juro que lo estaba. Quiero decir, las campanillas me estaban dando caña, pero de no ser por eso, estaba bien. Incluso cogí un libro y empecé a leer. —Echó un vistazo a su alrededor—. Jesús, espero no haberlo perdido. Torre me arrancaría la cabellera.

—No lo has perdido. Lo trabaste en la caja poco después, y eso estuvo de puta madre. Si no, la puerta se habría cerrado y estarías convertido en puré de tomate a unos doscientos metros más abajo.

Eddie miró por el borde del precipicio y se puso totalmente pálido. Callahan tuvo el tiempo justo de arrepentirse por su sinceridad antes de que Eddie le vomitase sobre sus botines nuevos.

SIETE

—Se me acercó sigilosamente, padre —dijo cuando pudo hablar—. Me adormeció y luego me saltó encima.

—Sí.

—¿Ha conseguido algo durante el tiempo que ha pasado allí?

—Si reciben mi nota y hacen lo que dice en ella, bastante. Tenías razón. Al menos Deepneau se había apuntado a la lista de apartados de correos. En cuanto a Torre, no lo sé. —Callahan sacudió la cabeza con gesto enfadado.

—Creo que vamos a averiguar que Torre le dijo a Deepneau que lo hiciera —dijo Eddie—. Cal Torre todavía no cree en lo que se ha metido, y después de lo que me acaba de ocurrir, de lo que casi me ha ocurrido, siento cierta lástima por esa forma de pensar. —Miró lo que Callahan todavía llevaba metido debajo del brazo—. ¿Qué es eso?

—El periódico —dijo Callahan, y se lo ofreció a Eddie—. ¿Quieres leer algo sobre Golda Meir?

OCHO

Roland escuchó con detenimiento esa noche mientras Eddie y Callahan narraban sus aventuras en la Cueva de la Puerta y más allá. El pistolero parecía menos interesado en la experiencia próxima a la muerte de Eddie que en los parecidos entre Calla Bryn Sturgis y East Stoneham. Incluso le pidió a Callahan que imitase el acento del tendero y de la funcionaria de correos. Callahan (que al fin y al cabo era un antiguo residente de Maine) se defendió bastante bien.

—Si a bien tiene —dijo Roland, y luego añadió—: Ea. Si a bien tiene, ea. —Se sentó pensativo, con el talón de una bota apoyado en la valla del porche de la rectoría.

—¿Crees que estarán bien durante un tiempo? —preguntó Eddie.

—Eso espero —respondió Roland—. Si quieres preocuparte por la vida de alguien, preocúpate por la de Deepneau. Si Balazar no se ha rendido en lo del solar vacío, tendrá que mantener a Torre vivo. Ahora Deepneau no es más que una simple ficha del Miradme.

—¿Podemos dejarlos hasta que pase lo de los lobos?

—No veo qué otra alternativa tenemos.

—¡Podríamos dejar todo este asunto e ir a East Quintocoño y protegerlo! —dijo Eddie con indignación—. ¿Qué te parece? Escucha, Roland, te diré exactamente por qué Torre le dijo a su amigo que se apuntase a la lista de apartados de correos: alguien tiene un libro que él quiere, lo ha hecho por eso. Estaba regateando por él y las negociaciones llegaron a un punto delicado cuando yo aparecí y lo persuadí para que se fuera a las montañas. Pero Torre... tío, es como un chimpancé con un puñado de plátanos. No lo soltará. Si Balazar lo sabe, y seguro que lo sabe, no necesitará un código postal para encontrar a su hombre, simplemente una lista de las personas con las que Torre hace negocios. Espero por Dios que si había una lista, se haya quemado en el incendio.

Roland estaba asintiendo con la cabeza.

—Entiendo, pero no nos podemos ir. Lo hemos prometido.

Eddie lo pensó, suspiró, y sacudió la cabeza.

—¡Qué coño!, tres días y medio más por aquí, diecisiete por allá antes de que el contrato que Torre firmó caduque. Las cosas seguramente aguantarán hasta entonces. —Hizo una pausa y se mordió el labio—. A lo mejor.

—¿«A lo mejor» es lo mejor que tenemos? —preguntó Callahan.

—Sí —afirmó Eddie—. De momento supongo que sí.

NUEVE

A la mañana siguiente, una Susannah Dean en extremo asustada estaba sentada en el retrete a los pies de la colina, agachada, esperando que remitiese el ciclo de contracciones de ese momento. Las tenía desde hacía más de una semana, pero esas eran mucho más fuertes con diferencia. Se puso las manos sobre el bajo vientre. La piel de esa zona estaba tan tensa que resultaba alarmante.

«Oh, Dios mío de mi vida, ¿y si lo tengo ahora mismo? ¿Y si lo tengo ya?»

Intentó convencerse a sí misma de que eso era imposible, no había roto aguas y no podía haber parto hasta que eso no ocurriría. Pero ¿qué sabía ella en realidad sobre lo de tener bebés? Muy poco. Incluso Rosalita Muñoz, comadrona de gran experiencia, no podría ayudarla mucho, porque la trayectoria profesional de Rosa había consistido en traer al mundo a bebés humanos, de madres que de verdad tenían aspecto de embarazadas. Susannah parecía menos embarazada ahora que cuando acababan de llegar al Calla. Y si Roland estaba en lo cierto sobre ese bebé...

«No es un bebé. Es un chaval, y no me pertenece. Le pertenece a Mia, sea quien sea. Mia, hija de nadie.»

Las contracciones cesaron. Se le relajó el bajo vientre y perdió la textura pétrea. Se pasó un dedo por la hendidura de la vagina, estaba como siempre. Seguramente seguiría estando bien durante unos cuantos días más. Tenía que estar bien. Y aunque había acordado con Roland que no debía haber más secretos en su ka-tet, tuvo el presentimiento de que este debía guardarlo. Cuando por fin empezase la lucha, serían siete contra cuarenta o cincuenta. Tal vez incluso setenta, si los lobos se agrupaban en una sola manada. Tendrían que estar al cien por cien, concentrados al máximo. Eso suponía que no debía haber distracciones. También suponía que ella tenía que estar allí para ocupar su lugar.

Se subió los tejanos, se los abrochó y salió a la brillante luz del sol rascándose distraídamente la sien izquierda. Vio el nuevo pestillo del retrete —tal como había pedido Roland— y empezó a sonreír. Entonces miró su propia sombra en el suelo y la sonrisa se le heló. Cuando había entrado en el retrete, su Dama de las Sombras se había proyectado de forma que indicaba que eran las nueve de la mañana. Ahora indicaba que si no era mediodía, lo sería dentro de poco.

«Es imposible. Solo he estado ahí dentro cinco minutos. Lo justo para mear.»

Tal vez eso fuera cierto. Tal vez fuera Mia la que había estado dentro lo que quedaba del tiempo.

—No —dijo—. No puede ser.

Pero Susannah creía que sí. Mia no estaba escalando posiciones, todavía no, pero se estaba levantando, se estaba preparando para conquistarla, si podía.

«Por favor —rogó, poniendo una mano contra la pared del retrete para aguantarse—. Solo tres días más, Dios. Dame tres días más siendo yo misma, deja que cumplamos nuestro deber con los niños de este lugar, y luego haré lo que tú quieras. Lo que tú quieras. Pero, por favor...»

—Solo tres más —murmuró—. Y si acaban con nosotros allí abajo, ya no importará. Tres días más, Dios. Atiéndeme, te lo ruego.

DIEZ

Al día siguiente, Eddie y Tian Jaffords fueron a buscar a Andy y lo encontraron solo en la amplia y polvorienta intersección del Camino del Este y el Camino del Río, cantando a todo...

—De eso nada —dijo Eddie cuando Tian y él se acercaban—, no se puede decir «cantando a todo pulmón», él no tiene pulmones.

—¿Ruego perdón? —dijo Tian.

—Nada —dijo Eddie—. Da igual. —Pero, por asociación de ideas (de los pulmones con la anatomía en general), se le había ocurrido una pregunta—. Tian, ¿hay un médico en el Calla?

Tian lo miró con sorpresa y algo divertido.

—Nosotros no tenemos, Eddie. Los matasanos pueden irles bien a los ricos que tienen tiempo para visitarlos y el dinero para pagarles, pero cuando nosotros nos ponemos malos, vamos a una de las Hermanas.

—Las Hermanas de Oriza.

—Ea. Si la medicina es buena, y suele serlo, nos ponemos bien. Si no lo es, nos ponemos peor. Al final, la tierra lo cura todo, ¿entiendes?

—Sí —respondió Eddie, pensando en lo difícil que debía de ser para ellos encajar a los niños arrunados en una visión como esa de las cosas. Los que volvían arrunados al final morían, aunque durante años se limitaban a... sobrevivir.

—Hay solo tres cajas en un hombre, no más —dijo Tian cuando se acercaban al solitario robot cantarín.

En la distancia, en dirección este, entre Calla Bryn Sturgis y Tronido, Eddie vio columnas de polvo levantándose hacia el cielo azul, aunque donde ellos se encontraban, la atmósfera estaba perfectamente tranquila.

—¿Cajas?

—Ea, dices verdad —dijo Tian, luego se tocó rápidamente la ceja, el pecho y el culo—. La caja de la cabeza, la de las tetas, y la de la mierda. —Y se rió a mandíbula batiente.

—¿Y ese vocabulario? —preguntó Eddie, sonriendo.

—Bueno... por aquí, entre nosotros, no pasa nada —dijo

Tian—, aunque supongo que ninguna señora como Dios manda iba a permitir que se hablara así de las cajas si estuviéramos sentados a la mesa. —Volvió a tocarse la cabeza, el pecho y el culo—. Caja de ideas, caja de sentimientos y caja de ya ves.

Eddie entendió «llaves».

—¿Qué quiere decir esa última? ¿Qué llaves abren el culo?

Tian se detuvo. Estaban a la vista de Andy, pero el robot no les hizo ni caso, estaba cantando algo parecido a una ópera en un idioma que Eddie no sabía. Cada cierto tiempo, el autómata levantaba los brazos o los cruzaba, los gestos parecían parte de la canción que estaba cantando.

—Atiéndeme —dijo Tian con amabilidad—. Un hombre está lleno, te consta. Arriba están sus pensamientos, que son la mejor parte de un hombre.

—O de una mujer —observó Eddie, sonriendo.

Tian asintió con la cabeza y muy serio.

—Ea, o de una mujer, pero nosotros usamos «hombre» para referirnos a ambos sexos, porque una mujer nace del aliento de un hombre, ya te consta.

—¿En serio? —preguntó Eddie, pensando en algunas mujeres de mentalidad liberal que había conocido antes de irse de Nueva York para partir hacia el Mundo Medio. Dudaba que ellas se tomasen demasiado en serio esa idea más de lo que lo hacían con esa parte de la Biblia en la que se decía que Eva había sido creada de una costilla de Adán.

—Así ha de ser —afirmó Tian—, pero fue lady Oriza la que dio a luz al primer hombre, así te lo contarán los ancianos. Dicen: *Can-ah, can-tah, annah, Oriza.* «Todos los alientos proceden de la mujer.»

—Bueno, háblame de esas cajas.

—La mejor y más elevada está en la cabeza, que contiene todas las ideas y sueños. A continuación, está la del corazón, con todos nuestros sentimientos de amor, tristeza, placer y felicidad...

—Las emociones.

Tian puso una cara que expresaba a un tiempo sorpresa y respeto.

—¿Así lo llamáis vosotros?

—Bueno, así lo llamamos en el lugar de donde provengo, así que, así ha de ser.

—Ah —asintió Tian como si el concepto fuera interesante aunque casi incomprensible. Esta vez, en lugar de tocarse el culo, se dio un golpecito en la entrepierna—. En la última caja está todo lo que podemos llamar commala bajo: echar un polvo, cagar, o tal vez el hecho de hacer una malicia a alguien sin razón alguna.

—¿Y si tienes una razón?

—Oh, pero entonces ¿no sería tan malicioso, no? —preguntó Tian, poniendo cara de asombro—. En ese caso, saldría de la caja del corazón o de la caja de la cabeza.

—Eso es raro —dijo Eddie, aunque suponía que no lo era, no en realidad.

En su imaginación podía ver tres claros cajones llenos: la cabeza encima del corazón, el corazón encima de todas las funciones animales y las iras injustificadas que la gente siente algunas veces. Estaba especialmente fascinado por el uso que hacía Tian de la palabra malicia, como si fuera una especie de rasgo de su conducta. ¿Tenía eso sentido o no lo tenía? Tendría que pensarlo con detenimiento, y ese no era el momento.

Andy seguía allí, brillando al sol, cantando a gritos su canción. Eddie recordó vagamente a algunos chicos del barrio que gritaban «Soy el barbero de Sevilla, ven a probar mi puta cuchilla», y luego se iban corriendo, riendo como locos.

—¡Andy! —exclamó Eddie, y el robot se calló de inmediato.

—Salve, Eddie, ¡le veo bien! ¡Largos días y placenteras noches!

—Lo mismo digo —respondió Eddie—. ¿Cómo estás?

—¡Bien, Eddie! —dijo Andy con fervor—. Siempre me gusta cantar antes del primer seminon.

—¿Seminon?

—Así llamamos a los vendavales que se levantan antes del verdadero invierno —le explicó Tian, y señaló las nubes de polvo que se encontraban mucho más allá del Whye—. Por allá lejos viene el primero; creo que llegará o bien el día de los lobos o bien al día siguiente.

—El de los lobos, sai —dijo Andy—. «Cuando el seminon llega, los días de calor vuelan», eso dicen. —Se inclinó hacia Eddie. Se oyeron unos ruidos metálicos en el interior de su refulgente cabeza. Sus ojos azules centelleaban apagándose y encendiéndose—. Eddie, he predicho un horóscopo genial, muy largo y complejo, y muestra la victoria contra los lobos. Una gran victoria en realidad. ¡Derrotará al enemigo y luego conocerá a una hermosa mujer!

—Ya tengo una hermosa mujer —replicó Eddie, intentado que su voz no dejase de ser agradable.

Sabía muy bien lo que querían decir esos centelleantes ojos azules; el hijo de puta se estaba burlando de él. «Bueno —pensó—, a lo mejor dentro de un par de días se te quitan las ganas de reír, Andy. De verdad que lo espero.»

—Pues claro que la tienes, pero muchos hombres casados han tenido su manceba, como le dije a sai Tian Jaffords no hace tanto tiempo.

—No los que aman a sus esposas —replicó Tian—. Te lo dije entonces y te lo repito ahora.

—Andy, viejo colega —dijo Eddie de todo corazón—, hemos venido con la esperanza de que colabores con nosotros la noche antes de que lleguen los lobos. Queremos que nos ayudes un poco, ya sabes.

Se produjeron varios sonidos secos en lo más profundo del pecho de Andy, y esta vez, cuando le centellearon los ojos, parecieron casi alarmados.

—Lo haría si pudiera, sai —contestó Andy—, oh, sí, no hay nada que me gustase más que ayudar a mis amigos, pero hay muchísimas cosas que no puedo hacer, pese a lo mucho que me gustaría poder hacerlas.

—Por tu programación.

—Ea.

El tono petulante que expresaba alegría por el encuentro con el interlocutor había abandonado la voz de Andy. Ahora sonaba más a máquina. «Así es Andy cuando se anda con cuidado. Los has visto venir, ¿verdad, Andy? Algunas veces te llaman saco inútil de tornillos y la mayoría te ignoran, pero en cualquier caso tú acabas caminando por encima de sus huesos y cantando tus canciones, ¿verdad? Pero esta vez no, amigo. No, creo que no.»

—¿Cuándo te montaron, Andy? Siento curiosidad. ¿Cuándo abandonaste la vieja cadena de producción de LaMerk?

—Hace mucho tiempo, sai. —Los ojos centelleaban muy despacio. Ya no reía.

—¿Hace dos mil años?

—Hace más, creo. Sai, me sé una canción sobre la bebida que puede que le guste, es muy entretenida...

—Quizá en otro momento. Escucha, buen amigo, si tienes miles de años de edad, ¿cómo es que en tu programación aparecen los lobos?

Desde el interior de Andy se oyó un golpeteo profundo y reverberante, como si algo se hubiera roto. Cuando volvió a hablar, fue con una voz apagada y carente de emociones que Eddie había oído por primera vez en las lindes del Bosque Medio. Era como la voz de Bosco Bob cuando el viejo Bosco se estaba preparando para nublarse y lloverte encima.

—¿Cuál es su contraseña, sai Eddie?

—Creo que ya hemos pasado por esto antes, ¿verdad?

—Contraseña. Tiene diez segundos. Nueve... ocho... siete...

—Esa mierda de la contraseña te viene al pelo, ¿no?

—Contraseña incorrecta, sai Eddie.

—Me parece que me voy a acoger a la quinta enmienda.

—Dos... uno... cero. Puede reintentarlo una vez. ¿Volverás a intentarlo, Eddie?

Eddie le dedicó una sonrisa radiante.

—¿El seminon sopla en verano, viejo amigo?

Se oyeron más ruidos secos. La cabeza de Andy, que se había inclinado hacia un lado, ahora se inclinó hacia el otro.

—No le entiendo, Eddie de Nueva York.

—Lo siento, es que estoy siendo un estúpido ser humano, ¿verdad? No, no quiero reintentarlo. Al menos no ahora mismo. Deja que te diga en qué puedes ayudarnos, y tú puedes decirnos si tu programación te permite hacerlo. ¿Eso te parece justo?

—Justo como el aire que respira, Eddie.

—Está bien. —Eddie se acercó y cogió el brazo metálico de Andy. La superficie era suave y en cierta forma desagradable al tacto; grasienta, aceitosa. Pese a ello, Eddie siguió agarrado y bajó la voz hasta adoptar un tono confidencial—. Solo te lo digo porque está claro que se te da bien guardar secretos.

—¡Oh, sí, sai Eddie! ¡Nadie guarda un secreto como Andy! —El robot volvía a tener los pies en el suelo y había recuperado su antiguo ser: petulante y complaciente.

—Bueno... —Eddie se puso de puntillas—. Agáchate.

Los servomotores zumbaron en el interior de la carcasa de Andy, en el interior de lo que habría sido la caja corazón, de no haber sido un hombre de hojalata de alta tecnología. Se agachó. Mientras tanto, Eddie, se estiró hacia arriba un poco más y se sintió absurdo: se imaginaba como un niño pequeño contando un secreto.

—El padre tiene algunas pistolas que están en nuestro nivel de la Torre —le susurró—. De las buenas.

A Andy le giró la cabeza y le relucieron los ojos con un brillo que solo podía haber sido de asombro. Eddie puso cara de póquer, pero se estaba riendo por dentro.

—¿Dices verdad, Eddie?

—Digo gracias.

—El padre dice que son potentes —añadió Tian—. Si funcionan, podemos usarlas para dejar secos a esos putos lobos. Pero tenemos que llevarlas al norte del pueblo... y son muchas. ¿Puedes ayudarnos a cargarlas en una biga la Noche del Lobo, Andy?

Se produjo un silencio. Se oyeron ruidos secos.

—Su programación no se lo permitirá, apuesto a que no —dijo Eddie con tristeza—. Bueno, si conseguimos suficiente apoyo...

—Puedo ayudaros —dijo Andy—. ¿Dónde están las pistolas, sais?

—Será mejor que no te lo digamos en este momento —respondió Eddie—. Te reunirás con nosotros en la rectoría del padre a primera hora de la mañana de la Noche del Lobo, ¿vale?

—¿A qué hora me recogerán?

—¿Qué te parece a las seis?

—Seis en punto. ¿Y cuántas pistolas habrá allí? Dígame eso por lo menos para que pueda calcular los niveles de energía requeridos.

«Amigo mío, hace falta ser un mierda para reconocer la mierda», pensó Eddie con alegría, pero siguió con cara impasible.

—Habrá una docena, tal vez quince. Pesan unas doscientas libras cada una. ¿Sabes lo que son las libras, Andy?

—Ea, digo gracias. Una libra son más o menos cuatrocientos cincuenta gramos. Dieciséis onzas. «Una pinta es una libra, aquí y en la China.» ¡Son pistolas grandes, sai Eddie, dice verdad! ¿Funcionarán?

—Estamos bastante seguros de que sí —respondió Eddie—. ¿Verdad, Tian?

Tian hizo un gesto de asentimiento.

—¿Y tú nos ayudarás?

—Sí, encantado. A las seis en punto, en la rectoría.

—Gracias, Andy —dijo Eddie. Apartó la mirada y luego volvió a mirarlo—. ¿De ninguna forma hablarás sobre esto, verdad?

—No, sai, no si usted me dice que no lo haga.

—Eso es justo lo que te estoy diciendo. Lo último que quiero es que los lobos sepan que tenemos pistolas grandes que usaremos contra ellos.

—Por supuesto que no —dijo Andy—. Es una noticia maravillosa. Que tengáis un buen día, sais.

—Y tú, Andy —respondió Eddie—, y tú.

ONCE

Mientras volvían caminando hacia la casa de Tian —estaba a solo tres kilómetros del lugar donde se habían encontrado con Andy—, Tian dijo:

—¿Se lo ha creído?

—No lo sé —respondió Eddie—, pero le hemos dado una sorpresa de no te menees, ¿no te ha dado esa impresión?

—Sí —admitió Tian—. Sí que me ha dado esa impresión.

—Estará allí para verlo con sus propios ojos, eso sí que te lo aseguro.

Tian hizo un gesto de asentimiento, sonriendo.

—Tu dinh es listo.

—Y que lo digas —afirmó Eddie—, y que lo digas.

DOCE

Una vez más, Jake estaba despierto, mirando el techo de la habitación de Benny. Una vez más, Acho estaba tumbado en la cama de Benny, enroscado como en estado de coma con el hocico debajo de su rabo caricaturesco. Mañana por la noche, Jake habría vuelto a la casa del padre Callahan, de regreso con su ka-tet, y se moría de impaciencia. Mañana sería la Noche del Lobo, pero todavía estaban en la víspera de la Noche del Lobo, y Roland había creído que sería mejor para Jake que se quedase esa última velada en el Rocking B. «No nos interesa levantar sospechas a estas alturas del partido», había dicho. Jake lo entendió, pero, ¡tío!, era como para volverse loco. La perspectiva de enfrentarse a los lobos ya era lo bastante mala de por sí. La idea de cómo lo miraría Benny dentro de dos días era incluso peor.

«A lo mejor nos matan a todos —pensó Jake—. Entonces no tendré que preocuparme de eso.»

Con tanta inquietud, esa idea adquirió cierto atractivo.

—¿Jake? ¿Estás dormido?

Durante un instante Jake pensó en fingir, pero algo en su interior despreció esa cobardía.

—No —respondió—. Pero tendría que intentarlo, Benny. Dudo que pueda dormir mucho mañana.

—Supongo que no —le contestó Benny en un susurro respetuoso, y luego añadió—: ¿Estás asustado?

—Por supuesto que lo estoy —respondió Jake—. ¿Crees que soy idiota?

Benny se incorporó apoyándose sobre un codo.

—¿A cuántos crees que matarás?

Jake pensó en ello. Le ponía enfermo pensarlo, lo sentía en lo más profundo de su estómago, pero lo pensó de todas formas.

—No sé. Si hay setenta, supongo que intentaré coger a diez.

Se descubrió a sí mismo pensando (con una tenue sensación de asombro) en la clase de inglés de la señorita Avery y en las lámparas colgantes con forma de globo, amarillentas y con espectrales moscas muertas pegadas en la panza; en Lucas Hanson, que siempre intentaba ponerle la zancadilla cuando iba por el pasillo; en frases con árboles sintácticos en la pizarra: «Cuidado con poner mal el complemento»; en Petra Jesserling, que siempre llevaba pichis de cuello redondo y que estaba loca por él (o eso era lo que afirmaba Mike Yanko); en el sonsonete de la voz de la señorita Avery; en las salidas al medio día, lo que sería el almuerzo de toda la vida en cualquier antigua escuela pública normal. En estar sentado en su pupitre después de comer intentado permanecer despierto. ¿De verdad que ese niño, ese niño bueno de la Piper School, iba a salir hacia el norte de un pueblo granjero llamado Calla Bryn Sturgis para combatir contra los monstruos que robaban niños? ¿Podría ese niño estar muerto dentro de treinta y seis horas con las tripas formando una pila humeante tras de sí, abatido por la espalda por culpa de algo llamado sneetch? Seguro que eso no era posible, ¿verdad? La casera, la señora Shaw, le quitaba la corteza de los sándwiches y algunas veces lo llamaba Bama. Su padre le había enseñado a calcular una propina del quince por ciento. Esa clase de chicos no solían salir a morir armados con pistolas. ¿Verdad?

—Apuesto a que pillas a veinte —dijo Benny—. Tío, ¡ojalá pudiera ir contigo! ¡Lucharíamos codo con codo! ¡Bang! ¡Bang! ¡Bang! ¡Luego recargaríamos!

Jake se incorporó y miró a Benny con verdadera curiosidad.

—¿Te gustaría? —le preguntó—. ¿Si pudieras?

Benny lo pensó. Se le demudó el rostro, de pronto parecía mayor y más sabio. Sacudió la cabeza.

—No, me daría miedo. ¿No estás asustado? ¿Dices verdad?

—Me muero de miedo —se limitó a decir Jake.

—¿Miedo a morir?

—Sí, pero me da incluso más miedo cagarla.

—No la cagarás.

«Para ti es fácil decirlo», pensó Jake.

—Si tengo que ir con los niños pequeños, me alegra al menos

que mi padre también vaya —dijo Benny—. Se va a llevar su ba. ¿Lo has visto tirar?

—No.

—Pues es bueno. Si alguno de los lobos logra escapar de vosotros, él se ocupará de ellos. Encontrará ese sitio de la branquia en su pecho y... ¡pam!

Jake se planteó si Benny sabía que lo del sitio de la branquia era mentira. Información falsa que cabía esperar que el padre del chico transmitiera. ¿Y si sabía...?

Eddie le habló en su cabeza. Eddie, con su acento de listillo de Brooklyn en pleno apogeo.

«Sí y si los peces tuvieran bicis, los putos ríos serían el Tour de Francia.»

—Benny, de verdad que tengo que intentar dormir un poco.

Benny se tumbó. Jake hizo lo mismo y volvió a mirar hacia el techo. De pronto odió la idea de que Acho estuviera en la cama de Benny, de que Acho se hubiera adaptado de forma tan natural al otro chico. De pronto odió todo lo relacionado con todo. Las horas que pasaron hasta el amanecer, cuando podría hacer las maletas, montar el poni que había pedido prestado y volver al pueblo, parecieron prolongarse hasta el infinito.

—¿Jake?

—¿Qué, Benny, qué?

—Lo siento. Solo quería decirte que me alegro de que vinieras. Nos lo hemos pasado bien juntos, ¿verdad?

—Sí —respondió Jake, y pensó: «Nadie creería que es mayor que yo. Parece que tuviera... no sé... cinco años o así».

Eso era malvado, pero Jake creía que si no era malvado, rompería a llorar. Odiaba a Roland por haberlo sentenciado a pasar esa última noche en el Rocking B.

—Sí, lo hemos pasado muy pero que muy bien.

—Te echaré de menos. Pero apuesto a que levantarán un monumento en el Pabellón o algo por el estilo en vuestro honor, en honor de vosotros, tío.

«Tío» era una palabra que a Benny se le había pegado de Jake, y la usaba siempre que podía.

—Yo también te echaré de menos —dijo Jake.

—Qué suerte tienes, tú seguirás el Haz y viajarás a otros lugares. Seguramente yo me quedaré en este pueblo de mierda el resto de mi vida.

«No, no te quedarás aquí. Tu padre y tú vais a viajar un montón... si tienes suerte y te dejan salir del pueblo, eso es lo que ocurrirá. Creo que lo que vas a hacer es pasarte el resto de la vida soñando con este pueblo de mierda. Con un lugar que era tu hogar. Y será culpa mía. Lo vi... y lo conté. Pero ¿qué otra cosa podía hacer?»

—¿Jake?

No podía aguantarlo más. Lo estaba volviendo loco.

—Duérmete, Benny. Y déjame dormir.

—Está bien.

Benny se volvió hacia la pared. Poco tiempo después, su respiración se ralentizó. Un poco después, empezó a roncar. Jake estuvo despierto hasta casi media noche, luego, él también se durmió. Y tuvo un sueño. En él, Roland estaba de rodillas sobre la tierra del Camino del Este, frente a una enorme horda de lobos que se aproximaba y que se extendía desde los acantilados hasta el río. Estaba intentando volver a cargar el arma, pero tenía las dos manos rígidas y a una le faltaban dos dedos. Las balas se le caían de las manos. Seguía intentando recargar su enorme revolver cuando los lobos lo alcanzaron.

TRECE

Había llegado el amanecer de la Noche del Lobo. Eddie y Susannah estaban de pie junto a la ventana de la habitación de invitados del padre, mirando hacia la ladera cubierta de hierba de la casa de Rosa.

—Ha encontrado algo especial en ella —dijo Susannah—. Me alegro por él.

Eddie asintió.

—¿Cómo te sientes?

Ella le sonrió.

—Estoy bien —respondió, y lo decía en serio—. ¿Y tú, cielo?

—Añoro dormir en una cama de verdad bajo un techo, y estoy ansioso por conseguirlo, pero, salvo por eso, también estoy bien.

—Si las cosas van mal, no tendrás que preocuparte por el alojamiento.

—Es cierto —dijo Eddie—, aunque no creo que vayan a ir mal. ¿No crees?

Antes de que pudiera responder, una ráfaga de viento sacudió la casa y sopló por debajo de los aleros. Era el seminon dando los buenos días, supuso Eddie.

—No me gusta ese viento —dijo ella—. Es imprevisible.

Eddie abrió la boca.

—Y si dices algo sobre el ka, te doy un puñetazo en la nariz.

Eddie no dijo nada e hizo el gesto de que se cerraba los labios con una cremallera. Susannah fue a por su nariz de todos modos y le tocó ligeramente con los nudillos, como una pluma.

—Tenemos una buena oportunidad de ganar —dijo ella—. Hace tiempo que todo les sale como quieren, y eso los ha hecho codiciosos. Como a Blaine.

—Sí, como a Blaine.

Ella puso una mano en la cadera de Eddie y lo volvió hacia sí.

—Pero las cosas podrían salir mal, así que me gustaría decirte algo mientras estamos solos tú y yo, Eddie, me gustaría decirte lo mucho que te quiero. —Habló con sencillez, sin teatralidad.

—Ya lo sé —dijo él—, aunque no sé por qué narices.

—Porque me haces sentir entera —respondió ella—. Cuando era joven, dudaba entre pensar que el amor era ese gran y glorioso misterio y pensar que no era más que algo que se habían inventado un puñado de productores de Hollywood para hacer más taquilla durante la Gran Depresión, como lo de regalar platos con las entradas.

Eddie se rió.

—Ahora que creo que todos hemos nacido con un agujero en el corazón, y que vamos por ahí buscando a la persona que pueda llenarlo. Tú... Eddie, tú me llenas. —Le cogió la mano e hizo el gesto de volver a llevarlo a la cama—. Y ahora quiero que me llenes de esa forma que tú ya sabes.

—¿Suze, es seguro?

—No lo sé —dijo—, y no me importa.

Hicieron el amor poco a poco, el ritmo solo se aceleró hacia el final. Ella gritó con suavidad poniendo la boca sobre el hombro de él, y justo antes de que su propio clímax le nublase el pensamiento, Eddie pensó: «Voy a perderla si no me ando con cuidado. No sé cómo lo sé... pero lo sé. Desaparecerá y ya está».

—Yo también te quiero —dijo cuando hubieron terminado y volvían a estar tumbados uno junto al otro.

—Sí —ella le cogió la mano—. Lo sé y me alegro.

—Está bien hacer que alguien se sienta alegre —dijo—. Antes no lo sabía.

—Está bien —dijo Susannah y le besó en la comisura de los labios—. Aprendes rápido.

CATORCE

Había una mecedora en el pequeño comedor de Rosa. El pistolero estaba sentado en ella, desnudo, con un platillo de barro en una mano. Estaba fumando y contemplando la salida del sol. No estaba seguro de si volvería a verlo salir por el mismo lugar.

Rosa salió de la habitación, también desnuda, y se quedó de pie en la puerta mirándolo.

—¿Cómo tienes los huesos? Dime, te lo ruego.

Roland hizo un gesto de asentimiento.

—Ese aceite tuyo es una maravilla.

—No durará.

—No —dijo Roland—, pero hay otro mundo, el mundo de mis amigos, y a lo mejor allí tienen algo que sí dura. Tengo la sensación de que nos iremos pronto.

—¿Más batallas que librar?

—Eso creo. Sí.

—En cualquier caso, ¿no volverás por aquí, no?

Roland la miró.

—No.

—¿Estás cansado, Roland?

—Muerto —respondió él.

—Vuelve luego a la cama un poco más, ¿vendrás?

Apagó el cigarrillo y se levantó. Sonrió. Era la sonrisa de un hombre joven.

—Digo gracias.

—Sois un hombre bueno, Roland de Gilead.

Roland lo pensó, luego sacudió lentamente la cabeza.

—Toda mi vida he tenido las manos más rápidas, pero en lo de ser bueno siempre he sido demasiado lento.

Ella le tendió una mano.

—Ven, Roland. Ven, commala.

Y Roland se dirigió hacia ella.

QUINCE

A primera hora de esa tarde, Roland, Eddie, Jake y el padre Callahan cabalgaron hasta el Camino del Este —que en realidad era un camino del norte en ese punto a lo largo del sinuoso Devar Tete Whye— con palas metidas en los sacos enrrollados, colocados en la parte trasera de las sillas de montar. Susannah había sido excusada de su deber por el embarazo. Se había reunido con las Hermanas de Oriza en el Pabellón, donde estaban levantando una enorme tienda y ya se estaban llevando a cabo los preparativos para una opípara cena. Cuando se fueron, Calla Bryn Sturgis ya había empezado a llenarse, como si fuera un día festivo. Sin embargo, no se oían ni chillidos ni algarabía, tampoco el repiqueteo descarado de los petardos, ni se estaban preparando carreras en la Pradera. No habían visto ni a Andy ni a Ben Slightman, y eso era bueno.

—¿Y Tian? —le preguntó Roland a Eddie, rompiendo el más bien tenso silencio que reinaba entre ellos.

—Se reunirá conmigo en la rectoría a las cinco en punto.

—Bien —dijo Roland—. Si no hemos acabado aquí a las cuatro, tienes permiso para volver cabalgando tú solo.

—Te acompañaré si quieres —dijo Callahan.

Los chinos creían que si uno le salva la vida a un hombre, es responsable de él para siempre. Callahan no había pensado nunca mucho sobre esa filosofía, pero después de evitar que Eddie cayera por el precipicio que estaba a la salida de la Cueva de la Puerta, creyó que el concepto debía tener algo de verdad.

—Será mejor que te quedes con nosotros —dijo Roland—. Eddie puede encargarse de esto solo. Tengo otro trabajo para ti allí. Quiero decir, además de cavar.

—Ah, ¿y cuál es? —preguntó Callahan.

Roland señaló los remolinos de polvo que se retorcían y arremolinaban delante de ellos en el camino.

—Reza para que pare este maldito viento. Y cuanto antes mejor. Antes de mañana por la mañana, desde luego.

—¿Estás preocupado por el plato? —preguntó Jake.

—Lo del plato irá bien —aseguró Roland—. Lo que me preocupa son las Hermanas de Oriza. Lanzar el plato es una misión delicada incluso en las mejores circunstancias. Si sopla un vendaval aquí fuera cuando lleguen los lobos, las posibilidades de que las cosas vayan mal son... —levantó una mano hacia el polvoriento horizonte, haciendo un característico (y fatalista) movimiento al estilo del Calla—... dela.

Sin embargo, Callahan estaba riendo.

—Me encantará ofrecer una oración —dijo—, pero mira hacia el este antes de preocuparte más. Mira, haz el favor.

Se volvieron hacia ese lado, quedándose sobre las sillas. El maíz —la cosecha ya había terminado, las plantas recolectadas se erguían en hileras inclinadas y esqueléticas— descendía hasta los campos de arroz. Después del arroz estaba el río. Después del río estaban los confines de las tierras fronterizas. Allí, remolinos de polvo de doce metros de alto giraban y se sacudían, y en ocasiones entrechocaban. En comparación con estos, los de su lado del río parecían niños traviesos.

—El seminon a veces llega al Whye y luego da la vuelta —dijo Callahan—. Según las yentes ancianas, lord Seminon le ruega a lady Oriza que le dé la bienvenida cuando él llegue al agua, y ella suele bloquearle el paso por celos. Verás...

—Seminon se casó con su mana —dijo Jake—. Lady Riza lo quería para ella, una unión de viento y arroz, y todavía está cabreada por eso.

—¿Cómo lo sabes? —preguntó Callahan, a un tiempo asombrado y atónito.

—Me lo contó Benny —confesó Jake, y no añadió nada más.

Pensar en sus largas conversaciones (a veces en el pajar; otras haciendo el vago en la margen del río) y sus ávidos intercambios de leyendas lo hacían entristecerse y le dolían.

Callahan asentía.

—Esa es la historia, sí. Imagino que en realidad es un fenómeno meteorológico (aire frío por un lado y por otro aire tibio que asciende desde el agua, o algo por el estilo), sin embargo, sea lo que sea, este tiene toda la pinta de volver por donde vino.

El viento envió una ráfaga de arenilla contra su cara, como para probar que estaba equivocado, y Callahan rió.

—Esto acabará antes del primer rayo de sol de mañana, casi puedo garantizároslo. Pero...

—Con «casi» no basta, padre.

—Lo que iba a decir, Roland, es que puesto que sé que con «casi» no basta, ofreceré una oración a las alturas encantado.

—Te digo gracias. —El pistolero se volvió hacia Eddie, y se señaló la cara con los dedos índice y corazón.

—¿Los ojos?

—Los ojos, sí —asintió Eddie—. Y la contraseña. Si no es diecinueve, será noventa y nueve.

—No puedes saberlo con certeza.

—Lo sé —afirmó Eddie.

—Aun así... ten cuidado.

—Tendré cuidado.

Unos minutos después llegaron al lugar donde, a su derecha, estaba el camino pedregoso que conducía a la zona del desfiladero, hacia la Gloria y las Petirrojo Uno y Dos. Las yentes suponían que las bigas se quedarían allí, y estaban en lo cierto. También suponían que los niños y sus cuidadores ascenderían por el camino hasta una de las dos minas. En eso se equivocaban.

Tres de ellos no tardaron en ponerse a cavar en la parte oeste del camino, un cuarto vigilaba permanentemente. No llegó nadie, las yentes de esa zona alejada ya estaban en el pueblo, y el trabajo se realizó con bastante celeridad. A las cuatro en punto, Eddie dejó a los demás terminando el trabajo y cabalgó de regreso al pueblo con uno de los revólveres de Roland enfundado en la cadera para reunirse con Tian Jaffords.

DIECISÉIS

Tian había cogido su ba. Cuando Eddie le dijo que lo dejara en el porche de la rectoría, el granjero le dedicó una mirada triste e indefinida.

—No le sorprenderá que yo vaya armado, pero podría hacerse algunas preguntas si te ve con eso —dijo Eddie. Ya había llegado, ese era el verdadero inicio de su lucha y, ahora que ya había llegado, Eddie se sentía tranquilo. El latido de su corazón era lento y acompasado. Por lo visto se le había esclarecido la visión; veía todas las sombras que proyectaban cada una de las briznas de hierba del césped de la rectoría—. Por lo que he oído es fuerte. Y muy rápido cuando quiere. Deja que me encargue yo.

—Entonces, ¿para qué me has hecho venir?

«Porque incluso un robot inteligente pensará que no va tener problemas si me presento acompañado de un patán como tú», era la verdadera respuesta, pero no hubiera resultado muy diplomática.

—Eres mi seguro de vida —respondió Eddie—. Vamos.

Caminaron hacia el retrete. Eddie lo había utilizado muchas veces durante esas semanas, y siempre con placer —había pilas de suaves hierbas para el momento de limpiarse, y no había que preocuparse por las turbaciones venenosas—, pero jamás hasta ese instante había observado el exterior de cerca. Era una estructura de madera, alta y sólida, aunque no le cabía duda de que Andy podría echarla abajo en cuestión de segundos si se lo proponía. Si le daban la oportunidad de hacerlo.

Rosa fue hasta la puerta trasera de su casa y los miró, poniéndose una mano sobre los ojos a modo de visera para resguardarlos del sol.

—Eddie, ¿cómo te hallas?

—Bien, hasta ahora, Rosie, pero será mejor que vuelvas dentro. Aquí se va a armar la gorda.

—¿Dices verdad? Tengo una pila de platos...

—No creo que Riza sea de mucha ayuda —dijo Eddie—. Aunque supongo que no estará de más que estés por aquí.

Ella asintió con la cabeza y volvió dentro sin decir nada más. Los hombres se sentaron a ambos lados de la puerta abierta del retrete con su nuevo pestillo. Tian intentó liarse un cigarrillo. El primero se le desmigó entre los dedos temblorosos, pero volvió a intentarlo.

—Esto no se me da bien —admitió, y Eddie entendió que no estaba hablando sobre el refinado arte de la confección de cigarrillos.

—No pasa nada.

Tian lo miró lleno de esperanza.

—¿Lo dices en serio?

—Sí, así ha de ser.

A las seis en punto («Seguro que el muy cabrón lleva dentro un reloj preciso al milisengundo», pensó Eddie), apareció Andy en la casa de la rectoría, su sombra se extendía alargada y con trazos delgados y sinuosos en la hierba que tenía delante. El autómata los vio. Sus ojos azules centellearon y levantó la mano para saludar. El sol crepuscular se reflejó en su brazo y le dio aspecto de estar empapado en sangre. Eddie levantó la mano para corresponder el saludo y se puso en pie, sonriendo. Se preguntó si todas las máquinas pensantes que aún funcionaban en este mundo en decadencia se habían vuelto contra sus amos, y si era así, por qué.

—Tú tranquilo y deja que hable yo —dijo fingiendo no abrir la boca.

—Sí, vale.

—¡Eddie! —gritó Andy—. ¡Tian Jaffords! ¡Qué alegría verles a los dos! ¿Y las armas para usar contra los lobos? ¡Vaya! ¿Dónde están?

—Apiladas en este cagadero —dijo Eddie—. Traeremos un carro cuando las hayamos sacado, pero son pesadas... y ahí dentro no hay mucho sitio para moverse.

Eddie se echó a un lado. Andy se acercó. Los ojos le centelleaban, pero no era por la risa, brillaban tanto que Eddie tuvo que entrecerrar los ojos, era como mirar un par de bombillas.

—Estoy seguro de que puedo sacarlas —dijo Andy—. ¡Cómo me gusta ayudar! Cuántas veces he lamentado lo poco que este programa me permite...

En ese momento estaba en la puerta del retrete, agachado ligeramente para que el barril metálico que tenía por cabeza quedase por debajo del dintel. Eddie sacó la pistola de Roland. Como siempre, el mango de madera de sándalo tenía un tacto suave y despertaba un hormigueo en la palma de su mano.

—Ruego me perdone, Eddie de Nueva York, pero no veo las pistolas.

—No —admitió Eddie—. Yo tampoco. Lo único que veo es un puto traidor que les enseña a los niños canciones y luego los vende para que los...

Andy se volvió a la velocidad del rayo. A oídos de Eddie, el zumbido de los servos del cuello sonaron muy alto. Los separaba menos de un metro, la distancia de un tiro a quemarropa.

—Que a bien tengas, ¡cabrón de acero inoxidable! —gritó Eddie, y disparó dos veces.

Las detonaciones resultaron ensordecedoras en el silencio crepuscular. A Andy le reventaron los ojos y se apagaron. Tian gritó.

—¡¡NO!! —gritó Andy con una voz amplificada. Se oyó tan alto que hizo que los disparos parecieran simples estallidos de palomitas de maíz en comparación—. ¡No!, ¡mis ojos!, ¡no veo!, ¡oh, no!, ¡visión cero!, ¡mis ojos, mis ojos...!

Los escuálidos brazos de acero inoxidable se levantaron hacia las cuencas maltrechas, donde las chispas azules saltaban en ese momento sin ton ni son. Estiró las piernas y el barril que tenía por cabeza hizo pedazos la parte superior de la puerta del retrete, lanzando fragmentos de los tablones a diestro y siniestro.

—No, no, no, no veo, visión cero, ¿qué me has hecho? Emboscada, ataque, estoy ciego, ¡código siete!, ¡código siete!, ¡código siete!

—¡Ayúdame a empujarlo, Tian! —gritó Eddie, volviendo a enfundar la pistola.

Pero Tian estaba paralizado, mirando embobado al robot

(cuya cabeza había desaparecido tras la puerta rota), y Eddie no tenía tiempo para esperar. Se dio impulso hacia delante y plantó las palmas extendidas sobre la placa que contenía el nombre, la función y el número de serie de Andy. El robot era increíblemente pesado (a Eddie se le ocurrió que era como empujar un camión), pero estaba ciego, sorprendido y desequilibrado. Se tambaleó hacia atrás y de pronto las palabras amplificadas dejaron de oírse y fueron sustituidas por una sirena que emitía un aullido sobrenatural. Eddie pensó que eso le haría estallar la cabeza. Cogió la puerta y la cerró de golpe. Había un hueco enorme e irregular en la parte superior, aun así la puerta se cerró bien. Eddie corrió el nuevo pestillo, que era tan grueso como su muñeca.

Desde el interior del retrete, la sirena aullaba y gorjeaba.

Rosa se acercó corriendo con un plato en las manos. Tenía los ojos muy abiertos.

—¿Qué ocurre? En el nombre de Dios y de Jesús Hombre, ¿qué ocurre?

Antes de que Eddie pudiera contestar, una tremenda explosión hizo que el retrete se estremeciera desde los cimientos. En realidad se desplazó hacia la derecha y dejó al descubierto el borde del agujero que tenía debajo.

—Es Andy —dijo Eddie—. Creo que le acaban de cantar un horóscopo que no le hace ni puta graci...

—¡Cabrones! —gritó con una voz distinta a las tres formas que solía utilizar Andy para hablar: melosa, autosuficiente o de falso servilismo—. ¡Cabrones! ¡Cabrones mentirosos! ¡Os mataré! ¡Estoy ciego! ¡Oh, estoy ciego! ¡Código siete! ¡Código siete!

Las palabras dejaron de oírse y la sirena se reinició. Rosa tiró los platos y se llevó las manos a las orejas.

Una nueva explosión detonó contra un lateral del retrete y esta vez dos de los robustos tablones quedaron abombados hacia fuera. La siguiente explosión los rompió. Un brazo de Andy salió disparado, lanzaba un brillo rojizo por efecto de la luz y los cuatro dedos se juntaban y se separaban espasmódicamente. En la distancia, Eddie pudo oír el ladrido rabioso de unos perros.

—¡Va a salir, Eddie! —gritó Tian, cogiendo a Eddie por el hombro—. ¡Va a salir!

Eddie le apartó la mano y se acercó a la puerta. Se produjo otra explosión atronadora. Saltaron más tablones rotos de un lado del retrete. La hierba estaba plagada de ellos. Sin embargo, Eddie no podía gritar más alto que el aullido de la sirena, era demasiado estruendoso. Esperó, y antes de que Andy volviera a aporrear una de las paredes laterales del retrete, la sirena se calló.

—¡Cabrones! —gritó Andy—. ¡Os mataré! ¡Directorio veinte! ¡Código siete! ¡Estoy ciego! ¡Visión cero! ¡Cobardes...!

—¡Andy, Robot Mensajero! —gritó Eddie. Había apuntado a toda prisa el número de serie en uno de los preciados pedazos de papel de Callahan, con el cabo de lápiz del padre y lo leyó justo en ese momento—: ¡DNF-44821-V-63! ¡Contraseña!

Las frenéticas explosiones y el grito amplificado cesaron en cuanto Eddie acabó de pronunciar el número de serie, aun así, el silencio no fue total; en sus oídos todavía resonaba el endiablado aullido de la sirena. Se oyó un golpe seco de metal y el chasquido de los relés. Y a continuación:

—Maldito cabrón tramposo, Eddie Dean de Nueva York. Tienes diez segundos. Nueve...

—Diecinueve —dijo Eddie a través de la puerta.

—Contraseña incorrecta. —Y, al margen de que fuera o no el hombre de hojalata, no había rastro de duda del enfurecido deleite en la voz de Andy—. Ocho... siete...

—Noventa y nueve.

—Contraseña incorrecta. —Lo que oyó Eddie en ese momento fue una voz triunfante. Tuvo tiempo para reprocharse la loca petulancia de la que había hecho alarde en el camino; para contemplar la mirada de terror que se cruzó entre Rosa y Tian; para darse cuenta de que los perros seguían ladrando.

—Cinco... cuatro...

No era diecinueve, ni noventa y nueve. ¿Qué más había? ¡Por Dios santo! ¿Con qué coño se apagaba a ese cabrón?

—... tres...

Entonces se le encendió la bombilla —como el brillo que habían tenido los ojos de Andy antes de que el enorme revólver de Roland los apagase—, y recordó el verso garabateado en la valla que rodeaba el solar vacío, con letras pintadas con spray de color rosa oscuro: «Oh, SUSANNAH MIO, mi chica varias veces, Done aparcó su CACHARRO allí, enfrente del DIXIE PIG, en el año...».

—... dos...

No era uno u otro número, sino los dos. Por eso el robot no lo había interrumpido después de cada intentona incorrecta. No lo había dicho mal, no exactamente.

—¡Diecinueve noventa y nueve! —gritó Eddie a través de la puerta.

Al otro lado se hizo un profundo silencio. Eddie esperó a que la sirena volviera a sonar, esperó a que Andy volviera a intentar abrirse paso a porrazos para salir del retrete. Les diría a Tian y a Rosa que escapasen, que intentaría cubrirlos...

La voz que habló desde el interior de la estructura hecha añicos fue anodina y monótona: la voz de una máquina. Tanto la falsa adulación como la sentida furia habían desaparecido. Andy, tal como lo habían conocido generaciones de yentes del Calla, había desaparecido, para siempre.

—Gracias —dijo la voz—. Soy Andy, robot mensajero, muchas otras funciones. Número de serie DNF-44821-V-63, ¿qué puedo hacer por ti?

—Apagarte. —Se hizo el silencio en el retrete—. ¿Entiendes lo que te estoy pidiendo?

Una voz aflautada y horrorizada respondió:

—Por favor, no me obligues, eres un hombre malo. ¡Oh, eres un hombre malo!

—Apágate, ya.

Se produjo un silencio más prolongado aún. Rosa estaba de pie con una mano en el cuello. Varios hombres aparecieron a la vuelta de la esquina de la casa del padre, armados con artillería diversa de fabricación casera. Rosa los saludó.

—DNF-44821, ¡obedece!

—Sí, Eddie de Nueva York. Me apagaré. —Una espantosa tristeza autocompasiva se había apoderado de la nueva vocecilla de Andy. A Eddie le puso la piel de gallina—. Andy está ciego y se apagará. ¿Te das cuenta de que con mis células de energía central reducidas a un noventa y ocho por ciento, puede que jamás vuelva a encenderme?

Eddie recordó los corpulentos gemelos arrunados en el minifundio de los Jaffords, Tian y Zalman, y luego pensó en todos los que había conocido aquel desafortunado pueblo con el paso de los años. Pensó sobre todo en los gemelos Tavery, tan brillantes, rápidos y ansiosos por gustar y tan hermosos....

—Jamás no es suficiente tiempo —dijo—, pero supongo que tendremos que conformarnos. Se acabó la garla, Andy. Apágate.

Se produjo un nuevo silencio en el interior del retrete medio destrozado. Tian y Rosa se colocaron con sigilo uno a cada lado de Eddie y los tres hombres permanecieron juntos delante de la puerta cerrada. Rosa cogió a Eddie por el antebrazo. Él se libró de ella de inmediato. Quería tener la mano libre por si tenía que desenfundar. Aunque no sabía adónde dispararía ahora que Andy ya no tenía ojos.

Cuando Andy volvió a hablar, lo hizo con una voz carente de tono y amplificada que hizo que Rosa y Tian lanzaran un grito ahogado y retrocediesen. Eddie se quedó donde estaba. Había oído una voz como esa y unas palabras parecidas antes, en el claro del gran oso. La perorata que soltó Andy no era la misma, pero sí lo bastante parecida a todos los efectos.

—¡DNF-44821-V-63 SE ESTÁ APAGANDO! ¡TODAS LAS CÉLULAS SUBNUCLEARES Y LOS CIRCUITOS DE MEMORIA ESTÁN EN FASE DE CIERRE! ¡TRECE POR CIENTO DEL CIERRE COMPLETADO! ¡SOY ANDY, ROBOT MENSAJERO, MUCHAS OTRAS FUNCIONES! ¡POR FAVOR, INFORME DE MI LOCALIZACIÓN A INDUSTRIAS LAMERK O A POSITRONICS NORTH CENTRAL, LTD.! ¡LLAME AL 1-900-54! ¡SE OFRECE RECOMPENSA! ¡REPITO: SE OFRECE RECOMPENSA! —Se oyó un ruido seco cuando el mensaje se repitió—: ¡DNF-44821-V-63 SE ESTÁ APAGANDO! ¡TODAS LAS CÉLULAS SUBNUCLEARES Y LOS CIRCUITOS DE MEMORIA ESTÁN EN FASE DE CIERRE! ¡DIECINUEVE POR CIENTO DEL CIERRE COMPLETADO! ¡SOY ANDY...!

—Eras Andy —dijo Eddie con suavidad. Se volvió hacia Tian y Rosa, y tuvo que reír al ver sus caras de niños asustados—. No pasa nada —dijo—. Ya se ha acabado. Seguirá bramando así durante un rato, y luego, todo se habrá terminado. Podéis convertirlo en un... no sé... en una maceta, por ejemplo.

—Creo que arrancaremos el suelo y lo enterraremos ahí mismo —dijo Rosa, señalando el retrete.

La sonrisa de Eddie se amplió y se convirtió en una risa. Le gustaba la idea de enterrar a Andy en la mierda. Le gustaba mucho, pero que muy mucho.

DIECISIETE

A medida que el crepúsculo llegaba a su fin y la noche era más cerrada, Roland se sentó al borde del quiosco de música y miró a las yentes del Calla concentradas en su opípara cena. Todos sabían que sería la última comida que disfrutaban juntos, que la noche del día siguiente a esa misma hora su hermoso pueblecito podía haber quedado reducido a un montón de escombros humeantes, pero aun así estaban alegres. Y Roland imaginó que no era solo por los niños. Se sentían muy aliviados por haber decidido hacer lo correcto. Aunque las yentes sabían que el precio podía ser alto, se sentían aliviadas. Era una especie de atolondramiento. La mayoría de las personas dormirían en la Pradera esa noche con sus hijos y nietos en la tienda que estaba cerca, y allí permanecerían, con las caras vueltas hacia el noreste del pueblo, esperando el inicio de la batalla. Habría tiros, imaginaban (era un sonido que muchos de ellos jamás habían oído), y luego la nube de polvo bajo la que se ocultarían los lobos o bien se disiparía y volvería por donde había llegado, o bien se dirigiría hacia el pueblo como un torbellino. Si ocurría esto último, las yentes se dispersarían y esperarían a que empezase el incendio. Cuando se acabase, se convertirían en refugiados en su propia patria. ¿Se repondrían de esa si era así como salían las cosas? Roland lo dudaba. Si no había niños que los animasen a reponerse —porque esta vez los lobos se los llevarían a todos si ganaban—, el pistolero no lo dudaba, no habría razón para que lo hicieran. Al final del ciclo siguiente, aquel lugar sería un pueblo fantasma.

—Ruego me perdone, sai.

Roland se volvió. Allí estaba Wayne Overholser con el sombrero en las manos. Así, de pie, tenía más pinta de viajero errante con una mala racha que de próspero granjero del Calla. Tenía los ojos abiertos de par en par y su mirada era, en cierta medida, de profunda tristeza.

—No hace falta que me ruegues perdón cuando todavía llevo el sombrero de montar de diario que me prestaste —dijo Roland con suavidad.

—Ya, pero... —Overholser se fue apagando, pensó en lo mucho que deseaba seguir hablando y entonces, por lo visto, decidió ir directo al grano—. Reuben Caverra era uno de los tipos que querías que hiciera guardia durante la batalla, ¿verdad?

—Ea.

—Esta mañana se le han reventado las tripas. —Overholser se puso una mano en el vientre abultado en el lugar donde podría haber estado el apéndice—. Está en casa con fiebre y delira. Seguramente morirá de sangre podrida. Algunos mejoran, ea, pero no muchos.

—Siento oírlo —dijo Roland, intentado pensar quién sería el mejor sustituto de Caverra, un hombre gigantón que había impresionado a Roland por no saber mucho sobre el miedo y seguramente nada sobre la cobardía.

—Deja que lo sustituya, si a bien tienes.

Roland lo miró.

—Por favor, pistolero. No puedo quedarme al margen. Creí que podría, que debía, pero no puedo. Me pone enfermo.

Y, efectivamente, Roland pensó que parecía enfermo.

—¿Lo sabe tu esposa, Wayne?

—Ea.

—¿Y dice que adelante?

—Eso dice.

Roland hizo un gesto de asentimiento.

—Preséntate aquí media hora antes del amanecer.

Una mirada de intensa y casi dolorosa gratitud llenó el rostro de Overholser y lo hizo parecer extrañamente joven.

—¡Gracias, Roland! ¡Te digo gracias! ¡Estoy muy pero que muy agradecido!

—Me alegro de tenerte entre nosotros. Ahora, escucha un minuto.

—¿Ea?

—Las cosas no serán como os las conté la noche de la gran reunión.

—Por lo de Andy, quieres decir.

—Sí, en parte por eso.

—¿Qué más? ¿No querrás decir que hay otro traidor, no? ¿No querrás decir eso?

—Lo único que quiero decir es que si quieres venir con nosotros, tendrás que rodar a nuestro ritmo. ¿Te consta?

—Sí, Roland, me consta muy bien.

Overholser volvió a darle las gracias por la oportunidad de morir al norte del pueblo y luego se fue corriendo con el sombrero todavía en las manos. Tal vez para que Roland no pudiera cambiar de opinión.

Eddie se acercó.

—¿Overholser viene al baile?

—Eso parece. ¿Has tenido muchos problemas con Andy?

—Ha ido bien —dijo Eddie, sin querer admitir que Tian, Rosalita y él habían estado a un pelo de morir calcinados.

En la distancia, todavía se le oía bramar. Aunque no por mucho tiempo; la voz amplificada estaba diciendo que el cierre estaba completado en un setenta y nueve por ciento.

—Lo has hecho muy bien.

Un cumplido de Roland siempre hacía que Eddie se sintiera el rey del mundo, aunque intentó no demostrarlo.

—Mientras lo hagamos bien mañana...

—¿Y Susannah?

—Parece que está bien.

—¿No...? —Roland se frotó la ceja izquierda.

—No, al menos yo no he visto que lo haga.

—¿Y no se ha puesto a hablar de forma entrecortada y con una voz chillona?

—No, en ese sentido está bien. Ha estado practicando con los platos durante todo el tiempo que habéis estado cavando. —Eddie señaló con un gesto de la barbilla a Jake, que estaba sentado en un columpio con Acho a sus pies—. Ese es quien me preocupa. Me alegrará sacarlo de aquí. Esto ha sido duro para él.

—Será más duro para el otro chico —dijo Roland, y se levantó—. Vuelvo a la casa del padre. Voy a dormir un poco.

—¿Puedes dormir?

—Oh, sí —dijo Roland—. Con ayuda del aceite de gato de Rosalita, dormiré como un tronco. Susannah, Jake y tú también deberíais intentarlo.

—Vale.

Roland hizo un sombrío gesto de asentimiento.

—Os despertaré mañana por la mañana. Cabalgaremos juntos.

—Y lucharemos.

—Sí —convino Roland. Miró a Eddie. Sus ojos azules brillaban en la oscuridad como teas—. Lucharemos. Hasta que caiga uno de los dos.

VII

Los lobos

UNO

Contemplad esto ahora, contempladlo muy bien:

He aquí una carretera tan amplia y bien mantenida como cualquier carretera secundaria de Estados Unidos, es el terreno aplanado que las yentes del Calla llaman «oggan». Hay acequias a ambos lados; aquí y allá hay alcantarillas de madera pulcras y bien cuidadas cuyo cauce discurre bajo el oggan. Por la carretera, iluminadas por la luz tenue y sobrenatural que se proyecta antes del amanecer, van una docena de bigas (son del tipo que conducen los mannis, con capotas de lienzo redondeadas). El lienzo es de un blanco prístino para que el sol se refleje en él y el interior se mantenga fresco en los calurosos días de verano. Parecen extraños, como nubes de baja flotación. Son cúmulos, si a bien tenéis. Un grupo de seis mulas o cuatro caballos tira de cada carromato. En cuyo asiento, a las riendas, van un par de guerreros o los cuidadores de los niños asignados. Overholser conduce el carromato que va en cabeza, con Margaret Eisenhart a su lado. El siguiente de la fila es Roland de Gilead, que va con Ben Slightman. En quinto lugar van Tian y Zalia Jaffords. En séptimo lugar van Eddie y Susannah Dean. La silla de ruedas de Susannah va plegada en el carromato de detrás. Bucky y Annabelle Javier dirigen el décimo. En el pescante del último carromato van el padre Donald Callahan y Rosalita Muñoz.

En el interior de las bigas van noventa y nueve niños. El mellizo sobrante —el que hace que la cantidad sea impar—, es Benny Slightman, claro. Viaja en el último carromato (le incomoda ir con su padre). Los niños no hablan. Algunos de los más pequeños se han ido a la parte trasera a dormir; tendrán que despertar dentro de poco, cuando los carromatos lleguen a su destino. Adelante, a menos de un kilómetro y medio, está el lugar donde el camino hacia el desfiladero se bifurca hacia la izquierda. A la derecha, el terreno desciende por una pequeña ladera hasta el río. Todos los conductores miran hacia el este, hacia la constante oscuridad de Tronido buscando una nube de polvo que se aproxime. No hay nube a la vista, todavía no. Incluso los vientos del seminon se han calmado. Por lo visto, las oraciones del padre han obtenido respuesta, al menos a ese respecto.

DOS

Ben Slightman, que iba sentado junto a Roland en el pescante de la biga, habló tan bajo que el pistolero apenas alcanzó a oírlo.

—Entonces, ¿qué me harán?

Si cuando los carromatos salieron de Calla Bryn Sturgis le hubieran pedido a Roland que dijera cuál creía que era la probabilidad de que Slightman sobreviviera a ese día, habría dicho que de cinco contra cien. Seguro que no eran más. Dos preguntas fundamentales debían formularse y luego responderse correctamente. La primera tenía que proceder de Slightman en persona. Roland no esperaba que el hombre se la hiciese, pero ahí estaba, pronunciada por sus propios labios. Roland se volvió y lo miró.

El capataz de Vaughn Eisenhart estaba muy pálido, pero se quitó las gafas y se enfrentó a la mirada de Roland. El pistolero no atribuyó a ese gesto ningún valor en especial. Seguro que Slightman el Viejo había tenido tiempo para calar a Roland y sabía que tenía que mirar al pistolero a los ojos si quería tener alguna esperanza, pese a lo poco que pudiera gustarle hacerlo.

—Ea, lo sé —dijo Slightman. Su voz era firme, al menos hasta ese momento—. ¿El qué? Que tú lo sabes.

—Supongo que lo sabes desde que cogimos a tu colega, supongo —respondió Roland.

La palabra sonó intencionadamente sarcástica (el sarcasmo era la única forma de humor que Roland de verdad entendía), y Slightman hizo una mueca de dolor al oírla: «colega». Pero asintió con la cabeza, con los ojos fijos en los de Roland.

—Tenía que haber imaginado que si sabíais lo de Andy, sabríais lo mío. Aunque él jamás me habría delatado, eso no estaba en su programación. —Al final fue demasiado y no pudo soportar durante más tiempo el contacto visual. Bajó la vista al tiempo que se mordía el labio—. Lo he sabido sobre todo por Jake.

Roland no pudo ocultar la sorpresa de su rostro.

—Ha cambiado. Él no quería, no, porque es muy genioso y muy valiente, pero cambió. No conmigo, sino con mi chico. Durante esta última semana, semana y media, Benny ha estado... bueno, supongo que se podría decir que ha estado confuso. Sentía algo pero no sabía qué era. Yo sí. Era como si tu chico ya no quisiera estar con él. Me ha preguntado a qué podía deberse y la respuesta era bastante evidente. Obvia.

Roland se estaba quedando retrasado con respecto al carromato de Overholser. Sacudió las riendas sobre los lomos de sus mulas y las bestias avanzaron un poco más rápido. Desde detrás se oyó el apagado murmullo de los niños, algunos iban hablando, aunque la mayoría roncaban, y el sordo golpeteo de las ruedas sobre el camino. Le había pedido a Jake que recogiese en una pequeña caja las pertenencias de los niños, y había visto que el niño lo hacía. Era un buen chico que nunca se negaba a hacer una tarea. Esa mañana llevaba un sombrero de diario para evitar que el sol lo cegara, y la pistola de su padre. Iba en el asiento del undécimo carromato con uno de los hombres de Estrada. Supuso que el chico de Slightman también era un buen muchacho, lo cual había contribuido a que la situación hubiera llegado a ser tan desastrosa como era en aquel momento.

—Jake estaba en el Dogan una noche cuando Andy y tú fuisteis allí, a informar sobre vuestros vecinos —dijo Roland.

En el asiento de al lado, Slightman hizo un gesto de dolor como si le acabasen de dar un puñetazo en el estómago.

—Allí —dijo—. Sí, casi lo sentí... o creí sentirlo... —Se produjo una pausa más larga, y luego renegó—: ¡Joder!

Roland miró hacia el este. Allí, el día estaba un poco más claro, pero seguía sin haber rastro de polvo, lo que era una buena señal.

En cuanto el polvo apareciese, los lobos llegarían como una exhalación a lomos de sus raudos caballos grises. Prosiguió, hablando casi sin darse cuenta, y formuló la otra pregunta. Si Slightman respondía que no, no viviría para ver la llegada de los lobos por muy rápido que cabalgaran los caballos grises.

—¿Si lo hubieras descubierto, Slightman, si hubieras descubierto a mi chico, lo habrías matado?

Slightman volvió a ponerse las gafas mientras consideraba la pregunta. Roland no sabía si el hombre era consciente de la importancia de la cuestión. Esperó a ver si el padre del amigo de Jake viviría o moriría. Lo tendría que decidir deprisa; se estaban acercando al lugar donde los carromatos se detendrían y los niños bajarían.

Al final, el hombre levantó la cabeza y de nuevo se enfrentó a la mirada de Roland. Abrió la boca para hablar, pero no pudo. Estaba claro lo que le ocurría: o respondía a la pregunta del pistolero o lo miraba a la cara, pero no podía hacer las dos cosas a la vez.

Slightman volvió a apartar la mirada, dirigiéndola hacia la madera astillada que tenía entre los pies y dijo:

—Sí, reconozco que lo habría matado. —Hizo una pausa. Asintió con la cabeza. Cuando la movió, le cayó una lágrima de un ojo y esta fue a dar contra la madera del suelo del pescante—. Ea, ¿qué más? —En ese momento alzó la mirada; podía volver a enfrentarse a los ojos de Roland y, cuando lo hizo, vio que su suerte estaba echada—. Hazlo rápido —le dijo—, y no dejes que mi chico lo vea, te lo ruego.

Roland volvió a sacudir las riendas sobre los lomos de las mulas.

—No seré yo quien cese tu miserable aliento.

El aliento de Slightman cesó. Al decirle al pistolero que sí, que habría matado a un chico de doce años para guardar su secreto, su rostro había adoptado una especie de nobleza constreñida que ahora había sido sustituida por la esperanza, y la esperanza lo afeaba, lo hacía casi grotesco. Luego soltó el aire en un suspiro entrecortado y dijo:

—Me tomas el pelo. Me estás engañando, vas a matarme, sí. ¿Por qué no ibas a hacerlo?

—Cree el ladrón que son todos de su condición —sentenció Roland—. Yo no mato a menos que tenga que hacerlo, Slightman, porque yo quiero a mi chico. Eso sí que debes entenderlo, ¿no? ¿Lo de querer a un niño?

—Ea.

Slightman volvió a agachar la cabeza y empezó a rascarse la nuca quemada por el sol. Ese cuello que había imaginado que acabaría enterrado bajo tierra ese mismo día.

—Pero que te quede bien clara una cosa. Por tu propio bien, por el de Benny y por el nuestro. Si los lobos ganan, tú morirás. De eso puedes estar seguro. Como dicen Eddie y Susannah: «Es de cajón».

Slightman lo estaba mirando otra vez con los ojos abiertos de par en par detrás de las lentes.

—Atiéndeme bien, Slightman, y entiende lo que te voy a decir. No vamos a estar donde los lobos creen que estaremos, ni tampoco los pequeños. Ganemos o perdamos, esta vez van a dejar algunos cadáveres a su paso y ganemos o perdamos, sabrán que alguien los ha engañado. ¿Y qué habitantes de Calla Bryn Sturgis habrán podido ser? Solo dos: Andy y Ben Slightman. Andy ha caído, se ha librado de su venganza. —Le dedicó una sonrisa a Slightman tan gélida como los hielos del Polo Norte—. Pero tú no. Ni tampoco el único que le preocupa a esa imitación de corazón que tienes.

Slightman se quedó sentado pensando en ello. Sin duda, era una idea que no se había planteado, pero en cuanto le vio la lógica, le pareció incuestionable.

—Seguramente creerán que has cambiado los lugares a propósito —dijo Roland— y, aunque los convenzas de que ha sido sin querer, te matarán de todas formas. Y a tu hijo también. Por venganza.

Máculas encarnadas afloraron en las mejillas del hombre mientras el pistolero hablaba —rubor de vergüenza, supuso Roland—, pero en cuanto pensó en la muerte de su hijo a manos de los lobos, volvió a palidecer. O tal vez lo que provocó aquella palidez fuera la idea de que iban a llevarse a Benny al este; de que se lo iban a llevar y se iba a arrunar.

—Lo siento —se disculpó—. Siento lo que he hecho.

—Me importa una mierda que lo sientas —espetó Roland—. El ka actúa y el mundo se mueve. —Slightman no respondió—. Estoy dispuesto a enviarte con los niños, tal como dije que haría —prosiguió Roland—. Si las cosas salen como espero, no verás ni un solo minuto de acción. Si no salen como espero, te interesará recordar que Sarey Adams es la líder de ese equipo de lanzadoras, y si hablo con ella después, te interesará que diga que has hecho todo lo que te ordenaron. —Cuando esto recibió como respuesta un nuevo silencio de Slightman, el pistolero habló con brusquedad—. Dime que lo has entendido, maldita sea. Quiero oírlo: «Sí, Roland, me consta».

—Sí, Roland, me consta muy bien. —Hubo una pausa—. Si ganamos, ¿las yentes lo averiguarán? ¿Qué crees? ¿Averiguarán que yo...?

—No por Andy —dijo Roland—. Ya no soltará más paparruchas. Ni lo sabrán por mí si haces lo que has prometido. Ni tampoco por mi ka-tet. No por respeto a ti, sino por respeto a Jake Chambers. Y si los lobos caen en la trampa que les he tendido, ¿por qué iban a sospechar las yentes que había otro traidor? —Analizó a Slightman con sus fríos ojos—. Son un pueblo inocente, confiado, como ya sabes. Seguro que te has aprovechado de eso.

El rubor volvió a aflorar en sus mejillas. Slightman bajó la vista hacia el suelo del pescante una vez más. Roland miró hacia arriba y vio el lugar que estaba buscando a menos de medio kilómetro. Bien. Todavía no se atisbaba ninguna nube de polvo en el horizonte oriental, pero podía sentir cómo se formaba en su mente. Los lobos se acercaban, ¡oh, sí! En algún lugar al otro lado del río habían desmontado de su tren, habían montado en sus caballos y cabalgaban como los demonios del infierno, que era de donde provenían, no le cabía duda.

—Lo hice por mi hijo —se justificó Slightman—. Andy vino a mí y me dijo que seguramente se lo llevarían. A algún lugar de por allí, Roland... —señaló al este, hacia Tronido—... En algún lugar de por allí habitan unas criaturas desgraciadas llamadas disgregadores, prisioneros. Andy decía que tenían poderes de telepatía y telekinesia, y aunque no me consta ninguna de las dos palabras, sé que tienen que ver con la mente. Los disgregadores son humanos y comen lo que nosotros comemos para nutrir su cuerpo, pero necesitan otro alimento, un alimento especial, para nutrir lo que quiera que sea que los hace especiales.

—Alimento para el cerebro —dijo Roland.

Recordó que su madre llamaba así al pescado. Y entonces, por alguna razón que no se podía explicar, pensó en los paseos nocturnos de Susannah. Solo que no era Susannah la que asistía a ese salón de banquetes en mitad de la noche; era Mia, hija de nadie.

—Ea, eso creo —admitió Slightman—. De todas formas, es algo que solo tienen los mellizos, algo que une sus mentes. Esos tipos, no los lobos, sino los que envían a los lobos, lo sacan de ellos y, cuando ya no está, los niños se quedan idiotas, arrunados. Es comida, Roland, ¿sabes? ¡Por eso se los llevan! ¡Para alimentar a sus malditos disgregadores! ¡No para llenarse la panza ni el cuerpo, sino la mente! ¡Y ni siquiera sé qué es lo que tienen que disgregar!

—Los dos Haces que todavía sostienen la Torre —dijo Roland.

Slightman se quedó estupefacto, y se asustó.

—¿La Torre Oscura? —susurró las palabras—. ¿Lo dices en serio?

—Sí —respondió Roland—. ¿Quién es Finli? Finli o'Tego.

—No lo sé. Una voz que recibe mis informes, eso es todo. Un taheen, creo... ¿tú sabes qué es?

—¿Y tú? —Slightman sacudió la cabeza—. Entonces lo dejaremos. Puede que me lo encuentre dentro de un tiempo y ya se encargará él de responderme a eso.

Slightman no respondió, pero Roland se dio cuenta de que tenía dudas. Eso estaba bien. Ya casi habían terminado, y el pistolero sintió que la cincha invisible que le oprimía la cintura empezaba a soltarse. Se volvió por completo hacia el capataz por primera vez.

—Siempre ha habido gente como tú, gente fácil de camelar por Andy, Slightman; no me cabe duda de que fue por eso para lo que lo dejaron aquí, al igual que no me cabe duda de que tu hija, la hermana de Benny, no murió por accidente. Siempre necesitan un mellizo de sobra, y un padre débil.

—No puedes...

—Calla. Ya has dicho todo lo que tenías que decir.

Slightman se quedó sentado en silencio junto a Roland.

—Entiendo la traición. Yo también la he practicado, en una ocasión con el mismísimo Jake. Pero vamos a dejar clara una cosa: eso no cambia lo que eres. Eres un ave de carroña, un herrumbrero transformado en buitre.

El color volvió a las mejillas de Slightman, dándoles el tono del vino de Burdeos.

—Lo hice por mi hijo —insistió con tozudez.

Roland se escupió en una mano ahuecada, luego la levantó y le acarició la mejilla a Slightman. La sangre se agolpaba en esa parte de su rostro que estaba caliente al tacto. Luego el pistolero agarró las gafas que llevaba Slightman y las meneó ligeramente sobre la nariz del hombre.

—A mí no me engañas —dijo con mucha calma—. Por estas; así es como te han señalado, Slightman, esta es tu marca. Te dices a ti mismo que lo hiciste por tu hijo porque eso te deja dormir por las noches. Yo me digo que lo que hice fue tanto por Jake como para no perder mi oportunidad de llegar a la Torre... y eso es lo que me deja a mí dormir por las noches. La diferencia entre tú y yo, la única diferencia, es que yo jamás he aceptado unas gafas. —Se limpió la mano en los pantalones—. Te has vendido, Slightman. Y has olvidado el rostro de tu padre.

—Déjame en paz —susurró Slightman. Se limpió la saliva del escupitajo del pistolero de la mejilla. Esta fue sustituida por sus propias lágrimas—. Por la gloria de mi hijo.

Roland hizo un gesto de asentimiento.

—En eso radica todo, en la gloria de tu hijo. Lo arrastras tras de ti como un pollo muerto. Bueno, ¡da igual! Si todo sale como espero, puede que vivas tu vida con él en el Calla y envejezcas contando con el beneplácito de tus vecinos. Serás uno de esos que se enfrentaron a los lobos cuando los pistoleros llegaron al pueblo por el Camino del Haz. Cuando no puedas caminar, él caminará contigo y te sostendrá. Es lo que veo, aunque no me gusta, porque un hombre que vende su alma por un par de gafas la volverá a vender por cualquier otro acicate, incluso más barato, y tarde o temprano tu hijo descubrirá lo que eres. Lo mejor que podría ocurrirle a tu chico es que murieses hoy como un héroe.

—Y a continuación, antes de que Slightman pudiera responder, Roland alzó la voz y gritó—: ¡Oye, Overholser! ¡Detente! ¡Hemos llegado! ¡Te doy gracias!

—Roland... —empezó a decir Slightman.

—No —atajó Roland, al tiempo que ligaba las riendas—, se acabó la garla. Solo recuerda lo que te he dicho, sai: si hoy tienes la oportunidad de morir como un héroe, hazle a tu hijo un favor y aprovéchala.

TRES

Al principio, todo marchó según el plan establecido y lo atribuyeron al ka. Cuando las cosas empezaron a ir mal y se produjeron las primeras muertes, también lo atribuyeron al ka. El pistolero podría haberles dicho que el ka solía ser lo último que uno tenía que superar.

CUATRO

Roland les había explicado a los niños lo que quería que hicieran mientras todavía estaban en la dula, bajo las teas llameantes. Ahora, cuando el día empezaba a despuntar (aunque el sol seguía sin entrar en escena), ocuparon sus puestos a la perfección, alineándose en el camino desde el más mayor al más pequeño, todas las parejas de mellizos cogidas de la mano. Las bigas estaban aparcadas a la izquierda de la vía, con las ruedas del lado del conductor justo encima de la cuneta. La única separación estaba donde el camino hacia el desfiladero se separaba del Camino del Este. Junto a los niños, en una fila, estaban los cuidadores, cuyo número ascendía a más de una docena en ese momento con el añadido de Tian, el padre Callahan, Slightman y Wayne

Overholser. Enfrente de ellos, dispuestos en línea junto a la cuneta derecha del camino, estaban Eddie, Susannah, Rosa, Margaret Eisenhart y la esposa de Tian, Zalia. Todas las mujeres llevaban un bolso de paja forrado de seda y lleno de platos. Apiladas en la cuneta que tenían justo detrás de ellas estaban las cajas que contenían más Orizas. Había doscientos platos en total.

Eddie oteó el otro lado del río; seguía sin verse polvo. Susannah le dedicó una sonrisa nerviosa que él correspondió con amabilidad. Esa era la parte difícil, la parte que daba miedo. Él sabía que, más tarde, la neblina roja lo envolvería y se lo llevaría lejos. En ese momento era demasiado consciente de ello y aún más de que en ese mismo instante estaban tan indefensos y eran tan vulnerables como una tortuga sin su caparazón.

Jake recorrió a toda prisa la fila de los niños, llevando la caja con los cachivaches recolectados: lazos para el pelo, un mordedor para la dentición de los bebés, un silbato tallado de una rama de tejo, un viejo zapato con casi toda la suela comida, un calcetín desparejado... Al menos había media docena de cosas por el estilo.

—¡Benny Slightman! —gritó Roland—. ¡Frank Tavery! ¡Francine Tavery! ¡A mí!

—¡Oye! —dijo el padre de Benny Slightman, inmediatamente alarmado—. ¿Por qué haces que mi chico abandone la fila...?

—Para que cumpla con su deber, al igual que tú cumplirás con el tuyo —respondió Roland—. Ni una palabra más.

Los cuatro niños que había llamado se presentaron ante él. Los Tavery estaban ruborizados, sin aliento, con los ojos brillantes y todavía cogidos de la mano.

—Ahora, atendedme, y no me hagáis repetir ni una sola palabra —advirtió Roland.

Benny y los Tavery se inclinaron hacia delante con ansiedad. Aunque estaba a todas luces impaciente por salir, Jake se sentía menos ansioso; sabía lo que iba a ocurrir en ese momento y gran parte de lo que ocurriría a continuación. Lo que Roland esperaba que ocurriera.

Roland habló dirigiéndose a los niños, aunque lo suficientemente alto para que la fila de tensos cuidadores también pudiera oírlo.

—Tenéis que ir por el camino —dijo— e ir tirando algo cada pocos metros, como si se os hubiera caído durante una marcha difícil y apresurada. Y espero que vosotros cuatro hagáis que sea una marcha difícil y apresurada. No corráis, pero caminad casi como si lo hicierais. Mirad dónde ponéis los pies. Id hasta donde el camino se bifurca, eso son unos ochocientos metros, y no más allá. ¿Comprendido? No deis ni un paso más allá.

Asintieron con entusiasmo. Roland pasó a mirar a los adultos que estaban de pie y en tensión detrás de ellos.

—Estos cuatro partirán dentro de dos minutos. Luego, que vayan los demás mellizos; los mayores primero, los pequeños al final. No irán lejos; las últimas parejas apenas llegarán a salir del camino. —Roland levantó la voz hasta convertirla en un grito autoritario—: ¡Niños, cuando oigáis esto, volved! ¡Venid a mí, deprisa!

Roland se puso el dedo índice y el anular de la mano izquierda en las comisuras de los labios y lanzó un silbido tan penetrante que muchos niños se llevaron las manos a las orejas.

Annabelle Javier preguntó:

—Sai, si quieres que los niños se escondan en una de las cuevas, ¿por qué los llamas para que vuelvan?

—Porque no van a ir a las cuevas —aclaró Roland—. Van a ir allí. —Señaló hacia el este—. Lady Oriza va a cuidar de los niños. Van a ocultarse en los campos de arroz, en esta orilla del río.

Todos miraron hacia donde señalaba, y así fue como todos vieron el polvo al mismo tiempo.

Los lobos estaban llegando.

CINCO

—Llegan nuestros invitados, cielo —anunció Susannah.

Roland hizo un gesto de asentimiento, luego se volvió hacia Jake.

—Adelante, Jake. Tal como te he dicho.

Jake cogió un puñado grande de cosas de la caja y se lo pasó a los mellizos Tavery. A continuación salió de la cuneta izquierda de un salto, con la gracilidad de un ciervo, y empezó a avanzar por el camino del arroyo con Benny a su lado. Frank y Francine iban justo detrás; mientras Roland miraba, Francine dejó caer un sombrerito.

—Vale —dijo Overholser—. Me consta en parte. Los lobos verán las cosas abandonadas y eso los acabará de convencer de que los niños están allí arriba, pero ¿por qué enviar al resto de pequeños al norte, pistolero? ¿Por qué no llevarlos hasta el arroz ahora mismo?

—Porque debemos suponer que los lobos pueden oler el rastro de su presa al igual que los lobos de verdad —respondió Roland. Volvió a alzar la voz—: ¡Niños, al camino! ¡Los mayores primero! ¡Coged a vuestro compañero de la mano y no se la soltéis! ¡Volved al oír el silbido!

Los niños empezaron a andar, y Callahan, Sarey Adams, los Javier y Ben Slightman los ayudaron a meterse en la cuneta. Todos los adultos parecían nerviosos; solo el padre de Benny parecía, además, receloso.

—Los lobos picarán porque tienen motivos para creer que los niños están allí arriba —dijo Roland—, pero no son tontos, Wayne. Buscarán una pista y se la daremos. Si olfatean, y apuesto hasta el último grano de arroz de la cosecha de este pueblo a que lo harán, tendrán olores así como zapatos y lazos caídos para empezar a buscar un rastro. Cuando pierdan el rastro del grupo más numeroso, seguirán oliendo el de los cuatro que he enviado primero. Puede que se lo traguen o puede que no, aunque a esas alturas no importará.

—Pero...

Roland no le hizo caso. Se volvió hacia la reducida banda de guerreros. Eran siete en total. «Es un buen número —se dijo—. Un número de poder.» Miró más allá de ellos, hacia la nube de polvo. Se hacía cada vez mayor que cualquiera de los restantes remolinos de polvo del seminon y se movía a una velocidad espeluznante. Aun así, Roland pensó que, de momento, no corrían peligro.

—Escuchad y atended —se dirigía a Zalia, Margaret y Rosa. Los miembros de su propio ka-tet ya sabían lo que debían hacer, lo sabían desde que el viejo Jamie susurró su secreto tanto tiempo guardado al oído de Eddie en el porche de la casa de los Jaffords—. Los lobos no son ni hombres ni monstruos; son robots.

—¡Robots! —gritó Overholser, aunque con sorpresa más que con incredulidad.

—Ea, y de un tipo que mi ka-tet ya ha visto antes —aclaró Roland. Estaba pensando en cierto claro donde los siervos del gran oso que habían quedado vivos se habían perseguido unos a otros en un interminable círculo—. Llevan capuchas para ocultar un trasto giratorio que tienen en la coronilla. Seguramente son de este ancho y de este alto. —Roland les mostró una altura de unos cinco centímetros y una anchura de unos trece—. Es a lo que Molly Doolin le dio con su plato, y lo rebanó. Ella le dio por casualidad; nosotros le daremos a propósito.

—Gorras de pensar —dijo Eddie—. Son su conexión con el mundo exterior. Sin ellas, están tan muertos como una cagada de perro.

—Apuntad aquí. —Roland levantó la mano derecha dos centímetros y medio por encima de la coronilla de su cabeza.

—Pero el pecho... las branquias en el pecho... —empezó a decir Margaret, enormemente desconcertada.

—Es una puta mentira y siempre lo ha sido —afirmó Roland—. Apuntad a la coronilla de las capuchas.

—Algún día —dijo Tian—, sabré por qué ha tenido que haber tantas mentiras de mierda.

—Espero que vivamos para ver ese día —sentenció Roland.

Los últimos niños, los más pequeños, acababan de avanzar por el camino, con las manos cogidas como les habían ordenado. Puede que los mayores ya estuvieran a unos ciento treinta metros de distancia, y el cuarteto de Jake, al menos a otros ciento treinta metros más allá. Tendría que ser suficiente. Roland centró su atención en los cuidadores de los niños.

—Ahora volverán —dijo—. Llevadlos por la cuneta y a través del maíz en dos filas, una al lado de otra. —Levantó un pulgar por encima del hombro sin mirarlos—. No hace falta que os diga lo importante que es no mover las plantas del maíz, sobre todo las que están cerca del camino, donde los lobos pueden veros.

Sacudieron la cabeza.

—Cuando lleguéis al borde de los campos de arroz —prosiguió Roland—, llevadlos a uno de los desfiladeros. Conducidlos casi hasta el río, luego haced que se tumben donde el arroz esté alto y todavía esté verde. —Separó las manos, le brillaban los ojos azules—. Haced que se dispersen. Los mayores os pondréis en la margen del río que quedará junto a ellos. Si hay problemas, más lobos o algo que no esperamos, llegarán por ese lado.

Sin darles la oportunidad de hacer preguntas, Roland volvió a meterse los dedos por las comisuras de los labios y silbó. Vaughn Eisenhart, Krella Anselm y Wayne Overholser se reunieron con los demás en la cuneta y empezaron a ordenar a los pequeños que dieran la vuelta y se dirigieran hacia el camino. Mientras tanto, Eddie echó otra mirada hacia atrás y se sorprendió al ver lo mucho que había avanzado la nube de polvo hacia el río. Un movimiento tan rápido tenía perfecto sentido si uno conocía el secreto; esos caballos grises no eran animales, sino medios de transporte mecánicos «disfrazados» para parecer caballos, ni más ni menos. «Como una flota de Chevrolets del gobierno», pensó.

—Roland, ¡vienen como el rayo!, ¡como salidos del infierno!

Roland miró.

—No pasa nada —dijo.

—¿Estás seguro? —preguntó Rosa.

—Sí.

Los niños más pequeños se apresuraba a desandar el camino, cogidos de la mano; los ojos se les salían de las órbitas por el miedo y la emoción. Cantab, de los mannis, y Ara, su esposa, los dirigían. Ella les dijo que caminaran directamente hacia las hileras centrales de la plantación y que intentaran no tocar ninguna de las escuálidas plantas.

—¿Por qué, sai? —preguntó un granujilla, que no debía de tener más de cuatro años. Llevaba una sospechosa mancha oscura en la parte delantera de su peto—. El maíz ya está recogido.

—Es un juego —dijo Cantab—. Es el juego de «No toques el maíz».

Empezó a cantar. Algunos de los niños se le unieron, pero la mayoría estaban demasiado desconcertados y asustados.

A medida que las parejas iban cruzando el camino, y los niños que las formaban eran cada vez eran más altos y más mayores mientras iban llegando, Roland echó otra mirada hacia el este. Calculó que a los lobos todavía les quedaban diez minutos para llegar a la otra margen del Whye, así que diez minutos tenían que ser suficientes. Pero, ¡dioses!, ¡qué rápidos eran! Ya se le había pasado por la cabeza que al final se vería obligado a dejar que Slightman el Joven y a los mellizos Tavery se quedaran allí, con ellos. No entraba en el plan, pero a esas alturas, el plan casi siempre empezaba a cambiar. Tenía que cambiar justo en ese instante, cuando los últimos niños estaban cruzando el camino y solo Overholser, Callahan, Slightman el Viejo y Sarey Adams seguían en él.

—Adelante —les dijo Roland.

—¡Quiero esperar a mi hijo! —objetó Slightman.

—¡Adelante!

Slightman puso cara de estar dispuesto a defender su postura, pero Sarey Adams le tocó un codo y Overholser lo cogió del otro.

—Venga —dijo Overholser—. El hombre se preocupará por tu chico como se preocupa por el suyo.

Slightman le dedicó a Roland una última mirada dubitativa, y luego saltó por encima de la cuneta y empezó a guiar a los últimos de la fila cuesta abajo, junto con Overholser y Sarey.

—Susannah, enséñales el escondite —dijo Roland.

Se habían cuidado de asegurarse de que los niños cruzaran la cuneta del camino del río bien lejos del lugar donde habían cavado el refugio el día anterior. Usando una de sus piernas mutiladas y enfundadas, Susannah apartó de una patada un amasijo de hojas, ramas y tallos de maíz secos —la clase de cosa que uno espera encontrarse en una acequia junto a un camino— y dejó al descubierto un agujero oscuro.

—Solo es una trinchera —dijo, casi disculpándose— que queda tapada por unos tablones. Son ligeros y fáciles de retirar. Ahí es donde vamos a meternos. Roland ha hecho un... bueno, no sé cómo se llama, en mi pueblo lo llamamos periscopio, es una cosa con espejos dentro por la que se puede mirar... y cuando llegue la hora, nos levantaremos y los tablones saldrán disparados a nuestro alrededor.

—¿Dónde están Jake y los otros tres? —preguntó Eddie—. Ya deberían estar de vuelta.

—Es demasiado pronto —dijo Roland—. Tranquilízate, Eddie.

—No voy a tranquilizarme y no es demasiado pronto. Al menos tendríamos que poder verlos. Voy a ver que...

—No, no vas a ninguna parte —dijo Roland—. Tenemos que derribar a tantos como podamos antes de que se imaginen lo que está ocurriendo. Eso significa que nuestra potencia de fuego tiene que quedarse aquí, en la retaguardia.

—Roland, algo no marcha bien.

Roland no le hizo caso.

—Señoras sais, métanse dentro, si a bien tienen. Las cajas de platos estarán a vuestro lado; las cubriremos con unas hojas.

Roland miró al otro lado del camino mientras Zalia, Rosa y Margaret empezaban a meterse en el agujero que Susannah había dejado al descubierto. La senda hacia el desfiladero estaba en ese momento completamente vacía. Seguía sin haber ni rastro de Jake, Benny y los mellizos Tavery. Estaba empezando a pensar que Eddie tenía razón; que algo había ido mal.

SEIS

Jake y sus compañeros llegaron enseguida y sin incidentes al lugar donde la senda se bifurcaba. Jake había conservado dos objetos y, cuando llegaron a la bifurcación, tiró un sonajero roto hacia la Gloria y una pulserita de cuerda de niña hacia la Petirrojo. «Escoged —pensó— y jodeos hagáis lo que hagáis.»

Cuando se volvió, vio que los mellizos Tavery ya habían emprendido el camino de vuelta. Benny lo estaba esperando, con la cara pálida y los ojos brillantes. Jake le hizo un gesto de asentimiento y se obligó a devolverle la sonrisa.

—Vamos —dijo.

Entonces oyó el silbido de Roland y los mellizos se pusieron a correr pese al pedregal y las piedras caídas que plagaban el camino. Seguían cogidos de la mano, esquivando aquello que simplemente no podían saltar.

—Eh, ¡no corráis! —gritó Jake—. Roland dijo que no corriéramos y que miráramos dónde poníamos los pie...

En ese momento Frank Tavery pisó un hoyo. Jake oyó el crujido y el chasquido seco que hizo su tobillo al romperse y supo por la terrible mueca de dolor de Benny que él también lo había oído. Frank dejó escapar un sordo gemido y cayó hacia un lado. Francine tiró de él cogiéndolo por el brazo, pero el chico pesaba demasiado. Se le escapó de las manos como el contrapeso de una polea. El ruido sordo que produjo su cabeza al impactar contra el afloramiento de granito que tenía a su lado fue mucho más claro que el ruido que había producido su tobillo. La sangre que empezó a manar de inmediato de la herida del cuero cabelludo refulgió con la primera luz de la mañana.

«Problemas —pensó Jake—. Y en nuestro camino.»

Benny estaba boquiabierto, se puso rojo como un tomate. Francine se estaba arrodillando junto a su hermano, que permanecía tumbado en una postura retorcida y que no presagiaba nada bueno con el pie todavía metido en el agujero. Ella producía unos ruidos agudos y ahogados. Entonces, de repente, los lamentos se acallaron. Puso los ojos en blanco y se desplomó sobre su hermano mellizo, inconsciente.

—Vamos —dijo Jake, y como Benny siguió inmóvil y boquiabierto, Jake le dio un empujón en el hombro—. ¡Por la gloria de tu padre!

Eso hizo reaccionar a Benny.

SIETE

Jake lo contempló todo desde la óptica fría y despejada de un pistolero: la sangre derramada sobre la piedra; el mechón de pelo pegado a ella; el pie en el agujero; la baba en los labios de Frank Tavery; la hinchazón de los jóvenes senos de su hermana mientras estaba tumbada con torpeza sobre él; los lobos que ya llegaban... No fue el silbido de Roland lo que le indicó aquello último, sino el toque. «Eddie —pensó—. Eddie quiere venir hasta aquí.»

Jake jamás había intentado utilizar el toque para transmitir un mensaje, pero lo hizo en ese momento: «¡Quédate donde estás! Si no podemos volver a tiempo, intentaremos escondernos cuando pasen por aquí. ¡Pero no vengas hasta aquí! ¡No estropees las cosas!».

No tenía ni idea de si el mensaje había llegado, pero sí sabía que era lo único para lo que tenía tiempo. Mientras tanto, Benny estaba... ¿qué? ¿Cuál era *le mot juste*? Cuando iba a Piper, la señorita Avery había insistido mucho en *le mot juste*. Y le vino a la cabeza: «farfullando». Benny estaba farfullando.

—¿Qué vamos a hacer Jake? ¡Jesús Hombre! ¡Han caído los dos! ¡Si estaban bien! Iban corriendo y entonces... ¿Y si llegan los lobos? ¿Y si llegan mientras todavía estamos aquí? Será mejor que los dejemos, ¿no crees?

—No los vamos a dejar —repuso Jake.

Se inclinó hacia delante y cogió a Francine Tavery por los hombros. Tiró de ella hasta dejarla sentada, sobre todo para separarla de su hermano Frank y que él pudiera respirar. La cabeza se le fue hacia atrás y el pelo le cayó en una cascada de seda negra. Las pestañas se le agitaron y, bajo ellas se vio un blanco níveo. Sin pensar, Jake le dio una bofetada bien fuerte.

—¡Ay, ay! —La niña abrió los ojos de golpe; eran azules, hermosos y estaban llenos de asombro.

—¡Levanta! —gritó Jake—. ¡Apártate de él!

¿Cuánto tiempo había pasado? ¡Qué tranquilo estaba todo ahora que los niños habían vuelto al camino! Ni un solo pájaro pió, ni siquiera un herrumbrero. Esperó a que Roland volviera a silbar, pero Roland no lo hizo. Y en realidad, ¿por qué iba a hacerlo? Ahora estaban solos.

Francine se puso de lado y se levantó tambaleándose.

—Ayudadle... por favor, os lo ruego...

—Benny, tenemos que sacarle el pie del agujero.

Benny se apoyó sobre una rodilla al otro lado del niño, que permanecía tumbado de forma extraña. Todavía tenía el rostro pálido, aunque sus labios formaban una línea muy apretada que a Jake le pareció esperanzadora.

—Cógelo por el sobaco.

Benny cogió a Frank Tavery por el hombro derecho. Jake lo cogió por el izquierdo. Sus miradas se encontraron por encima del cuerpo del chico inconsciente. Jake hizo un gesto de asentimiento.

—Ahora.

Tiraron a la vez. Frank Tavery abrió los ojos de golpe, eran tan azules y hermosos como los de su hermana, y lanzó un grito tan agudo que fue insonoro. Pero no se le liberó el pie.

Seguía atascado en las profundidades.

OCHO

En ese momento una figura gris verdosa empezaba a distinguirse bajo la nube de polvo y oyeron el golpeteo de numerosas patas sobre la superficie pedregosa. Las tres mujeres del Calla estaban en el escondite. Solo Roland, Eddie y Susannah seguían en la cuneta, los hombres de pie y Susannah de rodillas con sus fuertes muslos separados. Volvieron la vista hacia el camino y la senda del desfiladero. La senda seguía vacía.

—He oído algo —dijo Susannah—. Creo que uno de ellos está herido.

—Mierda, Roland, voy a buscarlos —dijo Eddie.

—¿Eso es lo que quiere Jake o es lo que tú quieres? —preguntó Roland.

Eddie se ruborizó. Había oído a Jake en su cabeza; no fueron exactamente palabras, sino un mensaje, y supuso que Roland también lo había oído.

—Hay cien niños ahí abajo y allí solo cuatro —dijo Roland—. A cubierto, Eddie. Tú también, Susannah.

—¿Y tú? —preguntó Eddie.

Roland respiró hondamente y soltó el aire.

—Ayudaré, si puedo.

—No vas a ir a buscarlo, ¿no? —Eddie miró a Roland con creciente incredulidad—. No vas a hacerlo.

Roland miró hacia la nube de polvo y al bulto verde grisáceo que estaba debajo, que acabaría teniendo la forma definida de caballos y jinetes en menos de un minuto. Los jinetes con rostros de lobo enfurecido enmarcados por capuchas verdes cabalgaban hacia el río, descendiendo en picado hacia ese lugar.

—No —admitió Roland—. No puedo. Poneos a cubierto.

Eddie se quedó donde estaba durante un rato más, con la mano en la culata del gran revólver, mientras iba palideciendo. A continuación, sin decir ni una sola palabra, le dio la espalda a Roland y le cogió la mano a Susannah. Se arrodilló junto a ella y luego se deslizó hacia el interior del agujero. Ahora solo quedaba Roland con el gran revólver colgado en la cadera izquierda, mirando hacia la senda vacía del desfiladero.

NUEVE

Benny Slightman era un chico corpulento, pero no podía mover el pedrusco que le atrapaba el pie al muchacho de los Tavery. Jake lo vio en el primer intento. Su mente (muy fría) intentaba calcular el peso del niño apresado en comparación con el peso de la piedra que lo apresaba. Supuso que la piedra pesaba más.

—Francine.

Ella lo miró con unos ojos húmedos y un tanto cegados por la impresión.

—¿Le quieres? —preguntó Jake.

—Ea, ¡con todo mi corazón!

«Él es tu corazón —pensó Jake—. Bien.»

—Entonces, ayúdanos. Tira de él tan fuerte como puedas cuando yo te diga. No importa si grita, tira de él de todas formas.

Ella asintió como si lo hubiera entendido. Jake esperaba que así fuera.

—Si no podemos sacarlo esta vez, tendremos que dejarlo.

—¡Jamás lo haría! —gritó la niña.

No era momento para discutir. Jake se reunió con Benny junto a la lisa roca blanca. Más allá de su recortado borde, la sanguinolenta espinilla de Frank desaparecía en un oscuro agujero. El chico estaba totalmente despierto y jadeaba. Movió el ojo izquierdo con terror. El derecho estaba cubierto por un velo de sangre. Le colgaba un pedazo de cuero cabelludo sobre la oreja.

—Vamos a levantar la piedra y tú vas a tirar de él —le dijo Jake a Francine—. A la de tres. ¿Estás lista?

Cuando ella hizo un gesto de asentimiento, el pelo le cayó sobre la cara como una cortina. No hizo ningún intento de apartárselo, solo cogió a su hermano por las axilas.

—Francine, no me hagas daño —gimió Frank.

—Calla —le ordenó ella.

—Uno —contó Jake—. Tira de este cabrón, Benny, aunque se te salten los cojones. ¿Me oyes?

—Cagüenla... tú cuenta y calla.

—Dos... ¡Tres!

Tiraron, gritando al dar el tirón. La piedra se movió y Francine tiró de su hermano hacia atrás con todas sus fuerzas, uniéndose a sus gritos.

El alarido que lanzó Frank Tavery cuando se le liberó el pie fue el más potente de todos.

DIEZ

Roland oyó roncos gritos de esfuerzo, superados por un chillido de pura agonía. Algo había ocurrido, y Jake había hecho algo al respecto. La pregunta era: ¿había sido suficiente para arreglar lo que fuera que hubiera salido mal?

Una cortina de rocío se alzó a la luz del alba cuando los lobos se zambulleron en el Whye y empezaron a vadearlo con sus caballos grises. Ahora Roland los veía con toda claridad, acercándose en oleadas de cinco y seis, espoleando sus monturas. Calculó que eran sesenta. En la otra orilla del río, desaparecerían tras el saliente cubierto de hierba de un risco. Luego reaparecerían, a menos de un kilómetro y medio de distancia y volverían a desaparecer una vez más, tras una última colina —todos ellos, si seguían en grupo como iban hasta ahora— y esa sería la última oportunidad que Jake tendría para llegar, para que todos ellos se pusieran a cubierto.

Miró hacia el camino, deseando que los niños aparecieran —deseando que Jake apareciera—, pero la senda seguía vacía.

Los lobos iban ascendiendo por la margen izquierda del río, sus caballos esparcían una cortina de gotas que brillaban como el oro bajo la luz de la mañana. Se levantaban terrones y una lluvia de arena. El ruido de los cascos se había convertido en un trueno a punto de estallar.

ONCE

Jake lo cogió por un hombro, Benny por el otro. Llevaron a Frank Tavery hasta la senda de esa forma, avanzando a una velocidad temeraria, sin mirar apenas las piedras caídas del suelo. Francine iba corriendo justo detrás de ellos.

Llegaron al último recodo, y Jake sintió una punzada de alegría cuando vio a Roland en la cuneta del otro lado, al impasible Roland, de pie y vigilante con su mano izquierda, la sana, en la culata de la pistola y con el sombrero apartado de la frente.

—¡Ha sido mi hermano! —gritó Francine—. ¡Se ha caído! ¡Se le ha quedado el pie atrapado en un agujero!

Roland desapareció de repente.

Francine miró a su alrededor, no estaba exactamente asustada, sino desconcertada.

—Pero ¿qué…?

—Espera —dijo Jake, porque eso fue lo único que se le ocurrió decir. No tenía más ideas. Si eso también le ocurría al pistolero, seguramente morirían allí.

—Me arde… me arde el tobillo —gimoteó Frank Tavery.

—Calla —ordenó Jake.

Benny rió. Era una risa nerviosa, aunque también era una risa sincera. Jake lo miró apartando la vista del sollozante y sangrante Fran Tavery… y le guiñó un ojo. Benny le devolvió el guiño. Y, de esta forma tan simple, volvieron a ser amigos.

DOCE

Mientras estaba tumbada en la oscuridad del escondite con Eddie a su izquierda y el olor acre de las hojas en la nariz, Susannah sintió un repentino ataque de contracciones en el vientre. Tuvo el tiempo suficiente de percibirlo antes de que el pico de dolor, inesperado e implacable, se le clavara en el hemisferio izquierdo del cerebro, dándole la impresión de que se le entumecía todo ese lado de la cara y el cuello. En ese preciso instante, la imagen de un gran salón de banquetes ocupó su mente: asados humeantes, pescado relleno, filetes ahumados, mágnums de champán, recipientes enormes con salsa de carne, ríos de vino tinto... Oyó un piano y una voz que cantaba, una voz cargada de una espantosa tristeza. «*Someone saved, someone saved, someone saved my li-ife tonight*», cantaba.

«¡No!», le gritó Susannah a la fuerza que estaba intentado arrastrarla. ¿Y esa fuerza tenía un nombre? Por supuesto que lo tenía. Su nombre era Madre, su mano es la que mece la cuna, y la mano que mece la cuna es la mano que gobierna el mund...

«¡No! ¡Tienes que dejar que acabe esto! Después, si quieres tenerlo, ¡te ayudaré! ¡Te ayudaré a tenerlo! Pero si intentas obligarme a hacerlo ahora, ¡me defenderé con uñas y dientes! Y si tengo que suicidarme y matar a tu precioso chaval conmigo, ¡lo haré! ¿Me oyes, zorra?»

Durante un instante no hubo más que oscuridad, la presión de la pierna de Eddie, el entumecimiento en el lado izquierdo de la cara, el estruendo de los caballos que se aproximaban, el olor acre de las hojas, el ruido de la respiración de las Hermanas, que se estaban preparando para librar su personal batalla. En ese instante, todas las palabras fueron pronunciadas con total claridad desde un lugar que se encontraba justo encima del ojo izquierdo de Susannah; Mia le habló por primera vez.

«Libra tu batalla, mujer. Incluso yo te ayudaré si puedo. Y luego cumple tu promesa.»

—¿Susannah? —Eddie le susurró desde detrás—. ¿Estás bien?

Y lo estaba, el pico de dolor había desaparecido y la voz se había acallado. También había desaparecido el entumecimiento. Pero, cerca de allí, Mia estaba esperando.

TRECE

Roland estaba tumbado boca abajo en la cuneta, mirando a los lobos con el ojo de la imaginación y el de la intuición en lugar de mirarlos con los ojos reales. Los lobos estaban entre el risco y la colina, al galope con sus capas volando al viento. Durante unos siete segundos, quedarían ocultos detrás de la colina. Es decir, si permanecían agrupados y los líderes no habían empezado a adelantarse. Si es que había calculado bien su velocidad. Si estaba en lo cierto, tendría cinco segundos para poder conseguir que Jake y los otros llegasen, o siete. Si estaba en lo cierto, tendrían esos mismos cinco segundos para cruzar el camino. Si se equivocaba (o si los otros eran lentos), los lobos o bien verían al hombre en la cuneta o bien verían a los niños en el camino, o a todos ellos. Las distancias seguramente serían demasiado grandes para usar sus armas, pero eso no importaría mucho, porque la emboscada perfectamente planeada quedaría frustrada. Lo inteligente sería permanecer agachados, y dejar a los niños en manos del destino. ¡Demonios!, cuatro niños atrapados en la senda del desfiladero convencerían a los lobos de que los demás estaban escondidos más arriba, en una de las viejas minas.

«Basta de pensar —le ordenó Cort en su cabeza—. Si tienes intención de hacer algo, gusano rastrero, esta es tu última oportunidad.»

Roland se levantó de golpe. Justo delante de él, protegido por una pila de rocas caídas que marcaban la bifurcación del Camino del Este y la senda del desfiladero, estaban Jake y Benny Slightman aguantando entre los dos al muchacho de los Tavery. El chico sangraba por doquier; los dioses sabrían qué le había ocurrido. Su hermana miraba hacia atrás. En ese instante, parecían no solo mellizos, sino mellizos *kaffin*, pegados por el cuerpo.

Roland levantó las manos y las movió de forma extravagante

hacia atrás, por encima de la cabeza, como si intentara agarrarse al aire: «Venid, venid hacia mí», quería decir. Al mismo tiempo, miraba hacia el este. No había rastro de los lobos; bien. Efectivamente, la colina los había ocultado a todos por el momento.

Jake y Benny cruzaron corriendo el camino, todavía acarreaban al niño entre los dos. Los botines de Frank Tavery dibujaron profundas huellas en el oggan. Roland esperó que los lobos no le dieran mucha importancia a esas marcas.

La niña llegó la última, veloz como el rayo.

—¡Al suelo! —gritó Roland, cogiéndola por el hombro y tirándola al suelo—. ¡Al suelo! ¡Al suelo! ¡Al suelo!

Él cayó junto a ella y Jake cayó sobre él. Roland sentía el corazón del chico que latía con frenesí entre sus omóplatos, a través de su camisa y la de él, y tuvo un instante para disfrutar de la sensación.

En ese momento, el ruido de los cascos se oía con claridad y aumentaba a cada segundo. ¿Los habrían visto los jinetes que iban en cabeza? Era imposible saberlo, pero lo sabrían, y pronto. Mientras tanto solo podían actuar tal como estaba planeado. Estarían apretujados en el escondite con tres personas más, y si los lobos habían visto a Jake y a los otros tres cruzando el camino, sin ninguna duda los achicharrarían donde estaban sin que se produjera ni un solo tiro ni un lanzamiento de plato, pero no había tiempo para preocuparse de eso ahora. Como máximo les quedaba un minuto, pensó Roland, tal vez solo cuarenta segundos, y ese último instante de tiempo se les estaba agotando.

—Quítate y ponte a cubierto —le dijo a Jake—. ¡Ahora!

El peso desapareció, y Jake se metió en el escondite.

—Tú eres el siguiente, Frank Tavery —dijo Roland—. Y estate calladito. Dentro de dos minutos podrás gritar todo lo que quieras, pero de momento, mantén la boca cerrada. Eso va por todos vosotros.

—Estaré callado —aseguró el chico con voz ronca. Benny y la hermana de Frank hicieron un gesto de asentimiento.

—En cualquier momento vamos a levantarnos y a empezar a disparar —dijo Roland—. Vosotros tres, Frank, Francine y Benny, quedaos abajo, tumbados. —Hizo una pausa—. Por vuestra vida, apartaos de nuestro camino.

CATORCE

Roland estaba tumbado en la oscuridad fragante de tierra y hojas, oyendo la violenta respiración de los niños que tenía a su izquierda. Ese sonido quedó pronto ensordecido por el de los cascos que se acercaban. El ojo de la imaginación y el de la intuición se abrieron de nuevo, y en esta ocasión más que nunca. En menos de treinta segundos, tal vez solo quince, el fragor enardecido del combate lo borraría todo del mapa, hasta la visión más primitiva, pero de momento, Roland lo veía todo, y todo lo que veía era exactamente como quería que fuera. Y ¿por qué no? ¿De qué servía visualizar que los planes iban a salir mal?

Vio a los mellizos del Calla tendidos y despatarrados como cadáveres en la parte más tupida y húmeda del arrozal, con el barro empapándoles las camisas y los pantalones. Vio a los adultos tras ellos, casi en el lugar en que el arrozal se convertía en ribera. Vio a Sarey Adams con sus platos y a Ara de los mannis, la esposa de Cantab, con un par de los suyos (aunque como una del pueblo manni, jamás podría sentir compañerismo con las demás mujeres). Vio a Estrada, Anselm, Overholser con sus bas abrazadas contra el pecho. En lugar de una ba, Vaughn Eisenhart estrechaba el rifle que Roland le había engrasado. En el camino, aproximándose desde el este, se veían hileras y más hileras de jinetes con capas verdes, montados en sus caballos grises. Ahora su velocidad estaba decelerando. El sol había salido por fin y se reflejaba en el metal de sus máscaras. Lo gracioso de esas máscaras, por supuesto, es que debajo de ellas había más metal. Roland dejó que el ojo de su imaginación se levantara en busca de otros jinetes, un grupo que llegase al pueblo indefenso desde el sur, por ejemplo. No había ninguno. Al menos en su mente, toda la batida estaba allí. Y si se habían tragado las patrañas que Roland y el ka-tet de los Noventa y Nueve habían contado con tanto esmero, allí es donde debería estar. Vio las bigas alineadas en el lado del camino que daba al pueblo y tuvo tiempo de desear que hubieran soltado el tirante de los arreos, aunque así estaba mejor, daba la impresión de que la huida había sido más precipitada. Vio la senda que conducía a los desfiladeros, hacia las minas, tanto a la que estaba abandonada como a la que estaba operativa, hacia el par de cuevas que había más allá. Vio a los lobos que iban en cabeza detenidos allí arriba, tirando con sus manos enguantadas de los bocados de las bestias hasta hacerlas relinchar. Vio a través de los ojos de los lobos imágenes no producidas por la cálida visión humana, sino frías, como las de los perdiónicos. Vio el sombrero que había tirado Francine Tavery. Su mente no solo tenía ojos, sino nariz, y olió el balsámico aunque fecundo olor de los niños. Olían a algo intenso y graso, olían a eso que los lobos les quitaban a los niños que abducían. Su mente no solo tenía nariz y ojos, sino oídos, y oyó, tenuemente, los mismos crujidos que habían salido de Andy, el mismo gañido de relés, servomotores, bombas hidráulicas y los dioses sabrán qué otra maquinaria. El ojo de su mente vio a los lobos inspeccionando primero el revoltijo de huellas en el camino (al menos esperó que a ellos les pareciera un revoltijo), y luego mirando hacia el camino del desfiladero. Porque el imaginarlos de otra forma, preparándose para asarlos como pollos a la parrilla en su escondite, no le serviría de nada. No, estaban mirando hacia el camino del desfiladero. Tenían que estar mirando hacia el desfiladero. Estaban oliendo a niño —a lo mejor olían tanto su miedo como la poderosa cosa que tenían los pequeños en el fondo del cerebro— y mirando los restos caídos de desperdicios y tesoros que su presa había dejado atrás. Estaban allí, sobre sus caballos mecánicos, mirando.

«¡Atacad! —les urgió Roland mentalmente. Notó cómo Jake se removía un poco detrás de él al oír su pensamiento. Su súplica, más bien—. ¡Atacad! ¡Id a por ellos! ¡Coged lo que queráis!»

Se oyó un fuerte golpe seco emitido por uno de los lobos. Fue seguido por el breve aullido de una sirena, seguida a su vez por el desagradable silbato cantarín que Jake había oído en el Dogan. Después de aquello, los caballos volvieron a ponerse en marcha. Primero se oyó el sordo ruido de sus cascos sobre el oggan, luego en el suelo más pedregoso y alejado de la senda del desfiladero.

No se oyó nada más; los caballos no relinchaban con nerviosismo como los que iban atados a las bigas. A Roland le bastaba con eso; habían mordido el anzuelo. Se sacó el revólver de la cartuchera. Jake, que estaba a su lado, volvió a moverse, y Roland supo que estaba haciendo lo mismo.

Les había hablado de la distribución del enemigo que debían esperar encontrarse cuando salieran de golpe del escondite: aproximadamente un cuarto de los lobos a un lado del camino, mirando hacia el río, y otro cuarto vuelto hacia el pueblo de Calla Bryn Sturgis. O tal vez unos cuantos más en esa dirección, para que, en el caso de que hubiera algún problema, el pueblo quedara del lado de donde los lobos —o los programadores de los lobos— esperaban que llegase. ¿Y los demás? ¿Treinta o más? Ya estarían al final de la senda. En la encerrona, sea.

Roland empezó a contar hasta veinte, pero cuando llegó a diecinueve decidió que había contado suficiente. Recogió las piernas —no se produjo ningún chasquido seco, ni tan solo llegó a sentir una punzada de dolor—, y se levantó dando un salto, alzando con una mano la pistola de su padre.

—¡Por Gilead y el Calla! —bramó—. ¡Ahora, pistoleros! ¡Ahora, Hermanas de Oriza! ¡Ahora, ahora! ¡Matadlos! ¡Sin cuartel! ¡Matadlos a todos!

QUINCE

Salieron disparados de la tierra como el ejército nacido de los dientes del dragón. Los tablones saltaron a diestro y siniestro, junto con montones de hierbas y hojas secas. Roland y Eddie llevaban sendos revólveres grandes con las culatas de madera de sándalo. Jake tenía la Ruger de su padre. Margaret, Rosa y Zalia llevaban cada una un Riza. Susannah llevaba dos y tenía los brazos cruzados sobre el pecho como si sintiera frío.

Los lobos estaban dispuestos exactamente como Roland los había visto con el frío ojo asesino de su imaginación, y sintió un instante de triunfo antes de que cualquier otro pensamiento o sensación menores quedaran ocultos tras el telón rojo del escenario. Como siempre, jamás se sentía más feliz de estar vivo que cuando se preparaba para lidiar con la muerte. «Cinco minutos de sangre y estupidez», les había anunciado, y ahí estaban esos cinco minutos. También les había dicho que siempre se sentía enfermo después, y aunque no les había mentido, jamás se encontraba mejor que en ese momento inicial; jamás se sentía tan total y verdaderamente él mismo. En eso radicaban los último jirones de la vieja nube de gloria. No importaba que fueran robots; ¡idioses, no! Lo que importaba era que se habían alimentado de los indefensos durante generaciones y esta vez habían sido atrapados por sorpresa.

—¡En la coronilla de las capuchas! —gritó Eddie, al tiempo que en su mano derecha la pistola de Roland empezó a atronar y a escupir fuego. Los caballos y mulas arreados se encabritaron y tiraron del arnés; un par de ellos relincharon sorprendidos—. ¡En la coronilla de las capuchas, dadles a las gorras de pensar!

Y entonces, como para demostrar lo que decía Eddie, las capuchas verdes de tres jinetes que se encontraban al lado derecho del camino cayeron como empujadas por unos dedos invisibles. Cada uno de los tres seres que se cubrían con ellas se desplomaron de las sillas como muñecos y se golpearon contra el suelo. Cuando el abuelo contó la historia sobre el lobo que Molly Doolin había abatido, había hablado de retorcimientos tras la caída, pero esos tres se quedaron quietos como estatuas a los pies de los caballos que no paraban de brincar. Molly podría no haberle dado de pleno en «la gorra de pensar», pero Eddie sí sabía a lo que le estaba disparando y le dio.

Roland también abrió fuego. Disparaba con la pistola a la altura de la cadera, disparaba casi al azar, pero todas las balas alcanzaban su objetivo. Iba a por los que estaban en el camino, pues quería apilar allí los cadáveres para formar una barricada si podía.

—¡Riza, vuela certera! —chilló Rosalita Muñoz.

El plato que agarraba abandonó su mano y salió disparado hacia el Camino del Este con un zumbido constante y ascendente. Rebanó la capucha de un jinete que se encontraba al principio del camino del desfiladero y que estaba intentado domeñar a su caballo con desesperación. La cosa cayó hacia atrás, con los pies mirando al cielo, y quedó tirado al revés con las botas en el camino.

—¡Riza! —gritó Margaret Eisenhart.

—¡Por mi hermano! —exclamó Zalia.

—¡Lady Riza os va a dar por culo, cabrones!

Susannah descruzó los brazos y lanzó los dos platos hacia delante. Salieron volando, zumbando, zigzagueando en el aire, y ambos dieron en el blanco. Se produjo un revoloteo de pedazos de capuchas verdes; los lobos a los que habían pertenecido las capuchas aterrizaron antes y con mayor contundencia.

Varas de refulgente fuego relucieron en la mañana cuando los jinetes que se empujaban entre sí y luchaban a ambos lados del camino desenvainaron sus armas de energía. Jake le dio al gorro de pensar del primero que desenvainó y cayó sobre su propia espada que chisporroteó implacablemente y le prendió fuego a su capa. El caballo respingó hacia un lado, hacia la vara de luz que descendía del jinete de la izquierda. Se le desprendió la cabeza y dejó al descubierto una maraña de chispas y cables. En ese momento, las sirenas empezaron a aullar de forma constante; alarmas antirrobo en el infierno.

Roland había imaginado que los lobos que estaban más cerca del pueblo podrían intentar separarse y huir hacia el Calla. En lugar de eso, los nueve que todavía quedaban a ese lado —Eddie se había cargado a seis con sus primeros seis tiros— espolearon sus caballos, pasaron las bigas y cargaron directamente hacia ellos. Dos o tres lanzaron plateadas bolas silbantes.

—¡Eddie! ¡Jake! ¡Sneetches! ¡A vuestra derecha!

Se volvieron hacia esa dirección de inmediato, dejando a las mujeres, que estaban lanzando los platos tan rápido como podían de sus bolsas forradas de seda. Jake estaba de pie con las piernas separadas; tenía la Ruger levantada con la mano derecha y con la izquierda se sujetaba la muñeca. Se había apartado el pelo de la frente. Tenía los ojos abiertos como platos y estaba guapo, sonriente. Apretó el gatillo y realizó tres tiros rápidos, cada uno de ellos fue como el chasquido de un látigo en el aire de la mañana. Lo asaltó un vago y distante recuerdo del día en el bosque cuando había tirado al plato al aire. Ahora le estaba disparando a algo mucho más peligroso, y estaba contento, feliz. Las primeras tres esferas voladoras explotaron proyectando brillantes destellos de luz azulada. Una cuarta se desvió y luego se dirigió silbando directamente hacia él. Jake se agachó y la oyó pasar justo por encima de su cabeza, zumbando como una especie de tostadora cabreada. Sabía que se daría la vuelta y regresaría.

Antes de que pudiera hacerlo, Susannah se giró y le lanzó un plato que voló directo al blanco, aullando. Cuando impactó, tanto él como la sneetch explotaron. La metralla llovió sobre el maizal y prendió fuego a un par de plantas.

Roland recargó su arma, el tambor humeante del revólver apuntó de forma momentánea al suelo entre sus pies. Más allá de donde estaba Jake, Eddie hacía lo mismo.

Un lobo saltó por encima de la confusa pila de cadáveres que se encontraba al principio del camino del desfiladero, con la capa verde flotando al viento cuando uno de los platos de Rosa le desgarró la capucha y, por un momento, dejó al descubierto el plato del radar que ocultaba debajo. Las gorras de pensar del séquito del oso se movían con lentitud y de forma espasmódica; el de ese lobo giraba a una velocidad tal que apenas se distinguía su forma metálica. Luego desapareció y el lobo se tambaleó hacia un lado y cayó sobre las mulas del carromato que iba en cabeza, el de Overholser. Las bestias retrocedieron asustadas, empujaron la biga contra la que estaba detrás y chocaron contra los cuatro animales que quedaron en medio, que a su vez relincharon y retrocedieron. Intentaron echar a correr pero no tenían a donde ir. La biga de Overholser se tambaleó y luego volcó. El caballo del lobo abatido llegó al camino, cayó sobre el cuerpo de otro lobo tendido allí y quedó despatarrado en el suelo, con una de las patas sobresaliéndole torcida hacia un lado.

La mente de Roland había desaparecido, su ojo lo veía todo. Había recargado. Los lobos que habían subido por el camino estaban inmovilizados detrás de una pila de cuerpos, justo como Roland había previsto. El grupo de quince situado en el lado que daba al pueblo había sido diezmado, solo quedaban dos. Los que estaban a la derecha intentaban flanquear el final de la cuneta, donde las tres Hermanas de Oriza y Susannah defendían su línea de combate. Roland les dejó los dos lobos que quedaban en su lado a Eddie y a Jake, corrió hacia la trinchera para cubrirle la espalda a Susannah y empezó a disparar a los diez lobos que cargaban contra ellos. Uno levantó una sneetch para lanzarla y a continuación la dejó caer cuando una bala de Roland le voló la gorra de pensar. Rosa se encargó de otro, Margaret Eisenhart de un tercero.

Margaret se agachó para coger otro plato. Cuando volvió a levantarse, una vara de luz le rebanó la cabeza y le prendió el pelo al tiempo que caía rodando a la cuneta. La reacción de Benny fue comprensible; ella había sido prácticamente una segunda madre para él. Cuando la cabeza en llamas aterrizó junto a él, la apartó de un golpe y salió a cuatro patas de la cuneta, cegado por el pánico y aullando de terror.

—¡Benny!, ¡no!, ¡vuelve! —gritó Jake.

Los dos lobos que quedaban lanzaron sus plateadas esferas de la muerte al muchacho que gateaba y chillaba. Jake le disparó a una en el aire, pero no tuvo oportunidad de darle a la otra. La sneetch impactó en el pecho de Benny Slightman y el muchacho explotó, un brazo se desmembró de su cuerpo y aterrizó en el camino con la palma de la mano hacia arriba.

Susannah rebanó con un plato la gorra de pensar al lobo que había matado a Margaret y luego hizo lo mismo con otro plato con el que había matado al amigo de Jake. Sacó dos Rizas nuevos de sus bolsas y se volvió hacia los lobos que llegaban justo cuando el primero entraba de un salto a la cuneta. El pecho del caballo empujó a Roland, que cayó despatarrado. El lobo blandió su espada sobre el pistolero. A Susannah le pareció un brillante tubo de neón de color rojo anaranjado.

—¡No, de eso nada, colega! —gritó y lanzó el plato de la mano derecha.

Partió en dos el brillante sable y el arma explotó a la altura de la empuñadura y arrancó el brazo al lobo. Al minuto siguiente, uno de los platos de Rosa le amputó la gorra de pensar y el lobo se tambaleó hacia los lados y se desplomó en el suelo con su reluciente máscara haciéndoles una mueca espantosa a los estupefactos y aterrados gemelos Tavery, que estaban tumbados y aferrados el uno al otro. A continuación empezó a humear y a fundirse.

Gritando el nombre de Benny, Jake cruzó el Camino del Este, recargando la Ruger a medida que avanzaba y pisando el reguero de la sangre de su amigo muerto sin darse cuenta. A su izquierda, Roland, Susannah y Rosa estaban dando cuenta de los cinco lobos que quedaban de lo que había sido la batida del ala norte. Los jinetes intentaban rectificar la dirección de los caballos describiendo círculos bruscos e inútiles, no parecían seguros de qué hacer en una situación como esa.

—¿Quieres compañía, muchacho? —le preguntó Eddie.

A su derecha, los lobos del grupo que había estado apostado en el lado del camino del desfiladero que daba al pueblo estaban tirados en el suelo, muertos. Solo uno de ellos había llegado hasta la cuneta: el que estaba tendido con la cabeza encapuchada estampada contra la tierra recién excavada del escondite y las botas en el camino. El resto del cuerpo estaba envuelto en la capa verde. Parecía un bicho que hubiera muerto en el interior de su capullo.

—Claro —respondió Jake. ¿Estaba hablando o solo pensando? No lo sabía. Las sirenas atronaban en el aire—. Como quieras. Han matado a Benny.

—Lo sé. Menuda mierda.

—Tendría que haber sido su puto padre —dijo Jake. ¿Estaba llorando? No lo sabía.

—Estoy de acuerdo. Tengo un regalo.

Eddie le puso en la mano a Jake un par de esferas de unos siete centímetros de diámetro. La superficie parecía de acero, pero cuando Jake las apretó, sintió como... era como apretar el juguete de un niño hecho de una goma muy, pero que muy dura. Una pequeña placa que tenía a un lado decía:

```
          SNEETCH
     MODELO HARRY POTTER®

   N.º DE SERIE: 465-11-AA HPJKR

           PRECAUCIÓN
           EXPLOSIVO
```

A la izquierda de la placa había un botón. Jake se preguntó muy en el fondo de su mente quién sería ese tal Harry Potter. Era más que probable que fuera el inventor de la sneetch.

Llegaron a la pila de lobos muertos que estaba al principio del camino del desfiladero. Tal vez las máquinas no podían estar realmente muertas, pero Jake era incapaz de pensar en ellas como otra cosa, abatidas y revueltas como estaban. Muertas, sí. Y él se sentía tremendamente contento. Oyeron una explosión detrás de ellos, seguida por un grito o bien de extremo dolor o de extremo placer. En ese momento, a Jake no le importaba de qué fuera, pues toda su atención estaba centrada en los lobos atrapados en el camino del desfiladero. Eran entre dieciocho y veinticuatro.

Había un lobo al frente, con la vara de luz que chisporroteaba levantada. Estaba medio vuelto hacia sus compañeros y en ese momento blandía su espada en dirección al camino. «Salvo que eso no es una vara de luz —pensó Eddie—. Es un sable láser, igualito que los que salen en las películas de *La guerra de las galaxias*. Solo que estos sables láser no son de efectos especiales, matan de verdad. Pero ¿qué coño está pasando aquí?» Bueno, el tipo de delante de ellos estaba intentado reunir a sus tropas, hasta ahí estaba claro. Eddie decidió cortar por lo sano. Apretó el botón de una de las tres sneetches que se había quedado para sí y la cosa empezó a zumbar y a vibrarle en la mano. Era como sujetar un vibrador.

—¡Oye, guapo! —gritó.

El lobo no se volvió y Eddie se limitó a lanzar la sneetch bien alto. Con la suavidad con la que se lanzaba, podría haber caído a veinte o treinta metros del grupo de lobos restantes y rodar hasta detenerse. Sin embargo, aumentó de velocidad, se elevó y fue a parar justo a la boca gruñona del lobo que explotó de cuello para arriba, incluyendo la gorra de pensar.

—Adelante —lo animó Eddie—, inténtalo. Usar su propia mierda contra ellos produce un gusto especi...

Jake no le hizo caso y tiró las sneetches que Eddie le había dado, pasó con torpeza por encima del montón de cuerpos, y empezó a caminar por la senda.

—¿Jake? ¿Jake? No creo que sea muy buena idea...

Una mano agarró a Eddie por el brazo. Él se volvió con la pistola levantada, pero la bajó al ver que era Roland.

—No puede oírte —dijo el pistolero—. Vamos. Resistiremos con él.

—Espera, Roland, espera. —Era Rosa. Estaba cubierta de sangre, y Eddie supuso que era sangre de la pobre señora sai Eisenhart, porque no vio que Rosa estuviera herida—. Yo también quiero participar —dijo.

DIECISÉIS

Llegaron a donde estaba Jake justo cuando los lobos que quedaban emprendían su última carga. Unos pocos lanzaron sneetches a las que Roland y Eddie les dieron en el aire con facilidad. Jake disparó nueve tiros firmes y espaciados con la Ruger, agarrándose la muñeca derecha con la mano izquierda. Cada vez que disparaba, uno de los lobos se volvía hacia atrás sobre su silla o caía hacia un lado y era pisoteado por los caballos de detrás. Cuando vació la Ruger, Rosa se encargó del décimo al tiempo que gritaba el nombre de lady Oriza. Zalia Jaffords también se había unido a ellos, y a ella le tocó cargarse al undécimo.

Mientras Jake recargaba la Ruger, Roland y Eddie, que estaban uno junto a otro, se pusieron manos a la obra. Con casi total seguridad podrían haber abatido los ocho que quedaban entre ellos (a Eddie no le habría sorprendido que hubieran sido diecinueve en ese último grupo), pero le dejaron los dos últimos a Jake. A medida que se acercaban, moviendo de un lado a otro sus espadas de luz por encima de sus cabezas de una forma que podría haber resultado sin duda aterradora para un puñado de granjeros, el chico le voló la gorra de pensar al de la izquierda. Luego se apartó, esquivando el golpe que el último lobo superviviente trató de asestarle sin demasiada convicción.

El caballo saltó por encima de la pila de cuerpos que estaba al final de la senda. Susannah estaba a lo lejos en el camino, sentada en cuclillas en medio de un desparrame de maquinaria cubierta de capas verdes y máscaras que se fundían y se descomponían. También estaba empapada por la sangre de Margaret Eisenhart.

Roland entendió que Jake le había dejado el último a Susannah, a quien le habría resultado extremadamente difícil unirse a ellos en el camino del desfiladero por sus piernas amputadas. El pistolero hizo un gesto de asentimiento. El chico había visto algo terrible aquella mañana, había sufrido un shock espantoso, aunque Roland pensó que se saldría con la suya. Acho, que los esperaba en la casa rectoría del padre, no habría dudado en ayudarlo en el peor momento de sufrimiento.

—¡Lady Oh-RIZA! —gritó Susannah y lanzó un último plato cuando el lobo tiró de las riendas para hacer virar al caballo hacia el este, hacia lo que quisiera que fuera que él llamase hogar.

El plato se alzó, aullando, y rebanó la coronilla de la capucha verde. Durante un instante, ese último ladrón de niños se quedó sentado en la silla, estremeciéndose y gritando alarmado, pidiendo una ayuda que no llegaba. Entonces cayó violentamente hacia atrás, dio una vuelta de carnero completa en el aire y se desplomó sobre el camino con un ruido sordo. La sirena se acalló a medio aullido.

«Y así —pensó Roland— han acabado nuestros cinco minutos.» Miró con cara de indiferencia el tambor humeante de su revólver, luego volvió a meter el arma en la cartuchera. Una a una, las alarmas que sonaban en el interior de los robots abatidos iban silenciándose.

Zalia estaba mirando al pistolero con una especie de incredulidad aturdida.

—¡Roland! —exclamó.

—Sí, Zalia.

—¿Han desaparecido? ¿Es posible que hayan desaparecido? ¿De verdad?

—Todos han desaparecido —afirmó Roland—. He contado sesenta y uno, y están todos tendidos aquí, en el camino o en la cuneta.

Por un instante, la esposa de Tian se quedó inmóvil, procesando esa información. Luego hizo algo que sorprendió a un hombre que no solía sorprenderse. Se lanzó sobre él, apretó su cuerpo con fuerza contra el del pistolero y le cubrió la cara de besos ansiosos y húmedos. Roland lo soportó unos segundos, luego la apartó. Llegaba el momento de sentirse enfermo; la sensación de inutilidad; la sensación de que libraría esta batalla o batallas como esta una y otra vez hasta la eternidad, de que perdía un dedo con las langostruosidades un día, tal vez un ojo con una vieja bruja taimada otro y que después de cada batalla podía sentir que la Torre Oscura estaba un poco más lejos en lugar de un poco más cerca. Y en todo momento, el chasquido seco no cejaría en su intento de abrirse paso hasta su corazón.

«Basta ya —se dijo a sí mismo—. No son más que tonterías y tú lo sabes.»

—¿Enviarán a más, Roland? —preguntó Rosa.

—Puede que tengan más para enviar —contestó Roland—. Si los envían, con casi total seguridad serán menos. Además, ahora conocéis el secreto para matarlos, ¿no?

—Sí —contestó ella, y le dedicó una sonrisa exultante. Sus ojos le prometían algo más que besos para más tarde, si aceptaba su compañía.

—Id al maizal —le dijo Roland—. Zalia y tú, las dos. Decidles que ya es seguro subir. Lady Oriza se ha puesto de parte del Calla en el día de hoy. Y también de parte de la estirpe de Eld.

—¿Tú no vienes? —le preguntó Zalia. Se había alejado de él con las mejillas encendidas—. ¿No vas a venir para que te feliciten?

—Puede que más tarde vayamos todos a que nos feliciten —dijo Roland—. Ahora tenemos que hablar an-tet. El chico ha sufrido una fuerte impresión, os consta.

—Sí —asintió Rosa—. Sí, está bien. Vamos, Zee. —Avanzó y cogió a Zalia de la mano—. Ayúdame a ser la portadora de la buena nueva.

DIECISIETE

Las dos mujeres cruzaron el camino, evitando los restos ensangrentados y abatidos del pobre chico de Slightman. Zalia imaginó que gran parte de lo que quedaba de él solo aguantaba unido por la ropa, y se estremeció al pensar en el dolor que sentiría su padre.

La señora sai de las piernas cortas, que era pareja del joven, se encontraba en el extremo norte de la cuneta examinando los cuerpos de los lobos esparcidos por allí. Encontró uno que tenía ese chisme asqueroso no del todo rebanado, y estaba intentando encenderse. Las manos enguantadas de verde del lobo se retorcían sin control sobre la tierra, como si tuviera parálisis. Mientras Rosa y Zalia miraban, Susannah cogió un pedrusco más bien grandecito y, con la frialdad de una noche de la Tierra Ancha, machacó con ella los restos de la gorra de pensar. El lobo se quedó quieto de inmediato. El zumbido grave que había producido hasta aquel momento se acalló.

—Vamos a contárselo a los demás, Susannah —dijo Rosa—. Pero antes queremos decirte: ¡bien hecho! ¡Os adoramos, decimos verdad!

Zalia asintió.

—Os decimos gracias, Susannah de Nueva York. Os decimos gracias, muy pero que muy de corazón.

—Ea, dices verdad —aseveró Rosa.

La señora sai alzó la vista hacia ellas y sonrió con ternura. Durante un instante, Rosalita la miró vacilante, como si hubiera visto algo en ese rostro moreno que no tendría que haber visto, como si hubiera visto que Susannah Dean ya no estaba allí. A continuación, la expresión de duda desapareció.

—Vamos con buenas nuevas, Susannah —dijo.

—Deseo que las disfrutéis —respondió Mia, hija de nadie—. Haz que regresen cuando quieras. Diles que el peligro ha desaparecido y deja que aquellos que no se lo crean cuenten los muertos.

—Tienes las perneras de los pantalones mojadas, sea —dijo Zalia.

Mia asintió con gravedad. Otra contracción había convertido su vientre en una piedra, pero ella no dejó traslucir señal alguna de dolor.

—Me temo que es sangre. —Asintió con la cabeza, señalando el cuerpo decapitado de la esposa del próspero ranchero—. Suya.

Las mujeres empezaron a descender hacia el maizal, cogidas de la mano. Mia miró a Roland, a Eddie y a Jake que cruzaban el camino dirigiéndose hacia ella. Ese sería el momento peligroso, justo entonces. Aunque tal vez no lo fuera tanto al fin y al cabo; los amigos de Susannah parecían aturdidos justo después de la batalla. Si ella parecía estar para el arrastre, quizá pensasen que le ocurría lo mismo que a ellos.

Imaginó que, sobre todo, sería cuestión de esperar a que llegase su oportunidad. Esperar... y luego dormir. Mientras tanto, se repuso a la contracción del vientre como un barco remonta una gran ola.

«Saben adónde vas», susurró una voz. La voz no procedía de su cabeza, sino de su vientre. Era la voz del chaval. Y esa voz decía verdad.

«Llévate la bola —le dijo la voz—. Llévatela allí donde vayas. No dejes ninguna puerta abierta para que te sigan.»

Sea.

DIECIOCHO

La Ruger descerrajó un solo tiro y un caballo murió.

Desde la parte baja del camino, desde el arrozal, llegó un grito creciente de júbilo bastante sentido; Zalia y Rosa habían anunciado la buena nueva. A continuación, un grito de pena desgarrador se oyó por encima de las voces de felicidad; también habían dado las malas noticias.

Jake Chambers se sentó sobre la rueda de un carromato volcado. Había desatado a los tres caballos que seguían sanos y salvos. El cuarto había quedado abatido con las cuatro patas rotas, echando espuma por la boca a través de los dientes sin poder contenerse y mirando al muchacho en busca de ayuda. El chico se había dado por vencido. Ahora estaba sentado mirando a su amigo muerto. La sangre de Benny empapaba el camino. Su mano permanecía tirada con la palma hacia arriba, como si el chico muerto quisiera estrechar la mano con Dios. ¿Qué Dios? Según el rumor que corría, el último nivel de la Torre Oscura estaba vacío.

Desde el arrozal de lady Oriza llegó un segundo grito de dolor. ¿De quién había sido, de Slightman o de Vaughn Eisenhart? Jake pensó que en la distancia no se distingue a un ranchero de un capataz, al empleado del jefe. ¿Había cierta moraleja en ello, o era lo que la señorita Avery, de cuando iba al viejo Piper, hubiera llamado «miedo», una prueba falsa que parece real?

La palma de la mano mirando hacia el cielo luminoso... ¡Eso sí que era real!, sin duda.

En ese momento, las yentes empezaron a cantar. Jake reconoció la canción. Era una nueva versión de la que Roland había cantado en su primera noche en Calla Bryn Sturgis.

Ven, ven, commala,
mi arroz ya grana.
Mano y su mana
folía brama.
Llegamos a un río,
Riza nos dio cobijo...

El arrozal se balanceaba al paso de las yentes cantoras, se balanceaba como si estuviera danzando al son de su júbilo, como Roland había bailado para ellos esa noche a la luz de las teas. Algunos llegaron con bebés en los brazos, e incluso cargados con ellos, se balanceaban de un lado para otro. «Esta mañana hemos bailado todos», pensó Jake. No sabía lo que quería decir, solo sabía que era un pensamiento verdadero. «La danza que bailamos es la única que conocemos. ¿Benny Slightman? Ha muerto bailando. La señora sai Eisenhart también.»

Roland y Eddie se acercaron a él; Susannah también, aunque se apartó un poco, como decidiendo que, al menos por el momento, los chicos tenían que estar con los chicos. Roland estaba fumando y Jake le hizo un gesto de asentimiento.

—Líame uno de esos, ¿quieres?

Roland se volvió en dirección a Susannah, con expresión de sorpresa. Ella se encogió de hombros y luego hizo un gesto de asentimiento. Roland le lió un cigarrillo a Jake, se lo entregó, rascó una cerilla en el trasero de los pantalones y la encendió.

Jake se sentó en la rueda del carromato, aspirando el humo a bocanadas ocasionales, aguantándolo en la boca y dejándolo salir. Se le llenó la boca de saliva, pero no le importó. A diferencia de otras cosas, uno podía deshacerse de la saliva. No hizo ningún intento de inhalar.

Roland miró a los pies de la colina, donde el primero de los dos hombres que corrían se estaba adentrando en el maizal.

—Ese es Slightman —dijo—. Bien.

—¿Por qué «bien», Roland? —preguntó Eddie.

—Porque sai Slightman necesita acusar a alguien —respondió Roland—. En su estado de aflicción, no le preocupará quién lo escuche ni qué podría decir su asombrosa sabiduría sobre la parte que le tocaba en la misión de esta mañana.

—El baile —rectificó Jake.

Se volvieron para mirarlo. Estaba sentado con cara pálida y pensativa en la rueda del carromato, sosteniendo el cigarrillo.

—El baile de esta mañana —aclaró.

Roland pareció considerarlo y luego hizo un gesto de asentimiento.

—Su parte en el baile de esta mañana. Si llega aquí lo bastante pronto, puede que logremos tranquilizarlo. Si no, la muerte de su hijo será tan solo el inicio del commala de Ben Slightman.

DIECINUEVE

Slightman era casi quince años más joven que el ranchero, y llegó al lugar donde se había desarrollado la batalla mucho antes que él. Durante un instante se quedó en la parte más alejada del escondite, contemplando el cuerpo despedazado y tirado en el camino. No había tanta sangre ahora, el oggan la había absorbido con avidez, pero el brazo amputado todavía estaba tirado donde había quedado, y esa extremidad mutilada lo decía todo. Roland lo habría movido de allí antes de que llegase Slightman tanto como se habría abierto la bragueta de los pantalones para mear sobre el cadáver del chico. Slightman el Joven había llegado al claro del final del camino. Su padre, como familiar más cercano, tenía derecho a ver dónde y cómo había ocurrido.

Slightman miró hacia la izquierda, hacia la derecha, luego miró directamente hacia delante y vio a Roland, de pie junto al carromato volcado, con los brazos cruzados. Junto a él, Jake todavía estaba sentado sobre la rueda, fumando su primer cigarrillo.

—¡Tú! —gritó Slightman. Llevaba su ba y en ese momento la desenfundó—. ¡Lo has hecho tú! ¡Tú!

Eddie arrancó con destreza el arma de las manos de Slightman.

—No, de eso nada, amiguito —murmuró—. Ahora no la necesitas, ¿por qué no dejas que te la guarde?

Por lo visto, Slightman no se dio cuenta. Aunque pareciera increíble, la mano derecha todavía describía movimientos circulares en el aire, como si estuviera preparándose para armar la ba.

—¡Has matado a mi hijo! ¡Me lo pagarás! ¡Cabrón! ¡Cabrón asesin...!

Moviéndose con la velocidad extraña, inquietante y espectral que Eddie todavía no creía del todo, Roland pasó el brazo por el cuello de Slightman y lo retuvo en la doblez del codo. De forma simultánea, el movimiento detuvo el flujo de las acusaciones proferidas por Slightman y lo acercó a Roland.

—Atiéndeme —dijo Roland—, y atiéndeme bien. Me importan un comino tu vida o tu honor, una ha sido desperdiciada y el otro dejó de existir hace tiempo, pero tu hijo está muerto y lo que sí me preocupa, y mucho, es su honor. Si no cierras el pico ahora mismo, gusano de la mierda, te lo cerraré yo mismo. ¿Qué vas a hacer? A mí me da igual hagas lo que hagas. Les diré que te has vuelto loco al ver al chico, que me has robado la pistola de la cartuchera y te has metido una bala en la cabeza para reunirte con él. ¿Qué vas a hacer? Decide.

Eisenhart estaba reventado pero seguía corriendo, dando bandazos y retorciéndose para subir por el maizal, gritando con voz ronca el nombre de su mujer:

—¡Margaret! ¡Margaret! Respóndeme, mi amor. ¡Dime algo! ¡Te lo ruego!

Roland soltó a Slightman y lo miró con seriedad. Slightman volvió su terrible mirada hacia Jake.

—¿Tu dinh ha matado a mi chico para vengarse de mí? Dime la verdad, hijo.

Jake le dio una última calada a su cigarrillo y lo tiró. La colilla quedó ardiendo en la tierra junto al caballo muerto.

—¿Lo ha mirado? —le preguntó al padre de Benny—. No hay bala que pueda hacer eso. La cabeza de sai Eisenhart cayó casi encima de él y Benny se arrastró para salir de la cuneta porque... porque estaba horrorizado. —Se dio cuenta de que era una palabra que jamás había utilizado en voz alta. Jamás había tenido que usarla—. Le lanzaron dos sneetches. Le di a una, pero... —Tragó saliva. Se oyó un ruido seco en su garganta—. La otra... Le habría dado, a usted le consta... lo intenté, pero... —Aunque había movimiento en su rostro, la voz se le apagó. Aun así tenía los ojos secos. Y con una mirada casi tan terrible como la de Slightman—. No tuve oportunidad de darle a la otra. —Terminó, luego agachó la cabeza y rompió a llorar.

Roland miró a Slightman con las cejas enarcadas.

—Está bien —dijo Slightman—. Ya entiendo lo que ocurrió. Ea. Cuéntame, ¿fue valiente hasta entonces? Dímelo, te lo ruego.

—Jake y él trajeron de vuelta a esos dos —intervino Eddie, señalando a los gemelos Tavery—. Al chico se le había quedado el pie atrapado en un agujero. Jake y Benny lo sacaron y luego lo trajeron hasta aquí. Tu hijo tenía pelotas; dos y muy bien puestas.

Slightman asintió con la cabeza. Se quitó las gafas y las miró como si no las hubiera visto nunca. Así las sostuvo, ante sus ojos, durante uno o dos segundos, luego las tiró al camino y las aplastó con el tacón de una bota. Miró a Roland y a Jake con cara de disculpa.

—Creo que he visto todo lo que necesitaba ver —dijo, y luego se dirigió hacia su hijo.

Vaughn Eisenhart emergió de entre el maizal. Vio a su esposa y lanzó un bramido. Luego se desgarró la camisa y empezó a golpearse el lado izquierdo del pecho con el puño derecho, gritando su nombre con cada golpe.

—¡Madre mía! —exclamó Eddie—. Roland, detenlo.

—No —respondió el pistolero.

Slightman cogió el brazo amputado de su hijo y le plantó un beso en la palma de la mano con una ternura que Eddie consideró casi insoportable. Puso el brazo sobre el pecho del muchacho y luego volvió caminando hacia ellos. Sin gafas, su cara parecía desnuda y en cierta manera amorfa.

—Jake, ¿puedes ayudarme a buscar una manta?

Jake se levantó de la rueda de carromato para ayudarlo a buscar lo que necesitaba. En la trinchera que había quedado al descubierto y que les había servido de escondite, Eisenhart estaba acunando la cabeza quemada de su mujer contra el pecho, meciéndola. Desde el maizal, aproximándose, llegaban los niños y sus cuidadores, cantando «La canción del arroz». Al principio, Eddie pensó que lo que estaba oyendo procedente del pueblo tenía que ser un eco de esa canción pero luego se dio cuenta de que era el resto del Calla. Lo sabían. Habían oído la canción, y lo sabían. Se estaban acercando.

El padre Callahan salió de la plantación con Lia Jaffords en brazos. Pese al ruido, la pequeña estaba dormida. Callahan miró a los montones de lobos muertos, extendió la mano con la que sujetaba el pequeño trasero de la niña, y dibujó una lenta y temblorosa cruz en el aire.

—Demos gracias a Dios —dijo.

Roland se dirigió a él y lo cogió de la mano con la que había hecho la cruz.

—Haz una sobre mí —le pidió.

Callahan lo miró sin entender.

Roland le hizo un gesto de asentimiento a Vaughn Eisenhart.

—Ese hombre me juró que me iría de este pueblo perseguido por su maldición si su esposa caía en desgracia.

Podría haber dicho más, pero no había necesidad. Callahan lo entendió e hizo la cruz sobre la frente de Roland. La uña dejó un surco claro a su paso, que Roland sintió durante largo rato. Y aunque Eisenhart no cumpliera su promesa, el pistolero jamás se arrepintió de haberle pedido al padre esa pequeña protección extra.

VEINTE

Lo que ocurrió a continuación en el Camino del Este fue un confuso júbilo, mezclado con la aflicción por los dos caídos. Aun así, la pena desprendía cierto atisbo de alegría. Por lo visto, la mayoría creía que lo logrado compensaba las pérdidas. Y Eddie supuso que tenían razón. Podía llegar a creerse aquello si los caídos no eran ni la esposa ni el hijo de uno.

Los cantos procedentes del pueblo se oyeron aún más cerca. En ese momento ya podían ver el polvo que se levantaba. En el camino, los hombres y mujeres se abrazaban. Algunos intentaban que sai Eisenhart soltara la cabeza de Margaret, pero, de momento, él se negó a hacerlo.

Eddie se acercó hasta donde estaba Jake.

—¿No has visto *La guerra de las galaxias*, verdad? —le preguntó.

—No, ya te lo había dicho. Iba a verla, pero...

—Te fuiste demasiado pronto. Lo sé. Jake, las cosas esas que blandían los lobos eran de esa película.

—¿Estás seguro?

—Sí. Y los lobos... Jake, los mismísimos lobos...

Jake estaba haciendo un gesto de asentimiento muy lentamente. Ya veían a la gente del pueblo. Los recién llegados se dirigieron hacia los niños, a todos los niños —seguían allí y estaban a salvo—, y lanzaron un grito de júbilo. Los que estaban en primera fila empezaron a correr.

—Lo sé.

—¿Ah, sí? —preguntó Eddie. Con la mirada casi suplicante—. ¿De verdad? Porque, tío... es una locura.

Jake miró a los lobos apilados, las capuchas verdes, las mallas grises, las botas negras, los rostros feroces y en descomposición... Eddie ya había tirado de una de esas caras metálicas descompuestas para ver lo que había debajo. No había más que metal liso, además de dos lentes que hacían de ojos, un entramado redondo que sin duda hacía las veces de nariz, y dos micrófonos colocados en las sienes que eran los oídos. No, toda la personalidad de esas cosas estaba en las máscaras y en la vestimenta que llevaban.

—Sea o no una locura, sé lo que son, Eddie. O por lo menos de dónde vienen. De los tebeos de la Marvel.

Una mirada de sublime alivio se apoderó de la cara de Eddie. Se inclinó y besó a Jake en la mejilla. El espíritu de una sonrisa tocó los labios del chico. No era gran cosa, pero por algo se empieza.

—Como los tebeos de Spiderman —dijo Eddie—. Cuando era niño jamás me hartaba de leerlos.

—Yo no me los compraba —dijo Jake—, pero Timmy Mucci de la bolera estaba como loco por los superhéroes de la Marvel. Spiderman, los Cuatro Fantásticos, el Increíble Hulk, el Capitán América, todos. Esos tipos...

—Se parecen al doctor Doom —concluyó Eddie.

—Sí —convino Jake—. Aunque no son exactamente iguales, porque estoy seguro de que las máscaras fueron modificadas para que tuvieran más aspecto de lobo, si no fuera por eso... Llevan las mismas capuchas y las mismas capas verdes. Sí, como el doctor Doom.

—Y las sneetches... —dijo Eddie—. ¿Has oído hablar de Harry Potter?

—Creo que no. ¿Y tú?

—No, y te diré por qué. Porque las sneetches son del futuro. A lo mejor son de algún cómic de la Marvel que saldrá en mil novecientos noventa o mil novecientos noventa y cinco. ¿Entiendes lo que digo? —Jake hizo un gesto de asentimiento—. Todo está relacionado con el diecinueve, ¿verdad?

—Sí —dijo Jake—. Diecinueve, noventa y nueve, y diecinueve-noventa-nueve.

Eddie echó un vistazo a su alrededor.

—¿Dónde está Suze?

—Seguramente ha ido a buscar la silla —sugirió Jake.

Pero antes de que ninguno de los dos pudiera pensar más sobre la pregunta acerca del paradero de Susannah Dean (aunque, de todas formas, en ese momento seguramente ya era demasiado tarde), llegaron las primeras yentes del pueblo. Eddie y Jake fueron arrastrados a una celebración alocada e improvisada, los abrazaron, los besaron, les dieron la mano, se reían, los miraban llorando, y les daban las gracias una y otra y otra vez.

VEINTIUNO

Diez minutos después de que hubiera llegado el cuerpo principal de las yentes del pueblo, Rosalita se acercó de mala gana a Roland. El pistolero se sintió muy contento de verla. Eben Took lo había cogido por los brazos y le estaba repitiendo, una y otra vez, sin fin, lo equivocado que Telford y él habían estado, lo muy pero que muy equivocados que habían estado, y le decía que, cuando Roland y su ka-tet estuvieran listos para seguir su camino, él mismo los equiparía de pies a cabeza y no les cobraría ni un solo penique.

—¡Roland! —exclamó Rosa.

Roland se excusó y la cogió por el brazo, llevándola a cierta distancia del camino. Los lobos habían quedado esparcidos por todas partes y ahora estaban siendo desposeídos de sus pertenencias por las yentes risueñas y embriagadas de felicidad. Los rezagados no paraban de llegar.

—Rosa, ¿qué ocurre?

—Es tu mujer —dijo Rosa—. Susannah.

—¿Qué le ocurre? —preguntó Roland. Miró a su alrededor, frunciendo el ceño. No vio a Susannah, no podía recordar cuándo la había visto por última vez. ¿En el momento en que le había dado a Jake el cigarrillo? ¿Hacía tanto tiempo? Eso creía—. ¿Dónde está?

—Eso es lo que pasa —respuso Rosa—. No lo sé, así que miré en el carromato al que había entrado, pensando que a lo mejor se había metido allí a descansar, que a lo mejor se sentía mareada o con el estómago revuelto, ¿sabes? Pero no estaba allí. Y, Roland... su silla ha desaparecido.

—¡Dioses! —gruñó Roland, y se dio un puñetazo en la pierna—. Oh, ¡dioses!

Rosalita se alejó un paso de él, alarmada.

—¿Dónde está Eddie? —preguntó Roland.

Ella señaló. Eddie estaba tan sumergido en la marea de hombres y mujeres que los admiraban que Roland no creyó que lo hubieran visto de no haber sido por el niño que llevaba sobre los hombros; era Heddon Jaffords, quien lucía una enorme sonrisa.

—¿Estás seguro de que quieres molestarlo? —preguntó Rosa con timidez—. A lo mejor se ha ido un ratito, para recuperarse.

«Se ha ido un ratito», pensó Roland. Sentía cómo la oscuridad eclipsaba su corazón. Un corazón que se hundía. Se había ido un ratito, vale. Y él sabía quién se había presentado para reemplazarla. Había bajado la guardia justo después de la batalla —por la aflicción de Jake, las felicitaciones de las yentes, la confusión y el júbilo, y los cantos—, pero esa no era excusa.

—¡Pistoleros! —gritó, y la multitud jubilosa se calló al momento.

Si se hubiera molestado en mirar, podría haber visto el miedo que subyacía en su alivio y sus muestras de adulación. No le habría sorprendido; siempre les asustaban los que llevaban grandes calibres. Lo que querían de ellos cuando los tiros se habían acabado era ofrecerles un último banquete de agradecimiento, tal vez un último buen polvo de agradecimiento, y luego enviarlos de nuevo a que siguieran su camino para volver a sus aperos de granja una vez más.

«Bueno —pensó Roland—, nos iremos lo bastante pronto. De hecho, uno de nosotros ya se ha ido. ¡Dioses!»

—Pistoleros, ¡a mí!, ¡a mí!

Eddie fue el primero en llegar a donde estaba Roland. Echó un vistazo a su alrededor.

—¿Dónde está Susannah? —preguntó.

Roland señaló al terreno baldío y pedregoso de acantilados y desfiladeros, luego levantó el dedo hasta señalar al agujero negro que estaba justo encima de la línea del horizonte.

—Creo que está allí —dijo.

El rostro de Eddie Dean quedó totalmente exangüe.

—Estás señalando la Cueva de la Puerta —observó—, ¿verdad?

Roland asintió con la cabeza.

—Pero la bola... la Trece Negra... Susannah ni siquiera se acercó a la bola cuando estaba en la iglesia de Callahan...

—No —convino Roland—. Susannah no lo haría. Pero ella ya no está al mando.

—¿Mia? —preguntó Jake.

—Sí. —Roland analizó el agujero en lo alto con los ojos desvaídos—. Mia ha ido hasta allí para tener a su bebé. Va a tener al chaval.

—No —dijo Eddie. Se le escaparon las manos y cogió a Roland por la camisa. Alrededor de ellos, las yentes permanecían en silencio, mirando—. Roland, dime que no.

—Iremos a por ella y esperemos no llegar demasiado tarde —dijo Roland.

Sin embargo, en el fondo de su corazón, sabía que ya era demasiado tarde.

Epílogo
La cueva de la puerta

UNO

Se movieron con rapidez, pero Mia se movió aún más rápido. A un kilómetro y medio del lugar donde el camino del desfiladero se bifurcaba, encontraron la silla de ruedas. La había empujado con fuerza, usando sus fuertes brazos para darle un brutal empellón contra el implacable suelo. Al final había chocado contra una roca prominente, lo suficientemente dura como para doblar la rueda del lado izquierdo hasta inutilizar la silla por completo. En realidad, era asombroso que hubiera llegado tan lejos.

—¡Puto commala! —murmuró Eddie, mirando la silla; las abolladuras, golpes y ralladuras. Luego levantó la cabeza, hizo bocina con las manos y gritó—: ¡Resístete a ella, Susannah! ¡Resístete a ella! ¡Ya llegamos! —Empujó la silla y se dirigió hacia el camino sin mirar si los otros lo estaban siguiendo.

—No habrá podido subir por el camino hasta la cueva, ¿verdad? —preguntó Jake—. Me refiero a que no tiene piernas.

—No creo, ¿no? —preguntó Roland, pero su expresión era sombría. Y estaba cojeando. Jake empezó a decir algo al respecto, aunque luego se lo pensó mejor.

—Pero ¿qué iba a querer de aquí arriba? —preguntó Callahan.

Roland se volvió dedicándole una mirada especialmente fría.

—Ir a otro sitio —contestó—. Eso sí que lo sabe, padre. Vamos.

DOS

Cuando se acercaban al tramo en que el camino empezaba a ascender, Roland alcanzó a Eddie. La primera vez que puso la

EPÍLOGO

mano sobre el hombro del joven, Eddie se la apartó. La segunda vez, el muchacho se volvió, a regañadientes, para mirar a su dinh. Roland vio que tenía la camisa llena de sangre. Se preguntó si sería sangre de Benny, de Margaret o de ambos.

—Si es Mia, tal vez sería mejor dejarla sola durante un rato —opinó Roland.

—¿Estás loco? ¿Es que luchar contra los lobos te ha hecho perder la chaveta?

—Si la dejamos sola, podrá acabar con lo suyo y se irá. —Incluso mientras lo decía, Roland dudaba de sus palabras.

—Sí —respondió Eddie, estudiándolo con la mirada encendida—, acabará con lo suyo, vale. Primer acto: tener al niño. Segundo acto: matar a mi mujer.

—Eso sería un suicidio.

—Pero podría hacerlo. Tenemos que ir a por ella.

Roland no solía practicar el arte de dar su brazo a torcer, aunque lo había hecho con cierta habilidad en algunas ocasiones de su vida cuando había sido necesario. Echó otra mirada al rostro pálido y obstinado del muchacho y puso en práctica el mencionado arte en ese momento.

—Está bien —dijo—, pero tendremos que tener cuidado. Luchará para evitar que se la lleven. Matará, si es necesario. Puede que a ti antes que a cualquiera de nosotros.

—Lo sé —repuso Eddie. Su rostro tenía un aspecto sombrío. Miró a lo alto del camino, pero a unos cuatrocientos metros de distancia, doblaba hacia el sur del risco y se perdía de vista. La senda volvía a aparecer tras un recodo que se encontraba justo debajo de la entrada de la cueva. Ese tramo de ascenso estaba desierto, pero ¿qué probaba eso? Ella podía estar en cualquier otro sitio. A Eddie se le pasó por la cabeza que podría no estar siquiera allí arriba, que la silla accidentada podía ser una cortina de humo como los objetos de los niños que Roland había hecho que esparcieran por la senda del desfiladero.

«Yo no lo creería. Hay un millón de ratoneras en esta parte del Calla y si yo creyera que ella puede estar en cualquiera de ellas...»

Callahan y Jake los había alcanzado y ambos se quedaron mirando a Eddie.

—Venga —dijo Eddie—. No me importa quién sea ella, Roland. Si cuatro hombres sanos y armados no pueden atrapar a una mujer inválida, apaga y vámonos.

Jake sonrió con languidez.

—Me siento halagado, acabas de llamarme hombre.

—No dejes que se te suba a la cabeza, cielo. Vamos.

TRES

Eddie y Susannah hablaban de sí mismos y pensaban en sí mismos como marido y mujer, pero él no había tenido exactamente tiempo de coger un taxi para ir a Cartier a comprar un diamante ni para contratar una orquesta nupcial. En una ocasión había tenido un bonito anillo de su clase de instituto, pero lo había perdido en la arena, en Coney Island, durante el verano en que había cumplido diecisiete años, el verano de Mary Jean Sobieski. Aun así, en sus viajes desde el mar del Oeste, Eddie había redescubierto su talento como tallador de madera («tallador de mariconadas», habría dicho el gran sabio y eminente yonqui), y Eddie le talló a su amada un hermoso anillo de madera de sauce, ligero como una pluma, aunque resistente. Susannah lo había llevado entre los senos, colgado de un cordel de cuero.

Lo encontraron al principio del camino, todavía en el cordel de cuero. Eddie lo cogió, lo miró con tristeza durante un instante y luego se lo colgó del cuello y se lo metió por dentro de la camisa.

—Mirad —dijo Jake.

Se volvieron hacia un lugar que estaba justo a la salida de la senda. Allí, en una porción de hierba escasa, había una huella. No era ni humana ni animal. Eran tres ruedas dispuestas de tal forma que a Eddie le recordaron el triciclo de un niño. ¿Qué coño...?

—Vamos —dijo, y se preguntó cuántas veces lo había dicho desde que se había dado cuenta de que ella había desaparecido.

También se preguntó cuánto tiempo lo seguirían si no dejaba de decirlo. No es que importase. Seguiría adelante hasta que volviera a tenerla, o hasta que estuviera muerto. Así de simple. Lo

EPÍLOGO

que más le asustaba era el bebé... lo que ella llamaba «el chaval». ¿Y si la había atacado? Tenía la impresión de que eso era justamente lo que habría hecho.

—Eddie —lo llamó Roland.

Eddie se volvió para mirarlo y le hizo a Roland el mismo giro de dedos que hacía él cuando estaba impaciente. «Vamos», quería decir.

Pero Roland se quedó apuntando hacia la huella.

—Esto es una especie de transporte.

—¿Has oído alguno?

—No.

—Entonces no puedes saberlo.

—Pero lo sé —dijo Roland—. Alguien la ha llevado. O algo.

—No puedes saberlo, ¡maldita sea!, no puedes.

—Andy podría haberla llevado —opinó Jake—, si alguien se lo hubiera pedido.

—¿Quién le habría pedido algo así? —preguntó Eddie con aspereza.

«Finli —pensó Jake—. Finli o'Tego, sea quien sea. O a lo mejor Walter.» No obstante, no dijo nada. Eddie ya estaba lo bastante molesto.

—Se ha escapado. Ve haciéndote a la idea —dijo Roland.

—¡Que te jodan! —bramó Eddie, y volvió hacia la cuesta del camino—. ¡Vamos!

CUATRO

Con todo, Eddie sabía en el fondo de su corazón que Roland tenía razón. Empezó a ascender hacia la Cueva de la Puerta no con esperanza sino con una especie de desesperado empecinamiento. En el lugar donde había caído la roca, bloqueando gran parte del camino, encontraron un vehículo abandonado con tres ruedas hinchadas y un motor eléctrico que todavía zumbaba ligeramente; era un zumbido grave y constante, algo así como: «mmm». A Eddie, el aparato le pareció uno de esos trastos de venta por catálogo de Abercrombie & Fitch. Tenía un asidero donde se encontraba el acelerador y otro donde estaban los frenos. Se inclinó sobre el aparato y leyó lo que estaba inscrito en la placa de la izquierda:

> ○ FRENOS SQUEEZIE PIE, DE NORTH CENTRAL POSITRONICS ○

Detrás del asiento estilo bicicleta había un pequeño compartimiento para llevar cosas. Eddie levantó la tapa y no le sorprendió en absoluto encontrar un pack de seis latas de Nozz-A-La, la bebida preferida de todos los timos de cualquier parte. Habían sacado una del anillo de plástico. Había tenido sed, seguro. Moverse con rapidez da sed. Sobre todo si se está de parto.

—Esto proviene del lugar al otro lado del río —murmuró Jake—. Del Dogan. Si hubiera vuelto a salir, lo habría visto aparcado allí. Toda una flota de ellos, seguramente. Apuesto a que fue Andy.

Eddie debía admitir que eso tenía sentido. El Dogan era sin duda un puesto de vigilancia, con toda seguridad, anterior a los actuales y desagradables habitantes de Tronido. Ese era justo la clase de vehículo que se usaba para hacer guardia, a juzgar por el tipo de terreno.

Desde esa posición aventajada junto a la piedra caída, Eddie divisaba el campo de batalla donde se habían enfrentado a los lobos, lanzando platos y plomo. Ese tramo del Camino del Este estaba tan lleno de gente que le recordó al desfile del día de Acción de Gracias de Macy. Todo el Calla había salido para celebrarlo, ¡cómo los odiaba Eddie en ese momento! «Mi mujer se ha ido por vuestra culpa, gallinas, hijos de puta», pensó. Era una idea estúpida, en extremo cruel, aunque le proporcionase cierta satisfacción deleznable. ¿Qué decía aquel poema de Stephen Crane, el que leían en el instituto? «Me gusta porque es duro, y porque es mi corazón.» Algo así. Daba igual, era algo bastante parecido.

En ese momento, Roland estaba de pie junto al triciclo abandonado que zumbaba, y si era compasión lo que veía en los ojos del pistolero, o peor, lástima, no la quería.

—Vamos, chicos. Vamos a encontrarla.

EPÍLOGO

CINCO

Esta vez la voz que les dio la bienvenida desde las profundidades de la Cueva de la Puerta pertenecía a una mujer que Eddie no había conocido, aunque sí había oído hablar de ella —ea, y bastante, digamos gracias— y la reconoció de inmediato.

—¡Se ha ido, pedazo de pasmarote con polla por cabeza! —gritó Rea de Cos desde la oscuridad—. ¡Se ha ido con el parto a otro parte, que te conste! Y no me cabe duda de que cuando su bebé caníbal por fin salga, ¡se comerá a su madre de arriba abajo, empezando por el coño, ea! —Se rió, con una límpida (y chirriante) risa socarrona, áspera como el bálsamo de avellano de bruja—. Nada de leche de tetita para este, ¡pendón desorejado! ¡Este comerá carne!

—¡Calla! —gritó Eddie a la oscuridad—. Calla, puto... puto fantasma.

Y, como por arte de magia, el fantasma se calló.

Eddie miró a su alrededor. Vio la puñetera librería de dos baldas con los libros de Torre —primeras ediciones tras la vitrina, si a bien tenéis—, pero no vio la bolsa de redecilla rosa con MUNDO MEDIO JUEGA EN ESTAS PISTAS escrito en ella; ni tampoco una caja de fustánima gravada. La puerta ignota seguía allí, con las bisagras todavía sujetas a nada, aunque ahora tenía una apariencia extrañamente borrosa. No solo ignota, sino ignorada; solo era una pieza más de un mundo que se había movido.

—No —dijo Eddie—. No, no lo acepto. La fuerza sigue aquí. La fuerza sigue aquí.

Se volvió hacia Roland, pero el pistolero no lo estaba mirando. Aunque pareciera increíble, Roland estaba estudiando los libros. Como si la búsqueda de Susannnah hubiera empezado a aburrirlo y estuviera buscando una buena lectura para pasar el rato.

Eddie cogió a Roland por el hombro y le dio la vuelta.

—¿Qué ha ocurrido, Roland? ¿Lo sabes?

—Lo que ha ocurrido es evidente —respondió Roland. Callahan se había puesto junto a él. Solo Jake, que visitaba la Cueva de la Puerta por primera vez, se quedó en la entrada—.

Se ha llevado la silla de ruedas tan lejos como ha podido, luego ha ido hasta el principio del camino empujándose con las manos y las rodillas, que no es cosa de risa para una mujer que seguramente está de parto. Cuando ha llegado al principio del camino, alguien, casi seguro que Andy, tal como dice Jake, la ha llevado.

—Si fue Slightman, volveré y lo mataré con mis propias manos.

Roland sacudió la cabeza.

—Slightman no.

«Pero Slightman lo sabía con seguridad», pensó. Con toda seguridad no importaba, aunque le gustaban tan poco los cabos sueltos como ver un cuadro torcido.

—Oye, tronco, disculpa que te diga esto, pero tu puta zorra está muerta —gritó Henry Dean desde el fondo de la cueva. No parecía que lo sintiera; parecía más bien exultante—. ¡Esa maldita cosa se la ha merendado! ¡Solo ha parado el tiempo justo al llegar a los sesos para escupir los dientes!

—¡Calla! —gritó Eddie.

—Los sesos son el mejor alimento para la inteligencia, ya sabes —prosiguió Henry, que había adoptado un tono meloso e intelectual—. Son venerados por los caníbales del mundo entero. Así es el chaval que ha tenido, Eddie. Es mono, pero con ganas de jalar.

—¡Cállate en el nombre de Dios! —gritó Callahan, y la voz del hermano de Eddie se acalló. Al menos por el momento, todas las voces cesaron.

Roland siguió como si nunca lo hubieran interrumpido.

—Ella llegó hasta aquí, cogió la bolsa y abrió la caja para que la Trece Negra abriera la puerta. Es decir, Mia, no Susannah, sino Mia, hija de nadie. Y luego, sin soltar la caja, pasó por la puerta. Cuando estuvo al otro lado, cerró la caja y así cerró la puerta. La cerró para evitar que nosotros pasásemos.

—No —dijo Eddie, y cogió el pomo de cristal de la puerta con la rosa grabada en sus facetas geométricas. No giraba. No se movía ni un milímetro.

Desde la oscuridad, Elmer Chambers dijo:

EPÍLOGO

—Si hubieras sido más rápido, hijo, podrías haber salvado a tu amigo. Es culpa tuya. —Y volvió a quedarse callada.

—No es real, Jake —le avisó Eddie, y pasó un dedo por la rosa. La punta del dedo se llenó de polvo. Como si la puerta ignota hubiera estado allí, inutilizada así como ignota, durante una veintena de siglos—. Emite lo peor que pueda encontrar en tu mente.

—¡Siempre he odiado tus putas tripas, blanco de mierda! —gritó Detta con voz triunfante desde la oscuridad de detrás de la puerta—. ¡No me voy a alegrar ni ná de deshacerme de ti!

—Como esto —dijo Eddie, levantando un pulgar en dirección a la voz.

Jake hizo un gesto de asentimiento, con el rostro pálido y pensativo. Mientras tanto, Roland se había vuelto hacia la estantería de libros de Torre.

—¿Roland, te estamos aburriendo? —Eddie intentó ocultar la irritación de su voz o, al menos, añadirle una gota de humor, pero no consiguió ni una ni otra cosa.

—No —contestó Roland.

—Entonces me gustaría que dejaras de mirar esos libros y me ayudaras a pensar en una forma de abrir esta puert...

—Sé cómo abrirla —lo atajó Roland—. La primera pregunta es dónde nos conducirá ahora que la bola ha desaparecido. La segunda pregunta es dónde queremos ir. ¿A por Mia o al lugar donde Torre y su amigo se ocultan de Balazar y sus amigos?

—¡Iremos a por Susannah! —gritó Eddie—. ¿Has escuchado la mierda que estaban diciendo esas voces? ¡Están diciendo que es un caníbal! Mi mujer va a dar a luz una especie de monstruo caníbal justo ahora, y si crees que hay algo más importante que eso...

—La Torre es más importante —sentenció Roland—. Y en algún lugar del otro lado de esta puerta hay un hombre que se llama Torre. Un hombre que posee cierto solar vacío y cierta rosa que crece en él.

Eddie lo miró con aire vacilante. Igual que Jake y Callahan. Roland se volvió de nuevo hacia la estantería de libros. Tenía un aspecto extraño, allí, en esa oscuridad rocosa.

—Y posee estos libros —murmuró Roland—. Lo ha arriesgado todo por salvarlos.

—Sí, porque es un puto fanático obsesionado.

—Aun así, todo sirve al ka y sigue el Haz —dijo Roland, y escogió un volumen de la balda superior de la estantería. Eddie vio que había sido colocado allí boca abajo, lo que le sorprendió por ser algo muy poco típico de Calvin Torre.

Roland sostuvo el libro en sus manos marcadas y agrietadas por el clima, como para decidir a quién se lo daba. Miró a Eddie... miró a Callahan... pero le entregó el libro a Jake.

—Léeme lo que dice en la portada —dijo—. Las palabras de tu mundo me dan dolor de cabeza. Me entran por los ojos con facilidad, pero cuando logro centrar la mente en ellas, la mayoría se me escapan.

Jake estaba prestando poca atención; tenía los ojos clavados en el libro forrado en cuya cubierta estaba la foto de una iglesita rural en el ocaso. Callahan, mientras tanto, había pasado junto a él caminando para echarle un vistazo más de cerca a la puerta que se alzaba aislada en la cueva sombría.

Al final, el chico levantó la mirada.

—Pero... Roland, ¿no es este el pueblo del que nos habló el padre Callahan? ¿Donde el vampiro le rompió la cruz y lo obligó a beber su sangre?

Callahan se alejó a toda prisa de la puerta.

—¿Qué?

Jake levantó el libro sin decir palabra. Callahan lo cogió. Casi se lo arrancó de las manos.

—*El misterio de Salem's Lot* —leyó—. Una novela de Stephen King. —Miró a Eddie, luego a Jake—. ¿Lo conocéis? ¿A alguno de vosotros le suena? No es de mi época, creo.

Jake sacudió la cabeza. Eddie también empezó a sacudirla y luego vio algo.

—Esa iglesia —dijo— se parece al Salón de Reuniones del Calla. Casi lo bastante como para ser una reproducción exacta.

—También se parece al Salón de Reuniones Metodista de East Stoneham, construido en mil ochocientos diecinueve —dijo Callahan—, así que supongo que esta vez tenemos uno de triplete.

EPÍLOGO

Pero su voz le sonó a él mismo muy distante, tan superficial como las voces que llegaban flotando desde el fondo de la cueva. De repente se sintió falso, irreal. Se sintió diecinueve.

SEIS

«Es una broma —se lo aseguró una parte de su mente—. Tiene que ser una broma, la cubierta de este libro dice que es una novela, así que...»

Entonces lo asaltó una idea y sintió un alivio repentino. Era un alivio supeditado a una suposición, pero seguro que era mejor que nada. La idea era que algunas veces se escriben historias fantásticas sobre lugares reales. Eso era lo que había ocurrido, seguro. Tenía que ser eso.

—Lee la página ciento diecinueve —dijo Roland—. La entiendo en parte, pero no toda. No lo suficiente.

Callahan encontró la página y leyó lo siguiente:

—«En su primera época en el seminario, un amigo del padre...» —Se fue callando mientras iba leyendo las palabras de la página.

—Siga —dijo Eddie—. Lea, padre, o lo haré yo.

Poco a poco, Callahan volvió a empezar.

—«... un amigo del padre Callahan le había dado una blasfema estampa que en ese momento le había provocado risas horrorizadas, pero que a medida que pasaban los años le parecía más verdad y menos blasfemia: "Que Dios me dé la serenidad de aceptar lo que no puedo cambiar, la tenacidad de cambiar lo que puedo, y la buena suerte de no confundirlos demasiado a menudo".» Todo en letra gótica, con un sol naciente en el fondo. «Ahora, de pie ante los deudos de Danny Glick, el antiguo credo volvía a aflorar.»

La mano que sostenía el libro flaqueó. Si Jake no lo hubiera cogido, seguramente habría caído al suelo de la cueva.

—¿Lo tenía, verdad? —preguntó Eddie—. ¿Tenía una estampa que decía eso?

—Frankie Foyle me la regaló —dijo Callahan. Su voz era

apenas un susurro—. En el seminario. Y Danny Glick... yo oficié su funeral, creo que os lo había contado. Eso fue cuando todo pareció cambiar, en cierta forma. Pero ¡esto es una novela! ¡Una novela es ficción! ¿Cómo... cómo puede...? —Su voz se elevó de pronto y se convirtió en un aullido de condenación. A Roland le pareció tan extraño e inquietante como las voces que ascendían desde el fondo—. ¡Maldita sea!, yo soy ¡¡una persona real!!

—Aquí está la parte en la que el vampiro le rompió la cruz —informó Jake—: «¡Juntos, por fin!, exclamó Barlow, sonriente. Su rostro era enérgico e inteligente y, de cierta manera, extraño y repulsivo, bello; sin embargo, según cómo le diera la luz, parecía...».

—Basta —dijo Callahan con un hilo de voz—. Me da dolor de cabeza.

—Dice que su cara le recordaba al monstruo que vivía en su armario cuando era niño. El señor Flip.

El rostro de Callahan se quedó tan exangüe en ese momento que podría haber sido una de las víctimas del vampiro.

—Jamás le he hablado a nadie del señor Flip, ni siquiera a mi madre. Eso no puede estar en ese libro. No puede estar ahí.

—Pues está —se limitó a decir Jake.

—Vamos a aclarar esto —dijo Eddie—. Cuando usted era pequeño había un señor Flip y usted pensó en él cuando se encontró con ese vampiro Tipo Uno en particular, Barlow. ¿Es así?

—Sí, pero...

Eddie se volvió hacia el pistolero.

—¿Crees que esto nos está acercando a Susannah?

—Sí. Hemos llegado al meollo de un gran misterio. Puede que del gran misterio. Creo que la Torre Oscura está prácticamente a tiro de piedra. Y si la Torre Oscura está a tiro de piedra, Susannah también.

Callahan le hizo caso omiso y siguió hojeando el libro, Jake lo observaba con el rabillo del ojo.

—¿Y tú sabes cómo abrir esa puerta? —Eddie la señaló.

—Sí —aseguró Roland—. Necesitaría ayuda, pero creo que las gentes de Calla Bryn Sturgis nos deben algo, ¿no?

EPÍLOGO

Eddie hizo un gesto de asentimiento.

—Entonces, está bien, os diré algo: estoy bastante seguro de haber visto el nombre de Stephen King antes, al menos una vez.

—En la pizarra de especialidades del día —dijo Jake sin levantar la vista del libro—. Sí, lo recuerdo. Estaba en la pizarra de especialidades del día la primera vez que entramos en exotránsito.

—¿Qué pizarra de especialidades del día? —preguntó Roland, frunciendo el ceño.

—La pizarra de especialidades de Torre —aclaró Eddie—. Estaba en el escaparate, ¿recuerdas? Era parte de ese Restaurante de la Mente.

Roland hizo un gesto de asentimiento.

—Pero os diré algo, chicos —dijo Jake, y ahora sí que levantó la vista del libro—. El nombre estaba allí cuando Eddie y yo entramos en exotránsito, pero no estaba en la pizarra la primera vez que yo estuve allí. La vez que el señor Deepneau me contó la adivinanza del río, había otro nombre. Había cambiado, igual que el nombre de la escritora de *Charlie el Chu-Chú*.

—No puedo estar en el libro —estaba diciendo Callahan—. No soy un personaje de ficción... ¿verdad?

—Roland —dijo Eddie. El pistolero se volvió hacia él—. Necesito encontrarla. No me importa quién es real y quién no lo es. Me dan igual Calvin Torre, Stephen King, o el Papa de Roma. En cuanto a la realidad se refiere, Susannah es lo único que quiero de ella.

«Si está viva —pensó—. Si podemos encontrarla, y si ha vuelto a ser ella misma. Si, si, y si...»

Eddie cogió a Roland por el brazo.

—Por favor —le rogó—. Por favor, no me obligues a intentar hacerlo solo. La quiero demasiado. Ayúdame a encontrarla.

Roland sonrió. Eso lo hacía rejuvenecer. Fue como si llenase la cueva con su propia luz. Toda la ancestral fuerza de Eld estaba en esa sonrisa; la fuerza del Blanco.

—Sí —dijo—. Iremos.

Y luego lo repitió; esa era toda la afirmación necesaria en ese lugar oscuro:

—Sí.

Bangor, Maine
15 de diciembre de 2002

NOTA DEL AUTOR

La deuda contraída con el *western* americano por la creación de las novelas de la *Torre Oscura* tendría que ser evidente sin necesidad de que yo abunde en el tema. De lo que no cabe duda es que el pueblo del Calla no debe la última parte (ligeramente mal escrita) de su nombre a una casualidad. Aun así, debería señalar que al menos dos de las fuentes de parte de este material no son en absoluto estadounidenses. Sergio Leone (*Por un puñado de dólares*, *La muerte tenía un precio*, *El bueno, el feo y el malo*, etcétera) era italiano. Y Akira Kurosawa (*Los siete samuráis*) era, por supuesto, japonés. ¿Habrían sido escritos estos libros sin el legado de Kurosawa, Leone, Peckinpah, Howard Hawks y John Sturgis? No hay duda de que no sin Leone. Sin embargo, sin los demás, yo diría que no podría existir ningún Leone.

También tengo una deuda de agradecimiento con Robin Furth, quien consiguió proporcionarme la información precisa cada vez que la necesitaba, y por supuesto con mi mujer, Tabitha, que todavía sigue concediéndome pacientemente el tiempo, la luz y el espacio que necesito para realizar este trabajo lo mejor que sé.

S. K.

EPÍLOGO DEL AUTOR

Antes de leer este breve epílogo, ruego a los lectores que se tomen un minuto (si a bien tienen) para volver a leer la página de la dedicatoria que precede esta historia. Espero.

Gracias. Quiero que los lectores sepan que Frank Muller ha leído una serie de obras mías para el mercado de libros sonoros, empezando por *Different Seasons*. Lo conocí en Recorded Books en Nueva York en esa época y nos caímos bien de inmediato. Es una amistad que ha perdurado más años de los que algunos de mis lectores tienen. En el transcurso de nuestra asociación, Frank grabó las cuatro primeras novelas de la *Torre Oscura*, y yo las escuché —la totalidad de las seis casetes o algo así— mientras me preparaba para finalizar la historia del pistolero. El formato sonoro es un medio perfecto para una preparación tan exhaustiva, porque te obliga a asimilarlo todo; el ojo apresurado (o en ocasiones la mente cansada) no puede saltarse ni una sola palabra. Eso es lo que quería, la inmersión total en el mundo de Roland, y eso era lo que Frank me proporcionó. Y me dio algo más, algo maravilloso e inesperado: la sensación de novedad y frescura que había perdido en alguna parte del camino; la sensación de que Roland y los amigos de Roland eran gente real, con sus propias vidas interiores. Cuando digo en la dedicatoria que Frank oyó las voces que yo tenía en la cabeza, hablo de una verdad literal tal como lo entiendo. Y, como una versión bastante más benévola de la Cueva de la Puerta, él las devolvió por completo a la vida. Los libros restantes están finalizados (este último en una versión final, los otros dos en borrador), y en gran parte se lo debo a Frank Muller y a sus acertadas lecturas.

Tenía la esperanza de tener a Frank en plantilla para las lecturas sonoras de los tres últimos libros de la *Torre Oscura* (lecturas íntegras; por norma no apruebo ni permito lecturas reducidas de mis obras), y él estaba ansioso por llevarlas a cabo. Hablamos de esta posibilidad en una cena en Bangor en el mes de octubre de 2001, y en el transcurso de la conversación, dijo que las historias de la *Torre Oscura* eran sus favoritas. Puesto que había leído más de cien novelas para el mercado, me sentí tremendamente halagado.

Menos de un mes después de esa cena y de esa conversación tan optimista con visiones de futuro, Frank sufrió un terrible accidente de moto en una autopista de California. Ocurrió solo cuatro días después de que se enterase de que iba a ser padre por segunda vez. Llevaba el casco y eso seguramente le salvó la vida —que los motoristas tomen nota, por favor—, pero sufrió graves lesiones, muchas de ellas neurológicas. Después de todo no grabará las últimas novelas de la *Torre Oscura*. El último trabajo de Frank será, casi con total seguridad, su inspirada lectura de la novela de Clive Barker *Coldheart Canyon*, que fue terminada en septiembre de 2001, justo antes de su accidente.

A menos que ocurra un milagro, la vida profesional de Frank Muller ha dado fin. Su rehabilitación, que casi con total seguridad será de por vida, no ha hecho más que empezar. Necesitará muchos cuidados y ayuda profesional casi permanente. Esas cosas son caras, y el dinero no es algo que, por norma, les sobra a los artistas autónomos. Algunos amigos y yo hemos creado una fundación para ayudar a Frank, y es de esperar que a otros artistas que hayan sufrido desgracias similares. Todos los ingresos que reciba por la venta de los libros sonoros de *Lobos del Calla* irán a la cuenta de la fundación. No será suficiente, pero el trabajo de recaudación de la Wavedancer Foundation (*Wavedancer* era el nombre del barco de Frank), al igual que la rehabilitación de Frank, no ha hecho más que empezar. Si los lectores tienen algún dinero de sobra y quieren ayudar a asegurar el futuro de la Wavedancer Foundation, no deben enviármelo a mí, sino a la siguiente dirección:

EPÍLOGO DEL AUTOR

The Wavedancer Foundation
c/o Mr Arthur Greene
101 Park Avenue
New York, NY 10001

La esposa de Frank, Erika, dice gracias. Yo también.
Y Frank también diría gracias, si pudiera.

Bangor, Maine
15 de diciembre de 2002

Esta edición de 8.000 ejemplares
se terminó de imprimir en
Indugraf S.A.,
Sánchez de Loria 2251, Bs. As.,
en el mes de noviembre de 2004.
www.indugraf.com.ar